新潮文庫

# 蟻の棲み家

望月諒子著



新潮社版

11517

# 目次

# 登場人物

吉沢末男　貧困の中で七歳下の妹を育てた。多額の借金を背負っている
長谷川翼　慶應大学四年生。貧困ぼくめつNPOメンバー
野川愛里　風俗嬢
山東海人　暴力団崩れ
座間聖羅　風俗嬢
森村由南　風俗嬢
吉沢芽衣　キャバクラ嬢。末男の妹
植村　誠　サンエイ食品六郷北工場の工場長
野川美樹　サンエイ食品六郷北工場のパート。愛里の母
長谷川透　開業医。翼の父親
長谷川理央　医大生。翼の妹
秋月　薫　警視庁捜査一課警部補
早乙女　警視庁捜査一課警部
浜口　報道番組制作会社チーフ
木部美智子　フリーランスのライター。雑誌「フロンティア」の看板記者
真鍋　フロンティアの編集長
中川　フロンティアの編集部員

# 蟻の棲み家

# Prologue

吉沢末男《よしざわすえお》は一九九一年、東京都板橋に生まれた。

道は細く入り組んで、向かい合わせに建つ家は二階のベランダが当たりそうになっていた。どの家も壁はすすけて、トタンには錆《さ》びが浮いていた。町はかつて谷の底だったところで、谷の上と下ではビル三階分ほどの高低差がある。大人の肩幅ほどしかない路地の先は、見上げるような傾斜で伸びる階段に繋《つな》がっていた。

路地にはプロパンガスのボンベが置かれ、青いプラスチックのごみ箱が置かれ、傘が何本も並んで引っかけてある。バラックが密集している場所もあった。崖《がけ》の縁にどうにかこうにか建っている家もある。末男は、そういう路地を、猫が走るように自在に走り回って育った。

バラックは崖の上から下に向けてびっしりと建っていた。あたりは全体に赤茶けて、近づくと鉄の匂《にお》いがしそうだった。黒い大きな犬がいて、そこを通るときには傘を握り、ときにはぶんぶんと振り回しながら歩いた。地区の端にある友だちの家は二階建てだが、通りには二階のてっぺんが見えているだけだ。玄関に行き着くには、通りから梯子《はしご》のような金属の階段を降りていかなければならない。それは井戸の中に入っていくような勾配《こうばい》と狭さと暗さだった。

そこにはいつも年老いた祖母と幼い妹がいて、末男は他に人がいるのを見たことがない。老婆《ろうば》はこちらに顔を上げ、夏にはシュミーズにプリーツスカートを穿《は》いて、さくれた畳の上に、つきたての餅《もち》のようにペタンと座り込んでいた。薄くなった髪をてっぺんで丸い固まりに結わえているのだが、髪が少ないのでさくらんぼぐらいの大きさしかない。垂れた乳房がシュミーズの脇《わき》から見えていた。

谷の底のその家にはほとんど日が射《さ》さない。老婆はかろうじてあたる日の逆光になり、こちらに向かって顔を上げたまま動かないので、小さな神様のような、禍々《まがまが》しい生き物のような、どちらにしてもこの世のものではないものを連想させた。妹は三歳ぐらいで、声も上げず、兄につきまとう。末男には幼子というより小動物を思わせた。

湿っけた畳に寝ころがって、読み古した漫画を見て時間を潰《つぶ》すと、また傘を摑《つか》んで階段を上がる。地の底から伸びるような階段で、その先には自転車がやっと一台通るほどの路地があるだけだが、顔を上げると、そこにはぽっかりと青い空が見えた。

路地は狭隘《きょうあい》だったが不潔ではなかった。ゴミも臭《にお》いもない。空きビンが転がりスナック菓子の袋が吹き寄せられていて、甘ったるく、何かの瞬間に吐き気を催すような臭いが充満している場所もあったが、そんな場所は少ししかなかった。

その建て込んだ住宅地を抜けるとすぐのところに大きな商店街があった。商店街は長く、店々は賑《にぎ》やかで、昼間から大人たちは丸椅子《まるいす》に座って酒を飲んでいた。

末男たちは夕方になると路地から商店街に遊び場を変えた。

暗くなって友だちが家に帰ったあとも末男は商店街にとどまった。

閉店時間が近づくと、店主たちは売れ残りを気前よく値引きして売りさばき始める。そこに根気よくじっと立っていれば誰かが食べ物をくれた。

「かぁちゃんは」

「知らない」

「家にいないのかい」

「いるよ」

末男は適当な返事をする。

母は家にいることもあればいないこともある。いなければ一人で電気をつけてテレビを見る。母親の機嫌がよければテーブルに食べ物が置いてある。テーブルに食べ物がなければスナック菓子で腹を満たす。でも家に母がいても、そこに見知らぬ誰かがいたら、その誰かが帰るまで外で時間を潰すのだ。公園の時もあれば、路地の片隅の時もある。

家にいれば、母親はときどき店屋物を取ってくれた。でもそんなことは滅多にない。だいたいは店で買ってきた惣菜《そうざい》を広げた。ご飯が炊《た》いてあることはあまりないので、末男が乾燥うどんを茹《ゆ》でた。母親が、うどんが茹で上がるのを待っているのを見ると、頼りにされているみたいで嬉《うれ》しかった。うまくてもまずくても、冷えていても足らなくても、母と二人で小さなテーブルに広がったものを食べるのは幸せだった。そんな日でも食事が済むと母親は誰かと長電話をして出て行った。そうして遅い時間に、酔っぱらって帰ってきた。

ときどき「女ひとりで子供を育てるのは大変なんだよ」と呟《つぶや》いた。

だから末男は、遅い時間まで時間を潰して商店街で食べ物を貰《もら》い、家に母親以外の人の気配を感じた時は、家から知らない人が出てくるのを家の前の公園でじっと待ち、母が、末男なんかいないように振る舞っても決して文句を言わなかった。

母親は二度、末男に「父親」を紹介した。その男がいる間は母親は家にいて、洗濯したり、食事を作ったりした。末男は、自分の家なのにまるで他人の家に上がり込んだみたいな居心地の悪さを感じたが、でもそういうのは長続きしない。二人の「父親」はそれぞれ、母と口論し、ときどき摑み合いのケンカをして、そうこうしているうちに、気がつくと母と二人の生活に戻っていた。

末男は母親と二人の生活が好きだった。だから「女ひとりで子供を育てるのは大変なんだよ」と恨みがましく言われても、母親を恨む気も憎む気もしない。

小学校に上がるときには筆箱、ノート、ランドセルなど、友だちと同じように買い揃《そろ》えてくれた。

学校は楽しかった。勉強もよく出来た。末男が七歳の時、母親は妹を産んだ。

赤ん坊は、腹を空かせたら泣いた。母親は妹を、思い出したように可愛《かわい》がり、面倒になると忘れた。妹の機嫌がいいときは抱いてあやしたが、むずかると苛立《いらだ》った。

末男は、赤ん坊が泣くのが怖かった。

不満があれば泣くものだ。でもこの家の中で泣いて不満をあからさまにすると、なにが起こるかわからない。

叩《たた》かれるかもしれない。つねられるかもしれない。棄《す》てられるかもしれない。

末男は一生懸命に妹をなだめた。ミルクの作り方を覚え、母親に代わって紙おむつや粉ミルクを買いにも行った。

そのころには末男は、母親が呼び込んだ男となにをしているのかを知っていた。男がテーブルの上に置いていく一万円札が、自分たち親子の唯一《ゆいいつ》の現金収入だということも理解していた。

末男が妹を連れて公園で時間を潰したのも、妹の世話をよくしたのも、ときどきあるささやかな団欒《だんらん》を壊したくない一心だった。

雨の日は妹を連れてアーケードの中で時間を潰した。腹が減れば店のものを盗んだ。焼き鳥を三本摑んで警察に通報されたとき、やってきたのは見知った巡査で、巡査は末男に、諦《あきら》めのような同情のような、いままで見せたことのない顔をした。

商店街には食べ物が溢《あふ》れている。そういう中で自分たちは腹を減らしている。最後は投げ売りしてしまう商品だ。そして自分たちが取るのは、そういう商品の中のほんのわずか――誤って床に落としたら棄ててしまう程度の量だ。

妹は、自分たちがなにを言われているのかわからないようだった。母親は五日前から帰って来ていなかった。でも「妹が腹が減ったと言ったから盗んだ」とは言わなかった。そんなことを言ってなんのたしになるだろう。

中学に上がると、母親は末男に「金を稼いでこい」と言った。新聞配達をするといいうと叩かれた。駅前の駐輪場から自転車を取ってこい、それが嫌なら商店街で万引してこいとわめいた。

駅前は自転車があたりを埋めつくしている。自転車に目星を付けると、盗難防止用の鎖をペンチで切り、何食わぬ顔で乗って行く。末男は髪も染めていない。耳にピアスの穴も空けていない。そんな中学生なら自転車の近くでまごまごしていても疑われない。母の出入りの男が、末男が盗んできた自転車を分解して、どこかに売りに行った。毎日一台ずつ盗んで、十日目に母親が妹と末男を近所の焼き肉屋に連れて行った。母は機嫌よく、妹も踊るように喜んだ。

勉強をしていたら仲間には小突かれた。相手が自分と同じようにクズでないと気にいらないのがクズな人間の特徴なんだとその時に気がついた。だから母親は、末男が新聞配達をすると言ったらひどく荒れたのだ。

末男は盗めなかったと嘘《うそ》をついて、十日間自転車を盗まなかった。すると母親の男が、スーパーの前まで末男を連れて行き、鰻《うなぎ》を十パック万引してこいと言った。そのあと本屋に連れて行かれて「十冊盗んでこい」と言われた。「妹を連れてけば、怪しまれないよ」男は親切そうにそう言う。末男は妹を連れて、鰻を十パックと雑誌を十冊万引した。

母は「お前の稼ぎがないとうちはやっていけないんだ」そう言って暴れた。「長男っていうのは、家の助けになるもんだよ。ちょっとは助けになってくれてもいいだろ」

母はろくに字も読めない。簡単な計算も出来ない。母に出来るのは売春だけだ。一時間客の相手をして一万円手にする。二万円置いていく客もいる。

母は客足が途絶えると末男と妹に手を上げることが多かった。「金がないんだ、ねえ、遊びに来てよ」と知り合いにあからさまな電話をかけた。金がある間は決して手を上げない。

末男は母親に内緒で高校を受験した。受験費用は一万円にも満たない。母親は末男が高校に進学したことも、実際に高校に通っていることにも気付かなかった。初めのうちは駅のトイレで制服に着替えて学校に行った。そのうちにバレた。なんて言って怒鳴られるだろうと思ったが、不思議と母は怒らなかった。

「そう言えばあんたの父親は大学を出た人だった」――そう言っただけだ。数回学費を工面してくれたが、そのうち援助はなくなった。

末男が空き巣の手伝いをしたのはそのころだ。狙《ねら》ったのは夜間に人がいないオフィス街の事務所。窓をハンマーで叩き割った。一件の実入りは少なくても気にしない。ハンマー一本で数をこなす。飛び散ったガラスで怪我《けが》をしないように、顔にタオルを巻き付けてゴーグルをつけて、軍手を三枚嵌《は》めた。やつらは音なんかお構いなしにハンマーを叩きつけた。

割れたガラスを蹴《け》り飛ばして鍵《かぎ》を外し、室内に侵入する。パソコン、電話、コピー用紙。掴めるものはなんだって車に積み込んだ。窓を割ってから出るまでの時間は十分。たとえ戦利品がなくても、かっきり十分で現場から立ち去った。

そのうち手口が荒くなり、ベッドタウンに手を伸ばした。狙うのは年寄りの独り暮らしだ。事務所と違い夜の家には人が寝ている。ガラスが割られると、ほとんどの家人は息を潜めた。家人と鉢合わせると、やつらは「騒ぐと火ぃつけるぞ」と一言放った。「もし捕まったら、出てきてから必ず火をつけてやる」と捨てぜりふを残した。

大学に進学できないことはわかっていた。金の問題でも学力の問題でもない。俺という人間が生まれ落ちた場所の問題なのだ。

大学に行きたくて。

万引しなくてもいい暮らしが欲しくて。

そのために他人の家の窓を叩き割って土足で踏み込む。

人の家の窓を叩き割って土足で上がり込む人間が、落とし物の財布を交番に届けるようなやつと、肩を並べては歩けない。

末男はその時に得た金で高校を卒業した。補導歴があったが、担任の教師が熱心に就職先を探してくれて、ネジを作る小さな金属加工工場に就職した。

末男は生真面目《きまじめ》で仕事を覚えるのも早かった。先輩に敬意を払い、無駄口を利《き》かず、朝は早く行って隅々まで掃除をした。「偉いね。無理しなくていいよ」と声をかけられた。

「家で掃除は俺の役目だったんで、苦にならないんです」

嘘ではない。掃除も洗濯も洗い物も全部末男がやってきた。でもなにより、自分の中に規律を取り戻したかった。

給料日には妹に土産を買って帰った。

六か月経《た》ったある日、男が二人、アパートにやってきた。若い、やんちゃな感じの男だ。

三十半ばの母親の客にしては若すぎる。

男の一人が「そろそろ金返してくれ」と母親に言った。もう一人が「だからそんなに借りていいんですかって言いましたよねぇ」と小馬鹿《こばか》にしたように畳みかけた。それから末男に言った。

「あんたの母ちゃんはどっかの借金を返すためにに闇金《やみきん》で借りてさ、それを返すためにおれんとこでまた借りたの。だから三軒の又借り」

その場で末男は母を問い詰めた。母親は男と一緒にパチンコに使ったと言った。

一部始終を見ていた借金取りは、うちの仕事を手伝わないかと末男に持ちかけた。

「母ちゃんの借金なんか、すぐに返せるぜ」

——一緒に仕事をしないか。高校に払う金ぐらいあっと言う間に出来るぜ。

それはハンマーで窓を叩き割った仲間が末男を誘った、あのときとまったく同じだった。

前後して勤めていた工場で手提げ金庫が消えた。その会社ではいままでになかったことだ。新入りの末男に疑いの目が向けられた。

そういえばあいつは朝誰よりも早く来ていたものな。

掃除するふりをしてあちこちのぞいていたんじゃないのか。

アパートの前には小さな公園がある。妹と二人で時間を潰した公園だ。末男はその公園のベンチに座って考えた。

真犯人がわからなければ俺が盗んだことになるだろう。万引。窃盗。俺の補導は金にまつわるものばかりなんだから。

どちらにしろ母親の借金が返せなければ、家に借金取りがうろうろしていることは早晩会社の誰かの耳に入る。結局このままじゃ会社にいられない。

妹はまだ十一歳だった。

# 第一章

## 1

梅雨が明けた。

東京では空は晴れ上がり、目を射《さ》すような日差しが連日降り注いでいた。

蒲田《かまた》署の刑事課の壁の上部には、天井に当たりそうなところに、小学校の教室にあるような真四角の茶色いスピーカーが取り付けてある。

七月十六日未明、あと四時間あまりで当直が終わろうというそのとき、スピーカーから若い女の、凜《りん》とした声がした。

『警視庁管内入電。警視庁から各局』

刑事部屋に座る全員の手が止まった。廊下を歩く者は立ち止まり、電話をしていた者も、言葉を止めると受話器を首まで下ろして、そのまま空《くう》を見つめる。電話が鳴ったがそれを取る者はなく、パソコンのタイピング音が一斉に止まる。

『蒲田署管内で他殺と思われる事案が発生。四時三十五分』

その瞬間、蒲田署には動揺が走った。

蒲田署管内の犯罪件数は少なくない。しかしそのほとんどが置き引き、車上荒らし、自転車泥棒、万引、粗暴犯であり、殺人事件は年に一件も発生しない。

前日の明け方には、川崎にある障害者施設で男が十九人を殺害する事件が起きた。このところずっと世界のどこかでだれかが大量殺人をしている。犯人は自分の境遇に対する不平不満で頭がぱんぱんになった人間だ。そして「政治的活動の一つ」もしくは「社会現象」として、自分のことを「憂国の士」と脳内変換する。そういう大量殺人が、世界の各地で起こっていた。しかしそのときまで、蒲田署には他人事《ひとごと》だったのだ。

『警視庁から蒲田3』

スピーカーから、プッという接続音がして、男の野太い声が応《こた》えた。

『蒲田3です。どうぞ』

『警視庁から蒲田署へ。仲六郷《なかろくごう》四丁目、六郷ゴルフ倶楽部《クラブ》と多摩川の中間あたりの木々生い茂る中に死体らしきもの発見との入電。現在発見者男性から一一〇番聴取中。速やかに現場付近にPMを派遣し、現状確保に努められたい』

刑事課巡査は生活安全課巡査部長と、取るものも取りあえずパトカーに飛び乗った。

「現場のゴルフ場って車、入れたかな」

「国道の手前から入ればゴルフ場の外縁の道に出られます」

ゴルフ場は河川敷の中にある。その外周は道路と呼べるようなものではなく、車が走ることで固められた砂地のようなところで、途中で切れてなくなる。

ゴルフ場の突きあたりに赤色灯が回っているのを見つけた。二人は「あれですね」「あれだ、あれだ」と声を掛け合いながら河原の道を慎重に車を進めた。

先に停まって赤色灯を回していたのは、無線を聞いて駆けつけた西六郷交番のパトカーだった。

人だかりがあり、その中心で灯を煌々《こうこう》とつけている。

パトカーの窓は全開で、中から無線機が呼びかける声が続いていた。その先で立入禁止と書かれた黄色いテープを握った巡査が、通報者らしき男をなだめている。

機動捜査隊の覆面パトカーが二台、続けざまに到着した。そこへ鑑識課の車がやってきて、続いて新たなパトカーが赤色灯を賑々《にぎにぎ》しく回転させながら停車する。ゴルフ場の突きあたりでは六台の車両が真っ赤なライトをぐるぐると回していた。

橋の上を通る十五号線の歩道には人だかりができていて、通報者らしき男は交番の巡査にすごんでいた。

「なんでぇ俺は見ただけだよ、二度と通報なんかしねぇからな」

このあたりは勝手に作った小屋が多い。小屋にはBSアンテナまで立ててある。敵《てき》愾心《がいしん》をあらわにする様子から察すると、犬を連れて散歩中だったという通報者は、そういう、このあたりを不法占拠している小屋の住人だろう。

死体は顔が粉砕されていた。鑑識が「死後五時間以内」と言うのが聞こえた。

顔にはハエがたかっていた。

男はばったりと上向きに倒れていて、一見して争った形跡はない。小柄で、丸刈り。二まわりほどサイズの大きなジャンパーを着ている。一昔前の暴走族が好んで着ていたような、てらてらした生地に模様のような金の文字が見えているが、飛び散った血《ち》飛沫《しぶき》ではっきりとは確認できない。

右手は腹の上、左手は地面の上で肩のあたりまで上げていて、脚はだらっと左右に開き、暑い日の昼寝のような恰好《かっこう》だ。顔のあった部分だけがざくろのように割れた肉の固まりになっている。それは大きな石を叩《たた》きつけたあとそのまま持ち上げたようだった。

機捜の刑事たちがあたりをくまなく探しているのは、被害者や、犯人のものと思われる落とし物、足跡、血のあとより、顔を粉砕したその凶器を見つけるためだろう。

生活安全課巡査部長が呼ぶので、刑事課巡査はパトカーに戻った。

パトカーにはずっと問い合わせの無線が入っている。殺しと聞いて、捜査本部が設置されるのではないかと経理と庶務は気が気でないのだ。捜査本部が設置されれば、お茶、弁当はいうに及ばず、布団《ふとん》からファックスから電話まで、全《すべ》てレンタルの手配をしないといけないからだ。所轄《しょかつ》にはいまごろ、池上《いけがみ》署、大森署からもうるさく問い合わせが入っているに違いない。それで副署長がひっきりなしに問い合わせてきて、巡査部長はその相手をするのに掛かりきりなのだ。

「どんな感じ?」

「殺されたのは日付の変わるころみたいです。鑑識が死後五時間以内って言ってるのが聞こえましたから」

「川崎の方の不良がこっちの管轄でケンカしたってことじゃないのかよ」

「ケンカで顔をあそこまで潰しますかね」

「バカのケンカなんかお前、なにやるかわかんないんだぞ。顔を潰したんじゃなくて、石を叩きつけたら偶然顔だったたってことじゃないのか」

どこから聞きつけたか、人込みの中にカメラマンの姿があった。スマホをこちらに向けているのは動画を撮っている野次馬だ。

東から日が上がる。白く煙るような朝日が、多摩川の上をゆっくりと昇っていく。

そのころ中野区東中野では、女性が殺害されているのが発見されていた。

柏木《かしわぎ》にあるセブン－イレブンの裏の路上で、若い女性が仰向けに倒れて顔から血を流しているとの通報があったのは、蒲田署管内六郷の河原で死体が発見される七時間前、七月十五日午後九時四十三分のことだ。

通報者は、顔面に血飛沫があり、額に穴が空いて目を開けていると、怯《おび》えていた。

女性はジャージのズボンに洗い晒《ざら》したTシャツを着て、ゴム製のサンダルを履き、持ち物は小銭入れだけだった。小太りで、傷《いた》んでぱさついた髪は金色に近い茶色。髪の長さは背中まである。眉《まゆ》は三センチほどしかなく、爪《つめ》は小さくて長い。発見されたのはコンビニから二百メートル離れた路地裏で、風呂《ふろ》上がりにふらりとコンビニに行ったと思われるその女性は、鍵《かぎ》も携帯も、身許《みもと》を示すものは何も身に付けていなかった。髪の根は湿っており、手にはアイスクリーム三本とスナック菓子二袋、発泡酒二缶が入ったコンビニのビニール袋を持っていた。

眉間《みけん》の真ん中には、直径一センチほどの穴が空いていた。

顔には赤いみぞれのように血が飛び散って、後頭部は砕けている。ぱさついた茶色の髪が扇のように広がり、眉の薄い女は口をぽんやりと開けて、血溜《ちだ》まりからじっと東京の空を見ていた。

それから四日後の七月十九日午後三時、東中野でもう一体、女の死体が発見された。臭くてたまらないという近隣の居住者の連絡で、大家は生ゴミを溜めているのだろうと思い玄関ドアに合鍵を差し込んだ。ドアを開けたとたん噴き出した臭《にお》いに、その場で中野署に通報した。

連日三十五度を超える気温が続いていた。部屋には息が詰まるような悪臭が立ち込めていた。駆けつけた警察官が臭いの中を分け入ると、風呂場に真っ黒な物体が入っていた。

物体を形作っている黒の粒子の一つ一つが、もぞもぞと動いている。警察官が一歩近づいたとき、その黒い粒子が一斉に飛んだ。

飛んだのは大量のハエだった。そしてあとには浴槽に座った、人の形をした風船

――膨れた死体が一つ、残った。周りにはウジが徘徊《はいかい》し、溶けた肉片に付け睫《まつげ》が貼《は》りついていた。遺体は水を張った浴槽に座り、額に一発の銃弾を受けていた。

アパートの契約者は神崎玉緒《かんざきたまお》という二十二歳の女性で、大家は身体《からだ》を震わせながら「身なりは派手だったけど、そんなに悪い子じゃなかった。里から送ってきた柿を持ってきてくれたこともある。家賃を滞納することはなかった」と語り、とりつかれたように神崎玉緒の携帯の番号を押し続けた。

汗だくで携帯のキーを押す大家を横目に見ながら、機動捜査隊の若い隊員は、部屋のどこからも携帯電話の着信音がしないことに気がついた。

部屋は和室で、小さなキッチンが付いている。西に向いた窓には安手のカーテンが引いてあり、部屋の空間の半分をベッドが陣取っていた。残りの半分の中央に小さな足折れのテーブルがあり、その上に、ピンクの大きなリボンをあしらった布製の鞄《かばん》が載っている。

隊員は白い手袋をした手をリボンのついた鞄の中に突っ込むと、派手にデコレーションされたスマートフォンをつまみ出した。キティのキャラクターをラインストーンで、飾り羽子板のように張り付けている。

携帯は、電源は入っていたが、着信の反応を示していない。

――大家が鳴らしているのはこのスマホじゃない。すなわちこのスマホも鞄も、神崎玉緒のものではないということだ。

ということはあの死体は——神崎玉緒ではないかもしれない。

玄関先には、赤いリボンを付けたミニーの柄の大きなキャリーバッグが置いてあり、中には生活用品の全てが詰め込まれていた。財布の中にはポイントカードの類《たぐい》がびっしりと詰め込んである。それにより鞄の持ち主の身許が割れた。

座間《ざま》聖羅《せいら》、二十二歳。出会い系の掲示板で客を取る女性だった。

そのころやっと、大家の携帯に神崎玉緒から折り返しの電話が鳴った。

知らせを聞いた神崎玉緒は、悲鳴を上げて座間聖羅を罵《ののし》った。

2

空梅雨の後の夏は酷暑だという。今年は梅雨に入る前から晴天が続き、梅雨に入っても青い空に浮かんだ真っ白な雲が動かない日が続いた。数回、猛烈な雨をやり過ごすと、気象予報士は「梅雨が明けた」と言った。それから夏がやってきて、身体が溶けるような熱が空を覆《おお》った。

部屋を出るときにドアを開け、熱線の洗礼を受ける。エレベーターで地上に降りてものの三分でその暑さにも慣れる。ホームの暑さは常軌を逸していて、やってきた電車の冷房で生き返る。

東京から電車と大きなビルがなくなったら、一体どれぐらいの人が生き延びることができるだろう。それとも電車やビルがなくなったら、この殺人的な暑さも引いて行くのだろうか。

木部美智子《きべみちこ》はフリーランスのライターだ。

雑誌が売れなくなり人びとが本を読まなくなって、記者に限らず活字に携わる人間には厳しい時代が来た。テレビは見られなくなり、新聞は読まれなくなり、聞こえてくるのは世知辛いことばかりだ。それでも木部美智子の毎日が大きく変わることはない。美智子は雑誌「フロンティア」の看板記者であり、「フロンティア」が健在な限り仕事にあぶれる心配はない。

七月二十日。

木部美智子は乗り慣れた電車に乗り、歩き慣れた道を歩いて、フロンティア編集部に向かう。

フロンティアが入っているビルの手前には大きな横断歩道があり、信号を待つ人が黒い水溜まりのように集まる。やがて青になると、視覚障害者用のメロディーと共に、黒い水溜まりは細長く変形しながら蠢《うごめ》いて白い横断歩道をゆっくりと埋めていく。それもまた、見慣れた光景だ。

見知った守衛と目で挨拶《あいさつ》をしてノートに名前を書き、入館証を受け取るとエレベーターで七階のボタンを押した。

編集の中川《なかがわ》から電話があったのは昨日だ。曰《いわ》く、編集長が、木部ちゃんはいつ来るんだっけを二回繰り返している。寄ってくれるようなら原稿の赤入れを片づけておきますけど、ということだった。

中川はフロンティアの数少ない正社員だ。若く、気働きがよく、要領がいい。真鍋《まなべ》編集長がぶつぶつと木部美智子の名前を出すと、そっと電話をかけてきて、フロンティアに来る口実を耳打ちする。こんな男をあごで使う真鍋は果報者だ。かといって、あごで使われる中川が過重労働やストレスで疲弊しているかというとまったくそんなことはなく、むしろ「気が利く俺」を臆面《おくめん》もなく前面に押し出して恥じるところがない。

フロンティア編集部も、すっかり静かで清潔になった。電話の音もファックスの音もしない。紫煙もなく、部屋の空気は澄みきっている。それは子供のころ二十一世紀の予想図の中に出てきた、どことなく近未来的な静寂でもある。

その知的静寂の中で、煙草《たばこ》の煙と電話の音と荒っぽい喧騒《けんそう》の中にあった三十年前と変わらない、傍若無人な恰好で、真鍋は電話をかけていた。

椅子《いす》にふんぞりかえって斜め四十五度上方に向かって喋《しゃべ》るのである。

美智子はそっと中川に寄って行った。中川がすっと顔を寄せてくる。

「昨日送ってくれた木部さんの原稿、真鍋さんめちゃくちゃ褒めていましたよ」

「ろくに読んでないのよ、そういう時は」

真鍋の耳のよさはおそらく職業病だ。斜め上を向いていた顔がいきなり中川の方に向き、その後ろに立っていた美智子に気付いた。真鍋はダミ声で電話の相手を威圧しながら、機嫌よく手をひらひらさせて、美智子を呼んだ。

当節あの喋り方ではパワハラ認定を受ける。もっとも真鍋なら「パワハラなしで仕事がまとまると思ってるのか」といなしてしまうだろうけど。

真鍋の生命線は売り上げだ。そしてフロンティアはいまのところ優等生だ。

真鍋は遠い昔、左に寄りすぎて、権威はあるが販売部数を年々落としていたフロンティアの屋台骨を立て直した男だ。禁煙になっても分煙になっても席で煙草を吸い続け、育休を求めた男性社員を分社に飛ばした。胸元が開きすぎている服、透けすぎている服を着てくる女子社員には「それ、夜道で襲われても文句言えないってことだからね」とセクハラな暴言を吐く。

「真鍋さん、用事はなんだろ」

「心当たりないんですか？」

「ない。食品会社のクレームはまだ記事になるようなものじゃないし」

「ああ、川崎の一件ですね」と中川が言ったので、美智子は「蒲田」と訂正した。

「で、その野川愛里《のがわあいり》って子、どうなりました？」

「見つからない。携帯一つ持ってうろつく人間って、携帯の電源を切ったらどこにも痕跡《こんせき》がないのよ」

そこで真鍋が「はいはいよろしく」と適当なことを言って電話を切ったので、美智子は真鍋の席に移動した。中川は自分も呼ばれたような体《てい》を装《よそお》ってついて来る。

「さすがに木部先生、うまいね」

真鍋が机の上に置いて捲《めく》っているのは、昨日送った原稿だ。

若くして子供を産んだ未婚の女性が、若さを持て余し母親業をほっぽらかして男性との関係にうつつを抜かし、子供を疎《うと》ましく思う気持ちが高じて「未必の故意」を以《もっ》て子供を死に至らしめたというものだ。一般的には虐待《ぎゃくたい》と捉《とら》えられるが、この場合親はむしろ虐待という言葉に甘えていて、その域を超えている。

その前は、子供を毎日、ほぼ一日中ウサギ用のケージに閉じ込めて、結果子供が死亡したという事件を後追いした。死んだ子供には兄弟がいて、一家は、子供を一人ケージに押し込んだまま、食事を取り団欒《だんらん》をしていた。そこには「お兄ちゃん、かわいそう」と震える子供の姿はない。兄弟への仕打ちに怯えて親を恐れる感情も生まれていない。兄弟の一人をケージに押し込んだまま、家族は公園に遊びに行く。明るい日差しの中、もしくは夕闇《ゆうやみ》が迫るころ、たった一人ケージの中に残される子供はかわいそうだ。しかしそうなると、事件には親の特異性だけでは済まないものが暗示される。親も特異ならそれに違和感を覚えない兄弟も特異。すると家族そのものが特異であり、だったら死んだ子供だって特異だったんだろうということになる。被害者が加害者と同質であり、「絶対的被害者」でなくなる。その子供がケージを出ると、別の子供が押し込められるかもしれない。その場合、ケージから解き放たれた子供は、代わりに入れられる兄弟の悲しみなんかちっとも考えることなく、家族と遊びに行くのだろう。問題の根源はどこにあるのか。親なのか、家族なのか、そういう人間たちが存在するという事実なのか。

美智子はそういう事件を「一般的な」「ひとつ間違えるとどの親にも起こり得るこ

と」として一本の記事にまとめる。

「でもさあ」と真鍋は美智子の原稿をぱらぱらと捲った。「こういうネタも、もう飽きちゃってるんだよね。畠山鈴香あたりまではなにかあったのよ、この女の真実を知りたいというのかな。だから人として見えていたわけだよ。でも最近のは限界だよな」

真鍋が言う「最近の」というのは、ごみ箱に押し込められて死亡した幼児や、冬のベランダに裸に近い恰好で縛りつけられて衰弱して死んだ子供などのことだ。

「いっそのこと、きれいごとにまとめないでありのままに書くっていうのはナシですか」と中川が言葉を挟んだ。口調、音量、タイミングを心得て話の腰を折ることなく滑り込んでくる。こういうのが彼の持ち味だ。

真鍋は原稿に目を落としたまま、突然へっと笑いを漏らした。

「こういう人たちはぼくらとは別で、こういうことに罪悪感を感じない人なんです──ってか？　人間、踏み越えちゃいけない一線があってさ。守らないといけない建前と言い換えてもいいんだけどね。今や世の中、乾いた牧草地みたいなもんだからさ、差別的な発想っていうのは火種一つ落としたらあっという間に広がるの。読者っていうのは、こちとらが思うより嗅覚《きゅうかく》はいい。でも期待するほど賢くはないのさ。十五日の川崎の障害者施設の事件にしても、犯人は悪いことをしたって思ってないんだから。こういう時代に、虐待される子供たちはそもそもぼくらとは違う人たちなんですなんて文字にしてみろ」グラビアページのゲラを持った編集者がやってきて、真鍋はそれにざっと目を通すと頷《うなず》いて突き返した。「頭の足りない輩《やから》が目をきらきらさせて飛びつくんだぞ。弱いもの苛《いじ》めをしたくてうずうずしているんだから。昔は貧乏は恥ずかしいことじゃなかったんだ。中学しか出てないことは、本人のコンプレックスではあっただろうが、そういう人たちが一番善良だったりしたんだよ。片親の子だって、親は人一倍大切に育てたんだ。規範意識っていうのは、人としての誇りに根付いている。紙の文字が、その誇りを叩き壊すような真似《まね》をしたらおしまいなんだよ」

中川は得心がいかないようだ。仕方がないので美智子が拾った。

「事件化されたいくつかの事例をもって、それを一般的だと世間の人が思い込んだら、社会のその思い込みのために苦しむ人たちが現れるってこと。低学歴の、結婚を三回ぐらいした若いおねえちゃんでも、子供を慈《いつく》しんで誠心誠意育てていることもある。言葉が汚くて、子供の頭を小突いている眉のない母親と、店の中を走り回って生鮮食料品のラップに穴を空けてゲラゲラ笑っている子供っていう家庭に、弱きを助け強きをくじく愛と正義がある場合もある。そうでない場合もあるけどね」

確かに、安易な区分けは不当に誰かを貶《おとし》める危険がある。そして不当に貶められた人たちは誇りを叩き壊されて、規範意識を持てなくなる。だから真鍋は、文字は「自分と同じような人間の中で起きていること」という前提で書かれるべきであり、おれはそれを踏み外さないと言っている。

しかし美智子がありのままに書けないのにはもっと切実な理由がある。事件を突き詰めていくと、ある時点で子供を不憫《ふびん》に思う気持ちがするりと胸の内からなくなるのだ。

幼い子供は親の人生の一部であり、別人格と言えるような自己はまだ確立されていない。親が子供に愛情を注ぐのは親と子がそもそも別の存在ではないからだ。だから三歳の子供が食事を与えられずに死んだとして、それは確かにかわいそうな話なのだが、そこにはこちらが想像するような被害者はいない。そこにあるのは悪意と残忍さだけだ。自らの死を無念に思う自意識もなく、その死を無念に思ってくれる親もいない。美智子がこの手の事件に本気で取り組めないのは、真鍋のような倫理観からくるものではなく、その不毛を突きつけられるからだ。

「中野、何か聞いてる？」

真鍋は川に浮んだ飛び石を踏むように唐突に話題を変える。話は美智子の原稿から、中野で起きた二件の殺人に転じたようだ。一人目は身許不明、二人目は売春業の女性が殺害された事件だ。

「特には」

真鍋は頷くと、物憂《ものう》げに独りごちた。

「ピストルっていうのが穏やかじゃないよな」

事件は一件目の発生直後から嫌な雰囲気が漂っていた。被害者は若い女性で、場所はコンビニ裏の路地、凶器は拳銃《けんじゅう》だ。プロに殺されるタイプの女性には見えない。しかし一般人が私憤で殺すのにわざわざ拳銃を使うとも思えない。プロでもなく私憤でもなければ無差別ってことになる。

一人目の犠牲者の氏名はまだわからない。どこからも、近親者が帰って来ないとか、従業員が会社に出てこないという通報はないらしい。女性は、鍵を持っていなかった。鍵をかけずに出かけてもいい状況だった、すなわち独り暮らしではなかったと思われる。買い物をしたコンビニでは店員が彼女のことを覚えていた。何度か見た記憶があるから、近所だと思うと言った。アイスクリームが溶けない距離に住んでいるはずだ。

それでも、五日たったいまでも女性の身許はわかっていない。

コンビニの防犯カメラには、棚の隅の漫画を手に取って再び戻す女の姿が記録されていた。警察は買ったものからレジの記録を遡《さかのぼ》り、金を払った時間を突き止めた。十五日午後九時三十六分だ。直後に、女が店を出て行く姿が店外カメラに映っている。そこから殺害現場まで約二百メートル。機動捜査隊のパトカーが現場に到着したときには、まだ温かかった。

額の穴は眉間の真ん中にきれいに空いていたそうだ。そこから顔に血が飛び散って、頭の後ろに血溜まりができていた。しかし女の悲鳴を聞いたものはいない。「乾いたパンという音」を聞いた人は数人いて、時間がほぼ一致している。そこから導き出されることは、女は眼前に銃口を見て、声を上げる暇もなく撃ち抜かれたということだ。

考えれば大胆な犯行だ。

二人目の被害者の座間聖羅は、発見時、死後七十二時間が経過していた。すなわち殺されたのは中野のコンビニ裏の路地で女性が殺害された翌日、七月十六日の昼間ということになる。

「二人目の被害者について、中野署に懇意の刑事がいるってライターが、情報を売り込んで来たんだよ。それが、被害者を泊めていた女性と、母親の証言なんだ」

真鍋の言葉に、中川は近くの空いた椅子を引き寄せると、座り込んだ。

「座間聖羅は出会い系掲示板で客を取っていた、フリーの売春婦です。現場は友人のアパートの浴室。泊めていた友人は怒り心頭だったそうです。あたしは善意で泊めただけだ。あの子を泊めるといつもなにかなくなる。服も勝手に着る。それでも泊めてやっていたっていうのに、風呂場で死体になってるなんて、恩を仇《あだ》で返すってやつか——って」

「それは」と美智子はちょっと言葉を飲んだ。「——中々の出だしね」

中川は頷く。

「一課では、座間聖羅は人違いで、ホシのターゲットは部屋の持ち主だったその神崎玉緒の可能性もあるっていうんで、かなり詳しく聞き取っています。似たような女の子だろうって思うでしょ？　それが、神崎玉緒の方はごくまっとうな二十二歳。刑事にまくし立てたそうです」

神崎玉緒は高校のときに親と教師に何になりたいかと詰め寄られて、本当は声優になりたかったが言い出せず、その場しのぎに保育士になりたいと答えて短大に行くも、子供を抱いてぎっくり腰になり、保育士になることを断念。親に頼み込んでメイクの専門学校に行かせてもらったが、卒業しても仕事がなく、美容院の受付をしたが立ちっぱなしの仕事にまた腰を痛めて退職。親には学校を二つも出したのになにをやっているんだと叱《しか》られて、居酒屋のバイトを掛け持ちしながら、それでもヘアメイクの仕事で食べていけるようになりたいと深夜営業のヘアサロンで働いている女の子だった。

「そうやっていろいろ仕事してるといろんな子と知り合う。深夜帯の安いヘアサロンだとキャバクラの女の子たちも来る。座間聖羅とは、そんなキャバ嬢経由で知り合ったそうで。もともとはどこかに部屋を借りていたと思うけど、どういう事情か友だちの家を転々とするようになった。最近では誰も泊めてやらなくなっていて、ちょっと上げてって来て、そのまま帰らない。追い出したいけど、泊まるとこがないのはわかってる。自分も友だちに世話になってきたことだし、人が泊まりに来るのはよくあることだし――まあ、そう思って泊めていたんだそうです」

「それは座間聖羅の生活とか人となりを知るにはもってこいのエピソードじゃない」

「厭味《いやみ》言ってんですか。同情を引くところが一点もない」

真鍋が頷いた。「それで神崎玉緒は、顔も判別できないような死体で発見された座間聖羅にキレたわけさ」

「風呂の清掃費用は誰が持つんだ、それよりあたしはどこで寝たらいいんだって」

「現実的な問題だよな」と真鍋。

「部屋に入れないって泣いたそうです」

「かわいそうになってきた」

「座間聖羅の携帯のLINEの登録は二千人に上るそうです。ショートメールは多いときに一日三十件。神崎玉緒は、それは友だちじゃなくて客だと刑事に教えた。二、三情報交換して金額を提示、成立なら場所と時間を決める。それを繰り返していたから、通信量が膨大だってことです。勤めていた風俗店は本番もある店で、座間聖羅は十三の時からそういう仕事をしていたっていうんです。そのうちホストクラブにはまった。ホストクラブに通うために、皿洗い機が皿洗うみたいに手当たり次第男を食って金にする。男がらみのトラブルも多くて、ホストの取り合いはしょっちゅう。借りる金は二千円とか、五千円とか。で、借りたものは服でも金でも返さない。その上泊まった家にあるものは無断で使う。金がないならしかたないけど、ホストに入れ揚げる金はあるくせに、たった五千円の金を返さないからみんなが怒る。そう、神崎玉緒は言ったそうです」

美智子はため息をついた。

「座間聖羅が勤めていたのは乃木坂にあるいわゆるピンサロで、出勤は週に二日程度。そこでも時間にルーズな上に盗癖がありトラブルが絶えなかったと店長が証言しました。店では写真を貼り出すんですが、それにも他人の写真を使っていて、店長が自分の写真を持ってくるように言っても、座間聖羅はこれは自分だと言って譲らなかったそうです」

そういうと、中川はスマホの中から一枚の写真をタップした。

写真には、特段美人とは言えないが、気の良さそうな若い女が写っている。

「本人の近影は？」

中川は写真を取り出した。集合写真を拡大したのだろう、画質の粗いもので、そこに写っているのは色の浅黒い、金色の髪をした、目が細く頰骨とエラの張った女だ。

「自分の顔が気にいらなかったんでしょうね、ほんとに写真を撮ってなくて。客に見せるのはこの、別人の写真を使っていたみたいです」

二枚の写真の差異は一見して埋めがたい。客の男にすれば、呼び出してみれば全く別の女が来るわけで、初めからトラブルを織り込み済みの生活なわけだ。

「で、この写真の女性は誰なの」

「わかんないです」

座間聖羅は板橋区内の私立高校を一年で中退。板橋署生活安全課の記録では、中学二年の時に売春行為で保護されており、五年前にも違法売春店の摘発時に保護されている。四年前に板橋署管内で発生した、未成年の少女が同じく未成年の少年たちから暴行を受けたという暴行傷害事件では、座間聖羅も事情聴取を受けている。区役所によると二歳になる子供がいて、板橋区内の養護施設で保護されている。保護名目は育児放棄による成長不良。施設に預けたのは生後半年で、以降、子供に面会にきた記録はない。ちなみに結婚歴はない。

座間聖羅の母親は、娘とは音信不通で携帯番号も知らない。それどころか施設に預けた子供がいたことも知らなかった。事件直後訪れた刑事に、うちの娘なら、そちらで焼いてくれと言った。

「母親は施設にいる自分の孫について、ろくでもないのとろくでもないのがくっついてまともなのが生まれるはずないだろと言い捨てたそうです」

「真鍋さん、その情報、買ったんですか」

「買わないよ、これを餌《えさ》に、書かせろって言ってきたんだよ。中野署にコネがあるから、書けるって思い込んでいるんだよ。だけどこんなもん、一行だって載せらんないよ」

「どこから入手したかってことになるし、それ以前に相手は被害者ですからね」と中川が補足する。

「でも——」と真鍋は中川の顔を見た。「あいつ、まだ売り込んでくる気だよな」

「新しい情報を抱えてですか」

真鍋は苦笑した。「ヤだよ、おれ。警察に盗聴器仕掛けてるだろって言われるよ」

それから真鍋は、美智子の幼児虐待の記事に視線を落とした。

「まるっきり木部ちゃんの記事の延長だわな。育児放棄や暴力の中で生き延びた子が結局親と同じように子供産んで育児放棄して、そいで殺されましたって。それじゃなんの同情も引かない。でも不思議なのは社会にあんまり動揺がないってことさ。ピストルを持った人間が二人も女を殺して、それがうろうろしているってことなんだよ？　使われたピストルが同一だかどうだか線条痕《せんじょうこん》の鑑定が済んでないらしいが、これが同一犯じゃなかったらその方が大事だろうと思うよ」

報道には一切射殺という言葉が使われない。報道上部から何かしらの下達があったと聞く。警察上部が圧力をかけたのだろうが、拳銃で殺されたものを「射殺」と書くなということは、見えているものを見えていない振りをしろということだ。通常ならそういうときには、被害者情報を小出しにしながら様子を見るものだが、今回の被害者はタブーという名の泥沼にどっぷり漬かっている。面倒なことになったなと真鍋は呟《つぶや》いた。

「ここまで書けることがないっていうのもな」

被害者は出会い系掲示板で客を取っていたフリーの売春婦――そんな被害者情報を

流せばたちどころに「問題があったから殺された」に転じて、最後は「殺されて当然」まで論理が飛ぶ。すると世の中には「そういう女は殺されて当然という考え方もあるのだ」と理解してしまう輩が一定数いて、そういう発想を許すと間違いなく犯罪行為の社会的な閾値《いきち》が下がる。風紀が乱れるということだ。治安が乱れると言い換えてもいい。だから無条件に「法を犯すものは悪」と留《とど》めておくのが公衆道徳に合致する。そのために、被害者は常に「絶対的被害者」であるべきなのだ。

雑誌はそういう一元的な見方に満足しない人たちが金を払って読むものだ。しかしそういう人たちは一方で、非人間的なことには加担したくないという心理を持っている。事件後すぐに、被害者は売春婦でしたと記事にすれば、それはそれで悪趣味だと言うのだ。だからこの手の記事は、彼らが求めたくなるまでじらさなければならない。

今のところフロンティアはネタには困っていない。ネットニュースなどが話題を浅く広く食い尽くす時代になり、苦戦を強いられる紙の媒体が増える中、フロンティアは入念に裏を取り、事象に踏み込んだ記事を書いてきたので棲《す》み分けができている。真鍋は政治問題を扱うにしても、スタンスを争わず、ぎらぎらした悪い油のようなゴシップ、もしくは厳選された事実だけを載せる。イデオロギーをたちの悪いおもちゃだと割り切っていて、幸せとは凡庸の中にあるもので、人間的な喜怒哀楽に耽溺《たんでき》できることが幸福の条件であると信念を持つ彼は、最終的には人びとが指をさすものをこき下ろすことこそ雑誌の役目であると心得ている。早い話が多数意見に付き、多数意見が望むことを、望むように書くのだ。

「なんかないかい、目先の変わったこと」と真鍋が振ってきたので、「原発マネーぐらい」と美智子は答えた。すると真鍋は目を細めて喜んだ。

「おっ。いいじゃないか。固そうな柔らかそうな。嘘《うそ》ともほんとともつかず、どっちにも逃げられる、そのくせ誰もが読みたいと思う」さすが木部ちゃん、いいとこ突いてくるねぇと、その言葉はまんざら社交辞令ではなさそうだ。

「で、どこのをやる?」

「やるなら伊方《いかた》原発。東電は生臭いから」

本気なら企画書通してね、取材費出すからと真鍋は言った。

帰りの電車の中で、美智子は中川からのメールを受け取った。

そこには座間聖羅が自分だと言い張っていた写真が添付され、売り込みをかけたライターからの情報がまとめられていた。


翌二十一日午前十時。

中野区柏木のスーパーマーケットで、防犯員は売り場をうろつく一人の男児に目をつけた。

就学年齢程度――六歳から八歳と思われる男児は、カートにジュースとパンとスナック菓子を数個ずつ入れた。カートを止めて誰かを待つとか、人待ち顔で辺りを見ることもしない。商品棚を眺めて商品を鷲掴《わしづか》みにして、ぽんぽんとカートに放り込むのだ。商品がカートの三分の二ほどになると、その量に気がついたのか、摑んでいたスナック菓子から手を離した。それからぐんぐんと押して、カートはレジ横の通路から作荷台へと売り場を出た。

防犯員は男児に近づき、その手を押さえた。「お金、払ってないよね」

男児は、何のことだかわからないような顔をした。

「お母さんどこかな」

男児は一瞬、むっとした顔をしたが、すぐにするりと表情を落として、まるで映画館の中に座ってでもいるように、防犯員の呼びかけに無反応になった。

防犯員は、近くに大人を探した。小さな子供が出来心で万引するのに、カートを使ったりしない。ポケットかシャツの下に忍ばせるものだ。外に大人が待っているのだろうと当たりをつけていた。

しかしそれらしい大人が見当たらない。

店長と防犯員は男児を事務所に引き込み、氏名年齢を問いただした。森村叶夢《もりむらとむ》、七歳と名乗った男児には、悪びれた様子はない。防犯員と店長は、少年が初犯でないことをよく知っていた。男児には三歳ほどの妹がいて、二人は野生児のように店内で行動するのが常だ。商品を店内で食べ始めることも珍しくない。母親に注意をすると金を払えばいいんだろうと逆切れする。あんたたちみたいに育児に理解がないやつがいるから子供が増えないんだと食ってかかる。

それでもここまで大量に持ちだそうとしたことはなかった。

店長と防犯員は意を決して、男児が万引したものを袋に入れ、男児に、家まで案内するように言った。

男児はいかにも素直に頷くと、二人を引き連れて事務所を出て歩きだした。

七歳にもなればことの善し悪《あ》しは理解しているものだ。なぜこれほどあっけらかんとしているのか、店長は訝《いぶか》しんだが、防犯員は、この子は慣れているんだとたじろがなかった。

少年は十分ほど歩いて路地へと入り込み、その先にある古いアパートに二人を案内した。

築四十年は過ぎていそうな古いアパートだ。玄関の鍵は開いていて、ドアを開けるとものとゴミで散らかった小さな部屋があり、そこに三歳程度の女児が、玄関を見つめて座っていた。

女児は二人の大人に不審気な顔をしたが、その手にスーパーのレジ袋を認めると、つかつかと近づき、袋を摑み取った。

兄妹は中からパンを摑みだすと、その場で袋を破って食べ始めた。室内にはゴミの臭いが漂っている。台所に六畳がついた1Kで、部屋の端にはゴミ袋が土嚢《どのう》のように積み上げられており、台所のシンクは物入れになっていて、そこにはカップ麵《めん》や、アイスクリームの容器、鍋、箸《はし》、牛乳の紙パックなどが詰め込まれていた。

店長と防犯員は口々に、母親はどこにいるかと尋ねたが、二人とも返事はしない。警戒心を置き忘れたように、袋に手を突っ込んでパンを取りだし、ペットボトルのジュースを取り合い、がつがつと食べた。

午後一時、店長と防犯員は中野警察署に通報した。

部屋に残されたスマートフォンの中には、兄妹とともに、六日前に中野の路上で眉間を撃たれて死亡した女が写っていた。

森村由南《ゆな》、二十七歳。彼女もまた、風俗店で働き、売春行為を仕事にしている女だった。

美智子がその報を受けたのは二十一日、蒲田に向かう電車の中だった。午後三時、中川からメールが届いた。そこには、中野事件の一人目の被害者が判明したと書かれていて、その詳細が添付してあった。

〈これで売春行為をしている女性をターゲットにした連続殺人事件に決まりですよ〉

最後にそう、メッセージがついていた。

予期していたことだが、いざ現実になると衝撃がある。

ホームに降りながらスマホの「連絡先」から「浜口《はまぐち》」を選び出して、改札を通過すると、タクシー乗り場を探しながらタップした。浜口は長年、報道番組の制作会社のチーフをしている男だ。

「中野の事件だけど、一人目の被害者、割れた？」

浜口は怪訝《けげん》な声を出した。

「そうなの？　割れたの？　なんでそんなこと聞くのさ」

浜口から情報を聞き出そうと思ったのだが、藪蛇《やぶへび》だったようだ。浜口が知らなかったばかりか、フロンティアが摑んだということもばれてしまった。一瞬、しまったと思ったが、どうせ時間差でわかることだし、浜口は聞き届けるまで食らいついてくる。ロータリーは、そこに動く車のボディに午後の日差しがはね返って、広場全体が黄色くぎらぎらと光っていた。

「氏名が割れた。二十七歳。売春をしていた風俗嬢」

広場を包む熱波に目がくらむ。その暑さはまるで天が人間を焼き殺そうとしているみたいだ。浜口が電話の向こうで息を飲むのがわかった。そのとき美智子は、電話をしたのは情報を聞き出すためじゃない、誰かと不安を分かち合いたかったからだと気がついた。

「氏名は森村由南。住んでいたのは現場近くのアパート。七歳と三歳の子供がいて、上の子がスーパーで万引して発覚した。押し入れには露出の高い黒のタンクトップや尻《しり》の一部まで見えそうなほど短く切ったジーンズ、女子高生がよく履くハイソックスが押し込まれていた。母親が娘だと認めたということで、座間聖羅と違って森村由南は額に穴が空いていただけだから、確認が取れたってことでしょうね。母親は娘の死を聞いて一番に、孫は引き取れないから施設にやってくれと言ったそうよ」

美智子には、冷たいステンレスの上に載せられた死体が目に浮かんでいた。顔は蠟《ろう》のように白く、唇は開き、額には真珠大ほどの穴を空けて銀色の板の上に寝かされた女だ。

「すごいな」と浜口は呟いた。「それ、調書じゃないか」

「事件に驚いているんじゃないんだ」

「俺はむしろ調書を直に聞くことに興奮するよ。そんなのどこから手に入れるんだよ」

それから心持ち声をひそめた。

「ピストルの出所については？」

「聞いてない」

浜口はふうと息を吐き出した。「売春婦を狙《ねら》った連続殺人で決まりってことだ。それも犯人はピストルを使っているんだ。――なんか怖いな」

目の前では、まるでアルミの世界にいるように日差しが乱反射していた。木々の青さはその暑さにめげるどころか、その熱をむさぼり食っているようにも見える。

「真鍋さん、書くの？」

これだけの事件を書かずに済ませることはない。マスコミにとって社会的な事件の発生は、食物連鎖の真ん中ぐらいにいる動物にとっての、巨大動物の死体みたいなものなのだから。みんなで肉をつつきあい、その恩恵はずっと下まで流れ落ちてくる。

そんなことは浜口だって百も承知だ。

浜口は美智子の返事も待たずに「まだ殺されると思う?」——それから「今日、新橋あたりで一杯行かない?」と続けた。

タクシー乗り場で客待ちをしているタクシーはさっきから一台も動いていない。先頭のドライバーは夏の容赦ない光に飽いたように茫洋《ぼうよう》として外を眺めている。

「あたしは中野の事件をやっていないから、こっちからあげる情報はもうないわよ」

「いま、なにやってるのよ」

「この前ちょっと話したでしょ、蒲田の食品工場のクレーム」

「こんなときにそんな事件をやってるって?」

もう切るわよと言うと、俺は木部ちゃんが嘘をついていることに百ペソかけると浜口は言った。新しいキャスターは高説を垂れないからいいじゃないと言うと、浜口は忘れていたことを思い出したように話しだした。——あれはもう青くて青くてさぁ、原稿を間違いなく読める、笑顔に厭味がないというだけ。何が問題かもよくわかってないから、どこに力を入れたらいいかがわからないんだよ、恐る恐る力を入れるから、下手な芝居見てるみたいでさぁ。歌舞伎《かぶき》みたいにさ、下手な高説でも派手に垂れてくれる方が張りがあったということが、いまごろになってわかるよ。それが、視聴率はそんなに変わらないんだよね。視聴者って、一体何考えてるんだろうねぇ。じゃ、あとで連絡くれよな。経費で飲もうぜ。

美智子はタクシーを拾い、電話を切った。

## 3

浜口に「そんな事件」といわれるように、謎《なぞ》もなければ人間ドラマもない。中野事件の派手さには及ぶべくもない。蒲田のクレームというのは、弁当詰め工場の気の弱い工場長に目をつけた不逞《ふてぃ》の輩が、小遣い稼ぎに恐喝を繰り返しているというものだ。

食品会社にはいろんなクレームがやってくる。苦情と言えるものもある。しかし利益を得るための難癖の場合もある。捏造《ねつぞう》を厭《いと》わない人びともいる。そういう人びとは目的を達するまで引き下がらない。

サンエイ食品工業六郷北工場はやってくるクレームについて、初めのうちは書類にして本社に報告していた。ことによれば判断を仰いだ。しかしそのたびに本社は工場長に対応を迫った。「問題点は改善するように」――問題の原因は顧客ではなく工場にあるのであり、工場長の責任において解決しろということだ。それで工場長は次第にクレームの報告を上げられなくなっていった。悪質なクレームは三年続いて、いまでは本社への報告を止めて工場長は私費で対応している。

犯人を特定するだけの証拠はある。工場長は指定された口座に何度も金を振りこんでいるし、指定された場所で直接犯人に渡したこともある。警察に言えばすぐに事件化できるだろう。

それでも工場長は警察に言わない。

美智子がサンエイ食品のクレーム事件を知ったのは、四か月前だ。コンビニエンスストアの万引撲滅講習会を取材した際に、蒲田から来ていたコンビニの店長に聞いた話が発端だった。

「万引も酷《ひど》いけど、特定の出荷元にクレームを入れるっていうたちの悪いのもいるんですよ」

サンエイ食品から出荷される弁当だけにクレームを入れてくるのだという。

「金になるならどこでもよかったんだと思うんです。たぶん、サンエイが言われた通りに金を支払ったんでしょうね。そのうちやつら、弁当を買うときにわざわざ裏を見るようになったんです。サンエイ食品の六郷北工場の出荷番号を確認しているんだと思うんですよね。もう、ネタにするために買うって感じですよ。子供の苛めみたいで嫌な気分です」

そうなると確かに、業界の事情に詳しいものが絡《から》んだうえで、六郷北工場を狙い撃ちしていると考えられた。

「初めはうちに言いに来ていたんですが、いまでは工場に直接クレームを入れているようです。工場長はいまでも金を払っているみたいですよ。警察に行ったらどうかって言ったことがあるんだけど、当の工場長にその気がないから」

不可解な話だった。せびる方も悪いが、払い続ける側もどうかしている。

もともとはコンビニエンスストアの雇用のあり方を社会問題と絡めて記事にするつもりだった。コンビニの仕事は多様化し、公共料金の支払いを受け付け、土日には朝市のように地元産の野菜を置き、宅配業者とも連携している。コンビニは営利企業でありながら公共性を持ち始めている。そういう記事は面白みは少ないが、特に大きな事件がなかったときに、その隙間《すきま》を埋める記事としてストックできる。隙間を埋める記事の水準でその媒体のクオリティが透けて見えるものだ。だからそれなりに重宝されるのだ。

それで美智子はサンエイ食品の工場長に聞いてみることにした。

サンエイ食品六郷北工場の工場長は三十過ぎの、小太りで口の重い、表情の少ない男だ。相手と視線を合わせることなく話をする。彼が喋ると、多分残酷なことも残酷に聞こえないし、かわいそうなことも微笑《ほほえ》ましい話も、まるっきり同じに聞こえることだろう。

彼が訥々《とつとつ》と話すことを総合すれば、工場にしつこくクレームを入れる男たちは、証拠とする異物の入った弁当の写真とともに、工場内の醜聞を書きつらねた手紙を寄越して来る。サンエイ食品はブラック企業だ。ネットを検索すれば古株のパートの横暴、イジメ、正社員の無能さをあげつらう書き込みが累々《るいるい》と並ぶ。手紙にあることはそれにほぼ一致し、工場長が言うには「誇大に書かれているにしろ事実無根ではない」という。それで工場長は、金を払わないとそれを本社に上げられるものと思い、監督不行き届きを責められるのが怖くて言われるがまま金を払っている。

「いまの職場をクビになったら、もう次はないいんです」

それで去年一年で五十三万円の持ち出しをしている。

前職はパチンコ店の店長で、最終学歴は中堅の大学。妻帯者で六歳になる娘がいる。暗く、共感を受けにくい表情をした工場長は、自分の価値を客観的に理解していた。ここを辞めたら、次は非正規でも雇用されれば御の字なのかもしれない。そうなると家族に見限られかねないのかもしれない。離婚で金目のものを全《すべ》て持って行かれると、失業保険が切れたらアパートを立ち退《の》かないといけない。口を開けて待っているのは路上生活の世界だ。

工場長にはまるでそんな世界が薄い壁のすぐ向こうに見えているようだ。

しかし正社員とパートの主婦ができていて、その主婦がその関係を笠《かさ》に着て自分が正社員であるかのように振る舞っているとか、外国人のパートが工場内で殴り合いの喧嘩《けんか》をしているとか、ネット上に流布《るふ》されている程度のことが、人をそこまで追いつめるゴシップになり得るだろうか。

工場長はクレームに関連する全てのものを保管していた。十通以上ある茶封筒には手書きで「サンエイ食品工業六郷北工場　工場長宛《あて》」と書かれていた。「植村誠《うえむらまこと》様」というのもある。写真は二十枚ほどあった。虫が入った写真、錆《さ》びた釘《くぎ》が入った写真。米に黴《かび》がはえている写真。

封書の文字はほとんどが同じ筆跡だった。「うえむらまこと」とひらがなになっているものもあるが、文字をバラバラにして拾って張り付けたような、一種福笑いのようなその文字は、文脈を失うと解読できなくなる。勉強に興味のない女子高生か、それに類する若い女の字だ。

美智子が工場長と会ったのはまだ春の日差しが鼻をくすぐるころで、あちこちに桜の花が咲いていた。芽吹きの季節に心がざわつくのは人間に備わった本能だろう。工場長の陰鬱《いんうつ》な表情が際立《きわだ》った。

その陰鬱さは絵に描いたように、あるいは作りこまれたもののように、寸分狂いのない「憂鬱」で、それは一つ間違うと滑稽《こっけい》でもある。自分の状況に心を捕らわれて、もうなにも見えない。彼は、電車の中の人々の表情や、窓の外の景色や、桜の花の色など、全く目に入らないのだろう。春の駅前の喫茶店にいながら、まるで一人荒野にいるか、穴の中にいるようだ。

世間では幼児虐待、大量殺人、家族皆殺しと事件が続いていたが、どれも植村工場長には色あせて見えていたと思う。それから何度取材をしただろうか。

七月に入り、クレーマーはサンエイ食品工業六郷北工場に二百万円の「身代金」を要求した。

それは奇怪な事件だった。いや、事件とさえ呼べない。ただの奇怪な電話だったというべきだろう。そしてそこには一枚の写真が残された。

六郷北工場にその電話がかかってきたのは七月二日だ。電話は「お前のところのパートの娘を誘拐《ゆうかい》した。二百万円を用意しろ」と言ったなり、切れた。

工場長はなんのことだかわからなかった。誘拐されたパートの娘というのがだれかもわからないし、パートからも何の申し出もない。報告すると、本社は放っておけと言った。その後、二回電話があった。電話をしてきたのは若い男で、ひどく怒っていたという。

「金の用意はできたかと言うのですが、ぼくには答えようがありません。ぼくは本社に電話してくれと言いました。すると」

いつもの喫茶店で、工場長は目を上げた。顔は俯《うつむ》き加減のままなので、下から見上げる恰好《かっこう》になり、それはませた子供が興味深いことを話してみせるようだった。

「——猛烈に怒ったんです。なに言ってんだ、てめぇ、誘拐だぞって」

工場長はその声も録音している。

その三日後、若い女の写真が送られて来た。

女は顎《あご》を上げ、アイマスクでも載せるように目にタオルを垂らして、ペタンと座り込んでいる。透けたシャツを羽織っていて、その下は裸だ。

そしてそれきり連絡は途切れた。そのときに男が振込口座に指定したのが、いつものクレームの入金に使われる口座だったというのだ。

美智子にはことの次第がわからなかった。身代金というのは文字通り、身の代金であり、代金を払ってでもその身を取り返したいと思うのは親族——親兄弟もしくは妻子だ。見知らぬ女の身代金を要求するとはどういう了見なのか。しかし電話の男が「なに言ってんだ、てめぇ、誘拐だぞ」と声を荒らげたことを考えると、間違いなく身代金誘拐事件のつもりだったのだ。

犯人は工場長が青ざめると思ったのだろう。あからさまな捏造にも抗《あらが》うことなく金を払うサンエイだったから、同じように払うと思い込んでいたのかもしれない。それを、そういう話なら本社にしてくれとあっさりかわされて、「てめぇ、誘拐だぞ」といきり立った。

犯人からはそれきり、なんの連絡もなかった。本社は、諦《あきら》めたんだと言い、工場長はかかってきた男の電話番号を控えていたので、本社に上げたのだという。

美智子には、なんだかおかしみが湧《わ》いてくる。それは奇妙なことだが、植村工場長の小心で思い込みの強い孤独がもつ滑稽さにどこか共通している。

それにしても拒否されたあとに裸同然の女の写真を送ってきた意味はどこにあるのか。誘拐は嘘じゃないという意地なのか。

美智子はそういう事件を不可解だとは思わない。犯罪や事件は往々にして辻褄《つじつま》の合わないものだ。そして大半は疑わしい人が犯人だ。欲得や恨みつらみや愛憎でほとんどの事件が起きるのだから、その範疇《はんちゅう》にほとんどの犯人が存在していて、事件はそもそもそれほど計画的に行なわれるものではなく、成り行きや、その場での思いつきで起こるものだ。美智子にはむしろ、植村誠という工場長と犯人の間にある、共依存性のようなものが興味深かった。

なぜ犯人を拒絶することが出来ないのか。そして犯人は、なぜ植村誠に絡むのか。両者は手を繋《つな》いで、赤い靴を履いて踊っているように見えるのだ。

犯人が使っている口座名義は「ノガワアイリ」。

美智子は六郷北工場のパート名簿に野川美樹《みき》という五十五歳の女性を見つけ、彼女に「愛里」という娘がいることを突き止めたときには、むしろ唖然《あぜん》としてしまった。娘の歳は二十一歳。そして野川美樹は勤続十二年のベテランのパートである。

十二年勤めていればどんな事情だって知り尽くしているだろう。工場長の気が小さいことも、自分の不手際にされるのを恐れてことを公《おおやけ》に出来ないことも。

親子は——もしかしたらそのどちらかかもしれないが、会社をATMにしたということだ。二百万円の事件はそんな小悪から派生したことだろう。

しかし、そこからが難航した。

中川にぼやいた通り、探せども探せども野川愛里は姿を現さなかったのだ。

野川美樹の近所に住む女は、もう長らく愛里の姿を見ていないと言った。

「ここには住んでいないと思うよ」

それから声を潜めた。

「またあの子、なにかやったのかい？　お母さんは毎日汗水垂らして働いてるっていうのにさ。最近の子はなんていうのかねぇ、感謝が足らないというのか。まぁ、野川さんだって褒められた人ではないけど――」

女は少し考えた。「ヒステリックなんだよ、あの人。いつも怒鳴ってる。だけど町内会の掃除当番とか、ゴミだし一つにしても、決まりは守る人」

母親は猜疑心《さいぎしん》が強く潔癖で、自分にも厳しいが、同じだけのものを他人にも要求する。対して娘は親に反抗的というのでもなく、ただ悪い仲間に引き込まれる。どちらかと言えば素直で、だらしない側面があり、そのために母親が娘に口汚く怒鳴る声がよく聞かれた。美樹は夫に対しても怒鳴り声を上げていたが、最近は夫に対する声はあまり聞かない。ただ、電話が長く、家の廊下にある固定電話が窓から見えるのだが、

「一時間ぐらい喋っているんだよ、あそこで。パート先の同僚らしいんだけど、ああいうのを見てると、いやだなーって思う。どうせ悪口と噂話《うわさばなし》ばっかりなんだよ、野川さんって人はそういう人」――人を褒めない。いい話はしない。苦労するとああいう

人になっちまうのかなって、そういうことを思わせる人。

愛里はここしばらくはあまり見かけず、最後に見たのは二年ほど前だということだ。フリルのついたピンクの服に黒い上げ底の靴を履き、髪は「お姫様のような縦ロール」。格好は派手だが、おばさん、こんにちはと挨拶《あいさつ》をする様子は、子供のときとまったく同じだったと、その女は言った。

野川愛里の母親の美樹は生活に疲れた女だった。彼女は両手にビニールの袋を下げて、家に繋がる急な階段を上がろうとしていた。家の前の道で待ち構えていた美智子がそれを呼び止めた。

フロンティアの名刺を渡すと、母親は疑り深い様子で美智子をじろじろと眺め回した。娘さんについて伺いたいのですがと切り出したら、娘がどうかしたんですかと切り返された。そして母親は、娘がどこで暮らしているのかまったく知らないと言った。

「十八を過ぎた娘の居場所なんか、親が知らなきゃならないんでしょうかね」

母親は迷惑そうだった。最後に会ったのは今年の正月。連絡はメールで、最後に来たのは一か月ほど前。

「失礼ながらお嬢さんのお勤めは――」

「アルバイト」

「どのようなアルバイトでしょうか」

「聞いていません」

取り付く島もないとはこういうことを言うのだろう。

一方で、もしサンエイのゴタゴタを知っていて、そのゴタゴタに娘の口座が使われていることを承知していれば、こんな反応ではないだろうとも思える。

それにしても娘に対するこのすげなさはなんなんだろう。

母親から聞き出せたのは、高校は卒業したことと、それでも就職先はなかったこと。生活費を入れろといったら、そのうち家に帰ってこなくなったこと。そして七月二日に電話があったということだった。母親はその電話の内容について、「覚えていない」と言った。

「親としてやることはやりましたよ」

母親が、家には娘の写真はないと言ったとき、美智子に小さな疑念が湧いた。

この母親はあの写真の存在を知っていて、だから写真の提示を拒否するのではないのか。

夜八時、外灯だけでお互いの顔を見ていた。母親はその薄暗い光の下で、美智子が疑いを持ったということを感じ取ったようだ。気にいらないようなら部屋に上がって探してみろと言い、母親は美智子を家に上げた。

家は戸建てで、急な坂の上に建っていて、道から家までは優に三メートルはあった。玄関までは、古いタイプのアパートにあるような金属製の外付け階段がついていて、放置された工場の一部のように錆びている。幅の狭い傾斜の急な階段を上がると、小さな玄関があり、すぐに狭い廊下と小さなキッチンが目に入った。花柄のタイルが張られたキッチンのデザインは古く、コンロの周りは几帳面《きちょうめん》にアルミで覆《おお》い尽くされている。ドアの下は少し朽ちて、角板が割れていた。外壁の黒ずみと考え合わせると、築四十年ほどだろうか。収まり切らない靴や物が玄関や廊下に積まれて、乱雑な印象はあるが、よく見ればどれもそれなりに整理されて、掃除が行き届いていた。

愛里の部屋は一番奥の四畳半の和室で、毛布やぬいぐるみが積み上がったベッドと、服が上から被《かぶ》せられて山のようになったパイプハンガーで、部屋はほぼ占領されている。端に押し込んである鏡台には化粧品が散乱していた。埃《ほこり》のついた古い付け睫《まつげ》があったのでヘアブラシと一緒にポケットに入れた。押し入れの端に高校の卒業アルバムがあったので、借りた。

野川愛里ははち切れんばかりに顔の丸い、頬の張った女で、黒い前髪を目のきわまで伸ばしているので、ボールに海苔《のり》を張り付けたみたいだ。

母親は最後まで、娘になにがあったのかとは聞かなかった。帰り際に、台所に立っていた母親は、美智子の方を振り返りもせずに、「子は親を選べないって言うけど、親だって子は選べないんですから」と厭味な口調で言った。

美智子は手に入れた高校の卒業アルバムを手がかりに、同級生を回った。愛里の同級生はほとんどが地元に住んでいた。専門学校に通うか、知人のつてで小売店の店員をするか。だいたいがアルバイトかフリーターだ。

彼女たちの記憶に残る愛里は、暗く、友だちがいない。グループに入ろうとしては弾《はじ》かれて、それでも性懲《しょうこ》りもなく、言いかえれば無神経に、グループにその尻をねじ込んでいく。

「わかりやすい嘘をつくんですよ、あの子。バスケ部のモテる系の部員と付き合っているとか、手話を習いに渋谷まで通っているとか。じゃ、手話で明日は運動会ですっていやってみろって、三回やらしたら三回とも違う。それでも同じだって言い張るの。他人の財布から金抜いて、見つかったらそんなことしてないって、泣く。しまいにシメられる。金持ってこいって言ったら、持ってくる。そういう存在なのに、グループの友だちはマブだちだって触れ回るから、またシメられる」

金を持ってこいと言われた愛里はどうやってその金を用意したのか。それについて彼女は援交だと言った。

「ツラが悪くても高校生だからね。安くすれば稼げる」

今、どこにいるか知らないかと聞くと、顔見知りのだれもが知らないと答えた。

高校卒業後、野川愛里はストーカーをされていると友だちに言いふらし、「川崎警察に届けを出した」と言ったことがあったそうだ。また別の日には、「電車の中で痴漢にあった」と言い、「ケチなおっさんで金が取れなかった」と言った。どちらの話を聞いた友だちも、警察に届けたとか、金をゆすろうとしたというのは事実だとしても、ストーカーや痴漢にあったというのは嘘だと断言した。援助交際については、「内容はカンペキ売春」。渋谷を根城にして、出会い系掲示板を使って三十分単位で報酬を得るのだという。そんなことは知っているというのに、彼女の居場所となると誰も知らない。まるで消えてしまったように。

あの、目元にアイマスクのようにタオルを掛けた写真は、顔がわからないのでなんの手がかりにもならなかった。

確認できた数少ない物証は、愛里が七月二日にグループラインに送ったメッセージだ。

〈ラチられた〉

七月二日はサンエイに「女を誘拐した」と電話が入った日だ。しかしそのメッセージを送られた風俗店の知人は、なんの返答もしていない。「うちらラインでグループ作ってるねんけど、見てみ、記者さん。みんなスルーやろ。こんなん書けるんやったら、警察行けって話やわな」

「野川愛里はなんでこんな書き込みをしたんだと思う？」

「そら、本人に聞くしかわからん。構ってほしかったんやろ」

美智子は川崎署に出されたストーカー被害届を調べようかと、川崎署の知り合いをピックアップして、手を止めた。まるで乾いた砂を掻《か》いているみたいだと思ったのだ。掻いても掻いても砂が流れ込む。なんだかこの女は記号であり、人としての実体なんかないような気がしてくる。

美智子は野川愛里の写真を手に取った。

グループの人間が化粧をするから化粧する。髪を染めたら自分も染める。なんにも判断しないで遊びに付き合う。人間は選択の中で人生を積み上げるものだが、そうやってなんの選択もしないで生きている子供たちは、学生時代は所属するものがあるからまだいいが、卒業して、親とも疎遠《そえん》、就職もしないとなると、服従する相手すらいなくなる。

——構ってほしかったんやろ。

美智子は、野川愛里の母親の疲れ果てた顔を思い出した。

世の中が整理されて清潔になり機能的になると隙がなくなり、いままで隙間にいた人たちが押し出されてくる。それを人権家たちが表に引っ張りだして救済しようとするわけだけど、弱者の構造はきれいごとで解決できるほど単純じゃない。

結局、美智子は川崎署の知り合いに連絡をすることなく、それきりサンエイの事件から遠ざかっていた。

否応《いやおう》なく事件に引き戻されたのは、久しぶりにフロンティアに寄った、昨日の夜のことだ。

風呂《ふろ》上がりに髪を拭《ふ》いたあと、頭にタオルを巻きつけて、冷えたビールを飲んでいた。

テレビでは中野の殺害事件について、浴室で殺害されていた座間聖羅の情報を流していた。テレビで流れる情報は本当に断片で、友人と称する人間は顔を隠したまま、座間聖羅のことを、前向きで明るい子だったと頼りなく言った。

仕事は池袋、渋谷を中心にした売春。フロンティアに売り込みをかけてきたライターの情報によると、一課は座間聖羅が売春行為の値段を、三十分五千円からじりじりと値引きしていく様子を把握している。そういうことはマスメディアでは流せない。だから、なんとか友人を引っ張りだして、顔を隠して放送する。友人は、後先考えない人迷惑な女を「前向きで明るい子だった」と表現する。

座間聖羅の情報は、もしかしたら野川愛里のことなんじゃないかと思うほどよく似ていた。嘘をつく、住所不定、安い金で身体《からだ》を売るの三点セットだ。加えて言えば家族に疎《うと》まれている。ソファにあぐらをかいて扇風機の風を直接顔にあてながら、美智子は、野川愛里が被害者なら、友人の証言はどう流れるんだろうと夢想した。頭の中では「ツラが悪い」の部分にピー音が掛かって、結局流せることがない——そんなことを考えていたときだった。携帯電話が鳴ったのだ。

発信者には「サンエイ食品植村」と表示されていた。

時間は夜十時を過ぎている。

工場長は一般的な終業時間である五時を過ぎると電話をかけてこない。直感的に、なにか彼にとって重大なことがあったんだと思った。

しかし電話口で植村はただ、来てほしいと言った。

挨拶もなにもない。はっきりとした口調で「明日、工場に来てほしいんです」——そう言ったのだ。そしてそのあとに言葉を続けなかった。

彼と会うのは四度目だが、場所はいつも駅前の喫茶店だった。工場でと言われたのも初めてだ。

美智子は手帳をひろげて予定を見た。

「午後でいいですか？　四時ごろ」

「ええ。それでいいです。工場に来てください」

それでいま、美智子は蒲田の駅からタクシーに乗って、サンエイ食品の六郷北工場に向かっている。四時ぴったりに着くだろう。

サンエイ食品工業六郷北工場は、川崎市との境にある、大きな駐車場を備えた工場だ。朝夕、「サンエイ食品」と書かれたバスが従業員を乗せて出入りする。その二百人ほどのパート、アルバイトを植村のような数人の社員が管理している。この工場は弁当詰め専門だ。ラインで流れてくる容器に、飯を詰め、具を載せ――と、ベルトコンベヤー方式で弁当を作っている。

工場は強烈な夏の日差しの中でぎらぎら光っていた。

工場長はその駐車場の端で美智子を待ち構えていた。

背の低い色の白い太った男で、髪が薄い。その薄い髪が汗でべっとりと頭に貼《は》りついていた。水色の作業服の脇《わき》は水をかけたように濡《ぬ》れている。しかし彼が汗だくなのは、この気候のせいだけではなかったようだ。

工場長は美智子を、人目を避けるように事務室に呼び込むと、部屋に鍵《かぎ》を掛けたのだ。

事務室の端には簡素な応接セットがある。その向かいに腰掛けた工場長の顔は、たらたらと汗を噴き出していた。

黒縁の眼鏡が汗で曇り、工場長は話しだすまでに三度、眼鏡を外してはその曇りを拭いた。

「昨日は遅い時間に失礼しました。本当は昨日の朝、かけるつもりだったんです」

そう言うと、クリアファイルから、茶封筒を取り出した。

美智子はそれを手に取った。封筒はぷっくりと膨らんでいて、表書きはサンエイ工場植村誠宛になっており、裏には何も書かれていない。美智子は封筒をテーブルの上に戻した。

「例のクレーマーですね」

植村工場長は返事をせずに、封筒の中から紙を一枚取り出し、それを美智子に差し出した。

百円ショップで売っているような安物の便箋《びんせん》に、三行にわたって、小学一年生程度の拙《つたな》い文字が書かれていた。

**さんにんめのぎせいを出したくなければ2000まんえんを用いしろ。ゆうよは3か**

――三人目。

「これがきたのは、一昨日なんです。だから明日がその期日になります」

「届いたのが十九日で、この三日というのは明日の二十二日を指しているということですね」

植村工場長は気が動転しているみたいに、それにも返事をしなかった。自分がやろうとしていることをこなすのに精一杯という感じだ。植村工場長は便箋が入っていた茶封筒そのものをテーブルの上に差し出した。

「もしかしたら手を入れる時、手袋をしていた方がいいかもしれないです。工場内なのでぼくは手袋をしていましたから」

そう言うと、植村工場長は立ち上がって、美智子のためにビニール手袋を取って来た。

美智子はその手袋を手にはめると、慎重に茶封筒の中に手を突っ込んだ。

中から十センチ角ほどのジッパーのついたビニール袋が出てきた。そこには細いワイヤーのようなものが束になって入っている。光に透かして見ると、美容院の床に落ちているようなもの——茶色に染まった毛髪だと思われた。美智子はそれをテーブルの上に置き、もう一度茶封筒の中に手を入れた。次には写真が出てきた。

画質の粗い写真だった。マンションの一室のような場所に、固太りの女が座りこんでいる。肩ぐらいまであるだろう髪を、幽霊役の女がよくやるように全部前に垂らしていて、顔は見えない。体育座りというのだろうか、両膝《りょうひざ》を揃《そろ》えて立て、顔はちょうど自分の膝を見ているような角度だ。

女は素っ裸だった。膝と髪で乳房は見えないが、体育座りしている足首の間が黒々としているからそれとわかる。髪の一部がざっくりと切り取られていた。

その様子はグロテスクだった。

美智子は工場長から預かっていた、アイマスクの女の写真を取り出した。

二枚とも顔が隠れている。ただ年頃、体型はよく似ていた。

「悪戯《いたずら》にしては度が過ぎていると思いました。それで本社に連絡をしたんです。そしたら総務部長から折り返し電話があって――。総務部長はサンエイの創業当時からの社員で、外に対しては腰の低い、でも中では強引な強面《こわもて》なんです。その総務部長が直接電話をかけてきて、ほっとけって言いました。警察に連絡しないでいいんですかって、言ったんです。そうしたら、聞こえなかったのか、俺は放っておけって言ったんだって。それで電話が切れました」

「警察には連絡していないということですね」

工場長は頷《うなず》いた。

〈さんにんめのぎせいを出したくなければ2000まんえんを用いしろ。ゆうよは3か〉

右上がりの拙い文字は、良識も情もない幼児性をむき出しにしているようだった。

植村工場長は死んだような目をして座っていた。

美智子は警視庁捜査一課にいる知り合いの秋月《あきづき》を呼び出した。

「喫茶・定食」と書かれた古ぼけた店の端のテーブルでいまに至る長い事情を話して、植村工場長から預かったものを卓の上に広げた。サンエイが被害届を出し渋るのは、調べが入ったら別の面倒なことが発覚するからだろと秋月は言った。たぶんそうだと思うと美智子は答えた。サンエイはおそらく、調べられたら困ることをかなり抱えている。総務部長は六郷北工場の事情も、工場長がこの仕事にしがみつきたいと思っていることもわかっているのだろう。その上で、彼を防波堤のように使っている。

秋月薫《かおる》は捜査一課の警部補だ。彼がまだ新宿署にいたころ、情報を貰《もら》ったり渡したりした。

「この野川愛里っていう女が今どこにいるのかがわからなくて。それさえわかれば話は早いんだけど」

「まあ」と、秋月は写真を手に取った。

「これだけ証拠を撒《ま》き散らしているんだ。思いつきでやってるんだろうが」

髪をざっくり切られた全裸の女が、身の置き所がないように力なく体育座りをしている。

「見て気持ちのいい写真じゃないな」

店の高いところにはブラウン管テレビがあった。別売りのチューナーをつけているのだろう、画像の左右が切れている。そのブラウン管テレビがニュース画面に切り替わった。

九時のニュースはアナウンサーが机を前にしてきちっと座る、昔ながらの画面構成だ。

トップニュースは川崎の十九人殺害事件の続報で、犯人の、びっしりと刺青《いれずみ》をした上半身が画面に映し出された。事件はほぼ被害者の氏名も明らかに出来ない状態で、加害者情報のみの報道には限界があり、各社手をこまねいている。そのあと、中野連続殺害事件の一人目の犠牲者の身許《みもと》が判明したと、アナウンサーがニュースを読み上げた。

店主がリモコンを摑《つか》むとボリュームを上げた。

「十五日夜、中野区柏木の路上で拳銃《けんじゅう》のようなもので殺害されていた女性の身許について、警察は近所に住む飲食業、森村由南さん二十七歳であると発表しました。翌十六日に同じく中野で殺害された座間聖羅さんと犯行の手口が似ているため、関連を調べています」

画面には森村由南のアパートが映っている。報道陣が映り込んだアパートは路地沿いに建っていて、豆腐を切ったようなそっけない外壁は、コンクリートとも漆喰《しっくい》とも見分けがつかない。そこで次のニュースに切り替わり、秋月はテレビ画面から視線を外した。

「それより、蒲田署はいま死体を一つ抱えていてね。身許はわかったが犯人の目星がつかずに四苦八苦している。瘦《や》せた、安っぽいジャンパーを着た男だ。金の縫い取りをしたジャンパーっていうから、オラついているチンピラだろう。それがサンエイの工場のすぐそばだよ」

一連のクレームが恐喝にあたるかと聞くと、なんとも言えないと秋月は答えた。

「業務妨害ぐらいで被害届は受理するだろうけど、暴力行為があるわけじゃなし。恐喝や恐喝未遂罪にも該当しない。というのは、その三年間、犯人側から金を寄越せと言ってきたことはないんだよね」

そうなのだ。犯人が言った言葉は「誠意を見せろ」だったという。それに工場長が反応しているだけだ。秋月は続けた。

「七月二日の二百万円の要求も、はねつけるとそれ以上言ってきてないわけでしょ。その上サンエイ側はなんの被害も受けていない。サンエイが、違法に巻き上げられたと言えば恐喝だろうけど、サンエイは恐喝されたとは認めていない。あとは払った工場長と受け取った犯人の関係になる。そこには恐喝の可能性は発生するだろうけど。その程度だよ。で、今回の二千万円の事案は、二百万円の事案と同じ。サンエイがはねつけたらそれで終了だ」

「手の込んだ嫌がらせってことですよね」

秋月は頷いた。

「そういうことだね。だからあくまでその植村という工場長の問題ってことになります。実際不穏当な人間関係があるのなら、手紙の内容は事実なわけで、それを上に知られたくないから工場長は金を払っている。そう考えると、工場長はただ口封じに金を払っているということだよね」

まあ、この毛髪は預かりますよと秋月は言った。

「とりあえず、ぼくの方で鑑識に回してみるよ」

秋月は、頭髪の入った封筒を胸ポケットに無造作に突っ込んだ。それから、今日はいまからどうするのと美智子に聞いた。俺、あと帰るだけだから、一杯付き合いませんか。

普段、秋月はこんなふうに真っ向から酒に誘う男ではない。奇妙な感じだったが、美智子はそれに応じた。

新橋の高架下をふらふらと歩いた。くすんだ赤提灯《あかちょうちん》がずらりと並び、それが道の幅に対して大きいので、道行く人の肩に当たって時々揺れる。見上げれば屋根と屋根の間の遠いところに空がある。電車の音、振動、そしてさざ波のように続く人の声。男も女も、暑いねと言い合いながら、機嫌よく歩いている。

「中野の事件、あれ絶対連続殺人だよねぇ」

「拳銃だもんねぇ。物騒だよねぇ」

天気の話でもするような声が聞こえて、見れば、大きな鞄《かばん》を肩に食い込ませたワイシャツ姿の男二人が、せわしなく前を歩いていた。

「遅れる?」

「だいじょぶ、間に合う」

どこかで誰かと合流するのだろう。ときどき、世の中に何が起きても、それが自分の身を脅《おびや》かすものではないと思えるというのは、安定した社会がそこに暮らす人に与える特権だと思う。

秋月は古びた店の暖簾《のれん》を潜《くぐ》った。そこはくすんだレトロを売り物にしているふうでもなく、かといって小奇麗《こぎれい》にまとまっているでもないという、いかにも中年の男が好みそうな居酒屋だ。

こういう男たちは、周りが声で囲まれているような店を選ぶ。遠慮のない笑い、ときどきひゅんと飛んでくる声――声と声が互いを潰《つぶ》し合う場所に安息を見いだすのは、たぶん自分の声なんか聞きたくないからだろう。秋月はいそいそと壁に貼られたメニューを眺め、それからししゃもや厚揚げ、蛸《たこ》のてんぷら、もずくと、手当たり次第注文した。

「それと生ビールね」

秋月はもともと煙草《たばこ》を吸わない。昔は、特に取り調べの時など、迫力がなくて肩身が狭いとぼやいていたことがある。刑事部屋から煙が一掃されて、さぞや快適なことだろうと思っていたが、今日は「不思議なもので、清潔な部屋だと気質が変わるんだよな」とぼやいた。

昔よりちょっとインテリになってさあ。昔は嘘《うそ》でもいいから、俺たちが正義を守るって合い言葉があったんだよな——「今は一課配属の刑事なんか、現場に行かないのもいるんだぜ。わかるかい、みっちゃん。情報を収集してさ、合理的に考えるの。だから俺は思うんだけど、一課の仕事は、そのうち人工知能が肩代わりするよ。早乙女《さおとめ》さんがさ、今度の中野の事件で、二人の客の膨大なデータと格闘しているわけさ。その中に犯人がいることはまずなくてもさ。そこにいないことを確認しないと、その線を棄てるに合理性がないから」

早乙女警部は、今回の連続殺害事件の捜査本部長だ。めったに声を荒らげることのない、物静かで頭の切れる男だと聞いている。筋読みに慎重との評もある。秋月の話を聞く限り、早乙女を頭にする捜査本部は、客以外に犯人を求めるべく、舵《かじ》きりを試みているのだろう。

「しかしさ、真実に近づく情報を、その膨大な中から選び出すことなんて藁《わら》の山から針一本探し出すのと同じだよ。いま捜査本部には、犯人を見たという電話が三件、おれが犯人だというのが数件入ってきているそうだ。膨大なデータの精査に加えて、そんな暇人の戯言《ざれごと》まで潰していかないといけない。一課は今回、情報の海で溺《おぼ》れんとしているよ」

そう言うと、こうべを垂れてへこんだ。それはまるで自分が担当する難事件を語るがごとくだ。秋月は現在、在所番であり、担当事件を持っていない。東京都のどこかで今度殺人事件が起きれば、それが秋月たちの担当になるわけだ。

それにしても秋月の言葉からは、データの解析に展望を見いだせない捜査本部が透けて見える。

「十五日の夜、路上で一人殺して、翌日浴槽で一人殺した。でもそのあと五日間、事件は起きていない。出会い系で仕事をする女を狙った通り魔的な事件なら、まだ続いているはずじゃないの」

「弾が二つしかなかったのかも」

秋月の下手な冗談は聞き流してやった。

「でも客じゃないとすれば、二人が売春行為をしていることをなんで知ったのかしら」

二人はインターネットの掲示板で客を取っていた。ということは、客として連絡を取り合わない限り、二人が売春行為をしている女だとは知りようがないのではないか。

「確かに、続け様に二人を殺した人間が、そのままピタリとなりを潜めるっていうのもな。その気になればターゲットはうじゃうじゃいる」

それから、店員にメニューを求めながら、それにしても考えたら、売春婦って、ブイ字復活を遂げた感があるよなとつぶやいた。

金銭を受け取って不特定の異性と性交をする女を売春婦という。

その昔、女が身を売ることは悲しいことであり、家族には受け入れがたいことだった。

もっと昔は身を売る娘は孝行者だった。飢饉《ききん》や親の怪我《けが》や病気で立ち行かなくなった家を、身を売ることで助けたから。その時代、娘を買った宿は親に代わって生活を管理し、娼婦《しょうふ》たちはそれなりの社会生活を営んでいた。売春婦といえば不幸な身の上といわれた時代だが、彼女たちは同情されることはあっても社会的偏見は少なく、金を返したあとは里に帰って結婚する女もいた。

売春行為が違法になったあと、売春婦という言葉はゆっくりと過去のものになっていった。それが近年、援助交際という名前で世間に浮上して、いま再び金をもらって性行為をする存在はさしてタブーでもなくなった。

秋月のいう「ブイ字復活」である。

ホームレスは今、携帯電話を持ち、清潔であることを心がけて、自分がホームレスだと認めない。同じように、売春婦は自分たちのことを「女を売るしか能のない女」と思われるのを嫌う。

売春する女たちに取材したことは何度かある。彼女たちはこの仕事についた理由を「楽だから」と言った。「短期間恋愛」と言う女もいた。でも本当はそんなファンキーな理由じゃない。

彼女たちは例外なく借金を抱えていた。それはかつてのような「弟の学費」や「親の病気の治療費」ではない。自分のために作った借金だ。それが贅沢《ぜいたく》な服、カバン、飲食でできている場合もある。しかし彼女たちの多くは気付いていないが、それで得る金がなければ、食べるものにも住む場所にも事欠くのが彼女たちであり、売春に落ちるのは――それは彼女たちがどんなに言い繕っても、選んだのではなく、落ちたのだ――それがなんのスキルもなくても金が稼げる、唯一《ゆいいつ》の方法だからだ。

学校にろくに通わず、友人関係も構築できない。家庭も崩壊している。学歴がなく、働こうにも、バイトでも勤め口はない。それでも生きるためには金がいる。携帯代を払い、コンビニで食べ物を買う金だ。

へい、お待ちと、鶏軟骨とししゃもと熱燗《あつかん》がやってきて、美智子はぼんやりと野川愛里を思い浮かべていた。

「学校でも家でも顧みられることのない女は、男性関係を持つ年齢が早くなるのよ。男性に対する興味もあるし、誰かと一対一の関係を築きたい、その他大勢の中の一人ではなく、自分をほかと違う存在として扱ってほしいと思う。性行為をしている瞬間は、相手にとって自分は特定の存在になる。それで簡単に、不特定多数の男と付き合うわけだけど、そのうち学習してしまうのよね。普通は遊ぶと金は減る。でも売春は、遊んでいるつもりなのに金がもらえるってことに」

それでも一昔前には、売春を実行するにはかなりの勇気が必要だった。彼女たちが片足でまたぐようにその敷居を越えられるのは、成育環境――多くは親から引き継いだ文化に起因している。

秋月は手酌で鶏軟骨を噛《か》みしめながら頷いた。

「子供の出現は罰ゲームなわけだ。だから施設に預けたら最後、顔も見に行かない。

座間聖羅の母親は、死んだ娘のことを疫病神《やくびょうがみ》だとはっきり言ったそうだ」

美智子はハイボールをちびちび飲みながら考える。

貧しいというのと貧困は違う。貧しいというのは金がないだけだ。しかし貧困というのはインフラがない土地のようなもの。

理屈が言えず、計算もろくに出来ず、人にきちんと対面して向き合われたことがなく、その意思を尊重されることもない人々には想像力は育たず、目の前に見えていることしかわからない。お互いを尊重するというのは、想像力を持った人間のあいだにしかないことだ。世の中には異なる立場があると自覚的に認識するということだから。他人を尊重する風潮を持たないコミュニティの中では、価値判断は「馬鹿《ばか》にされるか馬鹿にするか」の二択になる。もしくは「自分に有益か有益でないか」。そういう中で、子供は、役に立たない面倒なものだ。子は小突かれて、大人の機嫌によって暴言を吐かれ、時に暴力を振るわれる。

そういう家庭では、親は子に、早く独立して欲しいと望み、子はもとより家に居場所はない。男の子は仲間と徒党を組み、女の子は身体を売って生活のための金を稼ぐ。

座間聖羅の母親もそうして大きくなったのだろう。だから娘が同じように、十三歳で男を相手に仕事をするのに抵抗はなかった。

性行為が、持て余す時間の潰し方として有効であるのは、太古の昔から変わらぬ事実だ。愛情のあるセックスを知らない。下手をすれば愛情のある親子関係、友だち関係さえ知らない。彼女たちに、売春行為を止めさせる、説得力のある理屈はあるだろうか。彼女たちは社会に認められることも求めていないし、幸せな将来を思い描く経験値もない。

秋月は熱燗の銚子を逆さに振って、最後の一滴までお猪口《ちょこ》に流し込み、「熱燗もう一本」と奥に声を上げた。

「殺人ってのは自分の何かに係わっていないと成立しないんだよ。あの二人の女が、犯人の、何に係わっているっていうんだ？」秋月は目の周りがほんのりと赤らんで、とても気持ちよく酔っていた。「殺人はパッションなんだ。例えばその野川愛里って女がいかに見苦しいバカ女でもさ、消えてなくなれとは思うけど殺そうとは思わないだろ。人間扱いしないだけで、せいぜい、端の方に追いやるだけで」

秋月は美智子を見つめ、声を落とした。

「そもそも売春婦を殺すなんて感覚は、売春が合法だったころの話だよ。男のロマンを踏みにじる女を嫌っていたわけで。殺された二人の女は、一回がパンに化け、次の一回は電車賃に、あと数回は家賃に化けるという、いわば物々交換の要領で性行為する女たちでしょ。そんなもんいまさら憎んだり蔑《さげす》んだりするかね」

それから秋月はいきなり「実は――」と、ちょっと身を乗り出して、一層声を低くした。

「現場から発見された二つの弾丸の線条痕《せんじょうこん》が一致したんだ。二つの中野殺害事件は、正式に連続殺人になったわけ。一課は明日にも特別捜査本部に格上げして捜査員を増員する」

それから一息入れた。

「明日からニュースがうるさくなるよ」

美智子はそこで初めて、秋月の、中野事件に対する悲嘆のわけに気がついた。

「もしかして早乙女警部と組むことになるのは、あなたのところ?」

秋月は、力なくこっくりと頷いた。

「戦線に送り込まれちゃうんだよ。班単位じゃなくて、俺を含めて主任と三人。そいで今日は誰かと酒飲みたかったのさ」

それから秋月は猛然と食い、飲んだ。美智子はテーブルの下で素早くメールを打った。

〃中野の事件、弾の線条痕が一致。明日から増員して連続殺害事件として特別捜査本部設置〟

それからハイボールを飲み干すと、秋月の出陣の宴を盛り上げることにした。

翌二十二日。

秋月の言った通り、二件の殺害事件は正式に連続殺害事件となり、警視庁は、秋月をはじめとする三人の一課配属刑事を投入し、七十五人体制の特別捜査本部を立ち上げた。

各社一斉に報道に火がついた。それは水中花を水に入れた瞬間を見るようだった。十時のニュースを見逃した人のために一時のニュースは十時のニュースを繰り返し、一時のニュースを見逃した人のために三時のニュースは一時のニュースを繰り返す。夜にはまるで初めて入ったニュースのように、アナウンサーが同じニュースを訓練された硬い表情で繰り返した。

座間聖羅は高校時代にイジメにあい不登校になった。今回友だちの家で死体となって発見されたが、日頃から友人との交流を大切にしたのも、高校時代の体験が元にあるからだと思われる。また、幼い子供がおり、夜の仕事を始めたのはわが子と暮らせるようにという思いもあったことだろうと、二十二歳の若さで幼い子供を残してこの世を去るその無念でまとめた。

森村由南は、二人の子供を抱えて懸命に生きていた女という設定だ。地元を離れたくないという思いから、転勤が決まった夫と離婚。しばらく子供を母親に預けて渋谷で接客業をしていたが、半年前に二人の子供を引き取り親子で暮らし始めたところだった。離婚前には子供の手を引き親子四人、公園で遊ぶ姿が見られ、近所にも明るく挨拶をする、仲のいい夫婦だったと伝えた。

事件当時、森村由南のアパートには二人の子供がいた。風呂《ふろ》上がりに三人分のアイスクリームを買いにコンビニに出かけた森村由南は、その帰路、事件に遭遇した。子供たちにすればすぐに帰ってくるはずの母だった。六日後、食べるものがなくなって、兄がスーパーに行き食べ物を盗んだ。盗んだものは菓子パン八個とペットボトル入りジュースを三本。アイスクリーム五つ、スナック菓子三袋。奇《く》しくも少年が万引で補導されたことで事件が発覚した——そう解説が終わると、コメンテーターたちは待ち構えていたように「かわいそうに、心細かったことでしょうね」「お腹をすかせていたんだよな」と言葉を競った。兄妹が、防犯員らの目を気にすることなくパンの袋をあけてむさぼり食べたくだりでは、カメラは感極まったような女性コメンテーターの表情を手際《てぎわ》よく映し出す。

現場中継に切り替わると、森村由南のアパートの前に群がる取材陣が映った。さながら昆虫の死骸《しがい》にたかる蟻《あり》のようだ。現場のレポーターはアパートの前を通る道を指さした。

「こちらの道を向こうにまっすぐ行った突きあたりを左に折れて、四百メートルほどいったところが、森村由南さんが買い物をしたコンビニになります。ゆっくり歩いても十分ほどですね」レポーターはそう言いながら、カメラに顔を向けたまま後ずさりするようにしてカメラをいざなう。

「じゃあほんとに、ほんのそこまで出かけたって感じだったんですね」とスタジオから声が届くと、汗だくのレポーターは大きく頷き、世界の惨事でも伝えるように悲愴《ひそう》な顔で続けた。「そこでスナック菓子二袋とアイスクリーム三本と、発泡酒を二缶購入しています」

スタジオにはコンビニ、森村由南のアパート、殺害現場の三点がわかりやすく書き込まれたグーグルの地図が用意されていて、そこでは二人の被害者の女は行きずりなんかではなく、個人的な恨みで殺されたのではないかという分析がなされていた。

「座間聖羅さんが殺されたとき、大家が鍵を開けて部屋に入っています。犯人は鍵をかけて逃走したことになりますが、部屋には物色されたあとはないそうです。すると犯人は座間聖羅さんと一緒に部屋に入り、彼女が鍵を置いた場所を確認していたんじゃないかと考えられる。ということは、極めて親しい間柄ではないか――」

美智子は原稿を書く手を止めて、コメンテーターの思い詰めた顔をしらけた気分で眺めていた。

同じ頃、そのニュースを食い入るように見つめている男がいた。

その男は灯を落とした待合室に一人でいた。壁にかかっている大型テレビは、普段は患者のために名所旧跡の映像を流している。それを地上波に切り替えていた。

「すると犯人は座間聖羅さんと一緒に部屋に入り、彼女が鍵を置いた場所を確認していたんじゃないかと考えられる。ということは、極めて親しい間柄ではないか――」

招かれた専門家が訳知り顔でそう言った。画面には、殺害現場と被害者のアパート、コンビニの位置が書き込まれた地図が映し出されている。

男は、立っているというより、立ちすくんでいるようだった。男の着ている白衣にテレビのカラフルな色が反射する。赤、青、白、そして黒――白衣に映る色は伸びたり縮んだりしながら目まぐるしく変わる。

男はリモコンを握りしめたまま、もう二十分もそうして立っていた。

画面に、悲嘆にくれるコメンテーターの胸元にある大粒の真珠が映し出されたとき、その白が、男の顔を明るく浮かび上がらせた。

顔は険しく歪《ゆが》み、そのままぴくりとも動かない。それは木に彫り込まれた面のようだった。

外では車が通る音がして、自転車のベルの音が涼やかに響いた。

その日二十二日は、サンエイに対して二千万円の「期日」と指定された日でもあった。

しかし特段のことは起きなかった。

朝十時、サンエイ本社に男から電話があったが、総務部長はそんな金は用意できないと言い、その電話を叩《たた》ききった。

「ばかじゃないのか、お前は」

ただそれだけだった。

## 4

末男は暗い部屋の中で、大きな液晶テレビに映し出されるニュースを睨《にら》み付けていた。

コンビニと森村由南のアパートと殺害現場の三点が書き込まれた地図の隣で、居並ぶ男女のコメンテーターが、競うように悲愴な表情を作っている。高画質のテレビはその彼らの頬の血色、しゃれた服を克明に映し、思い詰めたきれいな女の胸元には大粒の真珠が輝いていた。

——ばかじゃないのか、お前は。

サンエイの男はそう言った。

風俗の女風情《ふぜい》がどうなろうと、世間が気にするとでも思っているのか。

末男にはそう聞こえた。

お前は社会の本当のことを知らないようだな。そんな女は百人束になって死んだって、世間様はなんの興味もないんだよ。タイタニックは、一番安い券で乗った人間は船底の場所をあてがわれて、そのエリアはデッキと行き来が出来ないように鎖で閉じてあったそうだ。嘘かほんとかは知らないが、実際そんなものだっただろうよ、そこが浸水しようが火事になろうが、上客様が音楽を楽しむ邪魔になったらいけないんだ。住む階級が違うんだから仕方がない。いまのお前たちの状況をそう考えたら得心がいくんじゃないのかい？

頭の中で男がそう言っている。

末男は握り拳《こぶし》を床にあて、怒りと悲しみがこの上等なラグカーペットからどこかへ放電されるのをじっと待つ。

息を止めて、全身に力を込めて。

だけど俺たちは間違いなくクズのクズだ。クズだという偏見によって立ち行かなくなるんじゃない。本当にクズだから。人の金を盗み、人の情を裏切るから。

子供のとき、商店街の焼鳥屋の親父《おやじ》は俺たち兄妹にいつも何かを喰わしてくれた。俺はその店の焼き鳥の串《くし》を摑んで逃げた。悪さをすると警察に迎えに来るのは担任の教師だった。先生は俺の代わりに一生懸命謝った。強盗で捕まったときも、事情を酌んでくれと親みたいに頼み込んだ。その先生が、頭を下げて下げて、やっともらった就職先を、俺はたった半年で無断退職した。

――長谷川翼《はせがわつばさ》は「どうせ全部お前のせいになるんだよ」と言った。

翼は外見のいい慶大生だ。明るく謙虚で、金払いがよく、人の話をよく聞く。大学の先生の受けもよく社会的活動に積極的な、自然体で生きている青年。だれもが彼のことを好青年だと思う。

その実、筋トレに励み、毎日喰ったものの量を気にして頭の中で計算し、カロリーオーバーにならないように心がけ、飲んで騒いでも、何を何杯飲んだかを覚えているという男だ。両親は医者で、妹も医大生であるという翼は「外車ぐらい買えるけど、そういうのは愛されないから」とぬけぬけと言い、流行《はや》りのハイブリッドカーを乗り回す。服も持ち物も、わざわざ金にあかした感じを与えないものを選ぶ。本来は中程度の顔だが、そうやってイメージを積み上げた上に毎朝髪に手をかければ、それなりに見えてくる。

翼の元には毎日毎日、誰かが電話をかけてきた。SNSの通知音はひっきりなしだ。彼はどの電話にも明るく親切に対応した。そのあからさまな切り替えは、聞いていて清々《すがすが》しいほどだ。彼は相談に乗り、相手を慰め、協力を申し出ることを厭《いと》わない。あるときは正論でいさめ、またあるときは言葉を尽くして相手の立場を思いやった。本心が透けて見える言葉、意地悪く解釈される言葉は巧妙に避け、当たり障《さわ》りのない言葉だけで会話を構成する。通話中の声を聞けば彼が外でいかに振る舞っているかが、電話を切ったあとのその声や態度の豹変《ひょうへん》ぶりを見れば、外での振る舞いがいかに作られたものであるかということがよくわかる。

外では粘土で作った仮面をぴったりと顔に張り付けて暮らしている。

彼が本当にのびのびするのは、そういう仮面を脱いでいいときだった。例えば野川愛里といるとき。例えば山東海人《さんとうかいと》といるとき。素を見せても痛くも痒《かゆ》くもない相手といるときであり、彼はその中でギャンブルをしてゆすり、タカリ、喝上げをする。

野川愛里が翼と知り合ったのは、渋谷の路上だ。

翼は渋谷界隈《かいわい》で大学の仲間とともに、夜の路上で援助交際の相手を探している女子に声をかけ、悩みを聞き、勉強を教える活動をしていた。勉強についていけないことが、深夜徘徊《はいかい》の原因の一つになっている。少女たちの生活拠点を、夜の街でなく、学校に戻そうという試みだったという。高校中退者は貧困のループに陥りやすい。彼女たちを社会化するには、まず高校を卒業させるべきだということなんだそうだ。翼は仲間とそんな取り組みをして、ゼミで発表し、評価を受ける。だから翼は、堂々と徘徊する女子高生に声をかけることが出来たのだ。

翼はそうやって知り合った野川愛里を、ゼミの活動であるＮＰＯの私塾には入れなかった。二人は深夜の繁華街で何度か遭遇した。愛里は大学生から相手にされたのが嬉《うれ》しくて、また、愛里が言うには、徘徊女子のモデルとして観察するという名目で、翼は愛里にすげなくしなかった。

不思議だったのは、翼が愛里といることに、苦痛を感じていなかったことだ。

翼は山東海人といることにも、野川愛里といることにも、全く抵抗がなかった。彼は二人をこの自分のマンションに上げ、長い時間を共にし、ばれれば身の破滅を招くような犯罪——少なくとも翼のような経歴の持ち主には、間違いなく破滅になるだろう犯罪を、彼らとともに楽しんだ。

末男はその様子をただ漫然と眺めていた。

末男は彼らといるのが苦痛だった。ただ他に行き場がなかっただけだ。

野川愛里と知り合ったのは、彼女がまだ高校生だったころだ。末男は違法ぎりぎりの世界にいて、そのときは犯罪に使う車の運転を頼まれたり、借金の取り立てに行ったり、自然健康食品を売り歩いたりと、金になることはなんでもやっていた。そのころの愛里は出会い系の掲示板、風俗の客、道行く男と、手当たり次第片っ端から声をかける十七歳の女。

顔は十人並より落ちた。瞼《まぶた》が腫《は》れて目は糸のようだ。鼻は低く、頰がパンと張っている。バストはAカップ程度。全体に肥満している。ただ、制服のスカートを短くして脚をむき出しにしているのだが、むっちりとした太股《ふともも》は輝くように白かった。

野川愛里は嫌われ者だった。でも臆《おく》するところがない女だった。この界隈で勝手に客を取るなと業界の男に追い払われ、ときにはヤキを入れられ、時々顔を腫らせて、それでも落ち込む風も恐れる風もなく客を探していた。

一度「クソでぶ、ワンコインなら買ってやるよ」と絡《から》まれているところに遭遇して、追い払ってやったことがある。愛里は自分が笑い物にされているのにも気がつかず、恨めしそうに末男を見た。末男はしかたなく、二千円を握らせた。

「これでメシ喰え」

それでも愛里は、察しの悪い犬みたいに疑り深い目をしていた。もしかしたら金になるなら五百円でもよかったのかもしれないと気がついて、末男は暗澹《あんたん》たる気持ちになった。

それからときどき出くわして顔見知りになり、すると愛里はついてきて、ジュースを奢《おご》れとか、そこのクレープを食わせろとか、抜け目なくたかった。それが安いものばかりなので、愛里なりに気を使っているのだろうかと、ちょっとそんなことを考えると末男は無下《むげ》にもできない。

こういう女はこの先どうなるんだろうか。

身の上話を聞いたことがある。聞いた端から嘘だとわかる。家は金持ちで、父親が再婚で、義母に苛《いじ》められて家に居場所がないという。その程度ならまだ許せるが、母親の連れ子の、血の繋《つな》がらない兄にレイプされたというのは嘘としてもかわいげがない。そんな話を聞き流していくと、そのうちぽろぽろと本当の身の上話が落ちてきて、それはごくありがちな、不出来な落ちこぼれの話だ。援助交際から売春に手を伸ばしたのは、高校のときのグループに「金を持ってこい」と言われたことがきっかけだったと言う。そんなもんだろうと思った。それでたくさんの嘘を聞き流してやった。そのときには愛里はまだ家出少女ではなかった。

「あたし、セックスが好きなの」

愛里はそう言った。

「家に帰れ。学校に通って、卒業して、ちゃんと就職しろ。そうしたら、誰か物好きが結婚してくれるから。母ちゃんに謝って家に置いてもらえ」

そんな説教なんか馬の耳に念仏だとはわかっていた。でも世の中には何度も何度も頭を下げて、どうしようもない生徒の就職先を探し出してくれる教師もいる。末男は高校の担任を思い出して、胸が締めつけられるように辛《つら》くなる。説教なんかするもんじゃない。

――母ちゃんはあたしのことが嫌いなんだよ。真面目《まじめ》に働くより、売春する方が得なんだよ。

愛里の話には脈絡がない。

こういう女は、先々どうなるんだろうか。

愛里は時々、末男に「買え」と言った。末男はそういうときも二千円を握らせた。愛里とやったことはない。売春をしている女とはやらない。末男はそう決めている。母親がそれで身を立てていたから、そんな女がどんな女か、その生活の裏の裏まで透けて見えてしまうからだ。

母親は、愛里のような「セックスが好き」という人ではなかった。ほっそりした人で、どこか儚《はかな》げな気配があった。酒を飲んで陽気に夜を明かすのが好きで、男にもてた。そんな女に子供が出来て、客の金で飲んで夕方まで寝るっていう生活は成り立たなくなった。そのうちスナックで働くより、男と寝て金を得る方が主になった。だから風俗店で働いたことも、辻で客を引いたこともない。プロ意識がない女で、その分トラブルも多かった。男が客なのか友だちなのか恋人なのか線引きがない。そして気が合う時間が長く続いて、向こうにその気があると、すぐに内縁関係になる。

母親は二人の子を産んだが、その父親が同じ男なのか別の男なのか、一体どこの誰なのか、おそらくわかっていないと思う。そして父親になった男も、自分に俺という息子がいることを知らないと思う。それでも俺と妹は地域に守ってもらったからやってこれた。

愛里のような女は途中でいざこざに巻きこまれて殺されるかもしれないし、病気で死ぬかもしれないし、一番可能性があるのはホームレスのようになりながら男との商売をし続けることだ。

自分を気にかけてくれる人が誰もいない。

その愛里が、行き場がなくなっていた末男を「友だちのマンション」に連れ込んでくれたのだ。

五月の終わりのことだった。金の工面に進退窮まって、憔悴《しょうすい》して、人が間断なく動いていく通りの縁石に腰掛けていたら、ばったりと愛里に出くわした。もう二年ほど顔を見ていなかった。愛里は二年前のまま、ちょっと垢抜《あかぬ》けてはいたが、まだ高校生のときの制服を着ていたので、相変わらずの仕事をしているのだと当たりはついた。

少し痩せて、その分わずかに目鼻だちが整って、足も昔ほど張り切ってはおらず、なにより昔のような頼りなげな顔をしていなかった。

二千円でもと客に食らいついていたころより、少ししっかりした顔をしている。

愛里は末男の名前も知らない。

愛里は末男に気づいたのだろう、じっと末男を見つめたあと、何食わぬ顔で前を通りすぎたが、昼過ぎにまた前を通り、足を止めた。「久しぶりじゃん。誰か待ってるの？」

「いくとこがないんだよ」

「なんでないのさ」

妹が借金を末男に被《かぶ》せて男と逃げたので、取り敢《あ》えず身を隠したい——そんな話はしたくない。

「いいだろ。ないからないんだよ」

末男は縁石から立ち上がったが、実際行くところもない。寄る辺ない気持ちでふらふらと歩き始めると、どういうわけだか愛里がついてきた。

しばらく歩いたあと、愛里が言った。

「来る？　近くのマンションなんだよ」

それからまた、しばらく歩いた。

「お前、いまマンションなんか住んでるのか」

愛里は高校生のころと同じ、けたたましい笑い声を上げて「ちげーよ」と、とびきり砕けた言葉を繰り出した。

「友だちのマンションだよ」

ああ、二年前のままだ。こんな女と関わり合いになんかなりたくない。しかしその時の末男には、泊まるところも金もなかった。

急な石畳の坂を登って、少し息が切れた。

これまで一千万を超える借金は抱えたことがなかった。

数日前のことだ。突然街金の男に電話で呼び出された。そこでにわか作りの証文を見せられ、その額千二百万円となっていた。

「お前の妹がこの前きてさぁ、五百万円貸せってさぁ。まあ、その気になれば五百万円ぐらい稼げるタマだから貸したの。お前と妹は板橋のニコローンに合わせて五百万円の借金があったろ。妹はそれを完済してきたんだ。そんで、こっちに借金になった」

「それがなんで千二百万に――」

「紫苑《しおん》のタケってホスト知ってるだろ。そいつの七百万の借金も、うちから借りて完済したのよ。自分の分とお前の分とタケの三件まとめてここに借金を移した。そいで、その返済は兄ちゃんがすることになっているって、これ書いたんだよ」

末男は頭の中が真っ白になった。

そのときには妹とは連絡が取れなくなっていた。男と妹の店を回ったが消息は摑めない。二人は、末男に全部被せて飛んだのだ。

末男は払うから時間をくれと言って出た。街金の男は「どうやって作るんです?」と厭味《いやみ》ったらしく敬語で聞いた。末男がこれまで都合して来た金は一千万円に近い。おかげであいつはああ見えて肝が据わっていると変な陰口をきかれている。人でも殺してるんじゃないか、強盗でもしているんじゃないか。

危ない仕事を手伝えば、それだけ報酬は大きくなる。でも危なすぎる仕事に手を出せば、身を滅ぼす。請け負ったらその悪さの内容は一切聞かない。目隠しした馬に徹する。そうやってどんな仕事でも受けて金にしてきた。だから末男が返済してきた金の出所は組織であり、高校を出てからは、いままで世間様の懐《ふところ》に手を突っ込んで金を作ったことはない。

愛里と歩きながら、頭の中はどうやって金策すればいいのかで一杯だった。

人は殺さない末男だが、紫苑のタケが夜道を歩いているところに遭遇したら、いまなら殺すかもしれないと思う。

坂は急で、見上げると空に繋がる。水色を塗り込めたような遠近感のない空には筆で描いたような白い雲が浮かんでいた。車がボンネットに明るい初夏の日差しを映してゆっくりと坂を上がる。

その雲を見ていると、子供のころを思い出す。路地の外れの谷の底のような家から階段を上がる時、顔を上げるといつもそこにはこんな青い空と雲があった。——いつもではないだろうに、末男が思い出すのはいつもこの空。トタンの屋根と屋根の間から見える、抜けるように青い空だ。風がなく、雲はぴくりとも動かず、日は明るく柔らかく降り注ぐ。あのころは、目の前にある階段を上がれば、誰だって青空の下に出るものだと思っていた。歩く人も瑞々《みずみず》しい青葉を輝かせる木も、ボンネットを輝かせて走る車も、地上のものは全《すべ》てその初夏の幸福を享受《きょうじゅ》する中で、自分だけがいつもそこにある幸福の世界から外されていた。そしていままではそんな疎外感にもすっかり慣れた。

愛里と前になり後ろになりして、石畳の坂を歩いていると、ふいに愛里が立ち止まり、「ここ」と、目の前のマンションを指さした。

そこでだらけた様子でテレビを見ていたのが翼だった。

申し分のない経歴を持つ翼だったが、彼が自分の部屋を根城にして野川愛里のような不逞《ふてい》の輩《やから》とつるんでいるのにもわけがあり、その理由はすぐに知れた。

翼は借金を作っていたのだ。

翼は、その借金を、違法カジノで作ったものだとあっさり言った。大学二年のときに知人に連れて行かれてから嵌《は》まり、当たれば返せる、当たらなければ借金が膨らむを繰り返して、大学四年で出入りを止めたのだ。

翼は違法賭博《とばく》に明け暮れながら、大学のゼミでは子供の「貧困ぼくめつNPO」の課題に取り組み、災害と聞けばボランティアとして駆けつける生活を送っていた。そしてその体験を、「貧困ぼくめつNPO」で語った。ボランティアの体験談は、いい人をアピールするには実に効果的だ。そうやって信用を得て、学校にも行かず親にも見放されて夜の繁華街を徘徊する寄る辺ない少女の中から、小奇麗《こぎれい》なのを見定めて風俗店に橋渡しをする。それで膨らんでいく借金の返済の督促を免れてきたと、ニヤつきながら語った。

夜の街でお茶を飲み、愚痴を聞き、励まし、風俗なんか行ったらいけないと諭す。そんな説教はなんの役にも立たないことを翼はよく知っている。生活のために金がいるんだという女の子に、「そうまでいうなら、信用のおける店を知っているから。女の子を大事にしてくれる店だから」と、街金の傘下《さんか》の店へと橋渡しをするのだ。高校生なんてものを知らないから「女の子を大事にしてくれる風俗店がある」という話を真に受ける。もちろん、そこは翼の爽《さわ》やかな風体と学歴があってこそだ。貧困撲滅のために活動している慶應《けいおう》の大学生が、自分の苦境を哀れんで、道理を曲げて店を紹介してくれる――彼女たちは感激さえする。あとはSNSを通じて心配しているような、優しげなメッセージを何度かやりとりしたらそれで終わりだ。「チョロいもんだったさ」――翼は自慢げに笑う。翼は違法カジノのカモも斡旋《あっせん》していた。そういう女の子に小金持ちの学生を紹介させて、その小金持ちを違法カジノに引き込むのだ。

翼の健全な大学生活は、適度な裏社会との繋がりと裏表になっていた。そして彼はそういう危うさを楽しんでさえいた。

自分のような人間は、賭博や女衒《ぜげん》のような世界と繋がっていたって、「出来心」だとか「嵌められたんだ」と言えば世間は許してくれる。裏のやつと自分なら世間は自分の言い分を信用する。どんな嘘も、つき通せる――それが翼の「哲学」だった。

末男はそれを聞いたとき、いい大学の学生が、幼稚なことを考えるものだと感心した。

たぶん、この男は自分が思っているほど人気もなく信用もない。そしてそれに全く気がつかないところを見ると、いままでずっとそうだったんだろう。

どこか信用ならないところがある。どこか胡散《うさん》臭いところがある。そうやって、本当の意味では仲間から弾《はじ》かれてきたんだと末男は思う。

そういう意味では愛里と似たような人間だよな。

とうとう就職活動の時期が来て、翼は無事、春から大手広告会社に勤めることに決まった。

まったく順風満帆だ。

これで悪い仲間と手を切って、綺麗《きれい》に口をぬぐって新社会人として新生活を送ればいい。申し分のない両親と、申し分のない仕事と、申し分のない学歴と容貌《ようぼう》。

二千万円の借金さえなければ。

全てが順調であるはずだったのに、末男がマンションに上がったころ、翼は苛々《いらいら》して顔色が悪かった。

末男のことを、そこにいないように扱った。しかし出て行けとも言わない。末男は心身共に疲れていて、だから部屋の隅で、木に張りついた蟬《せみ》のように、息を潜めていた。

翼は末男の名前にさえ興味を示さず、末男と話すときはお前であり、それ以外では「あの男」や「その男」だった。

闇金《やみきん》も、大学卒業を潮時と考えていたんだろう、本気の催促が始まった。

顔を腫らして帰ってくることがあった。

携帯には夜中でも電話が鳴った。

電話が鳴るたびに身体《からだ》を震わせるようになった。

そして突然、愛里を蹴《け》ったり殴ったりした。

マンションにはもう一人、御用聞きのように出入りする男がいて、疫病神のような貧相なやつだった。背は低く、胸板が薄く、前かがみな猫背で、頭は大きくてひどく歪んでいた。滑舌が悪くて、そのうえ文章を作って喋《しゃべ》るということが出来ない。彼から出るのは感情と断片的な情報だけだ。唯一画期的だったのは、彼は丸刈りにして、その大きな頭の歪みが見る人に与える威圧感を武器にしていたことだ。痩せて前かがみな身体に、大きくて重そうな頭が歪んだ岩のように載っている。名前は山東海人。観光地のパンフレットにある造語のような名前だ。

翼と愛里、山東海人の三人は、以前から弁当屋にクレームを入れて小遣い稼ぎをしていた。そもそもは愛里と山東海人がこそこそやっていたものを、翼がシステマチックにしたものらしく、いまでは翼が頭だ。三人は、優位に立って人を小突くのが楽しいらしくて、弁当屋を苛めると、三人が三人とも、浮世の憂《う》さを忘れるように喜んだ。末男はその陰湿なイジメのような恐喝に全く興味を示さなかったので、山東海人はその冷やかさを不快に思ったのだろう、末男のことをあちこちに聞いて回り、「筋金入りのワル」で「自分たちよりずっと裏に通じている」と勝手に思い込んだ。翼も山東海人から聞いたのだろう、だから翼が殴るのは海人と愛里で、愛里は翼に蹴られても恨めしい顔一つしなかったが、海人に嫌がらせをされると根に持ち、二人はささやかな優劣闘争に、ねちねちといつまでも揉《も》めあった。

翼は陰鬱《いんうつ》に黙り込み、時々二人に暴力を振るう。末男は聞いたことがある。

「親は医者なんだろ？　借用書書いて、金出してもらえよ」

そのとき翼は目を剝《む》いて即答した。

「それだけはだめだ」

「なんでだ」

「絶対にだめだ」

翼は一度、ペンチを持った男たちに追いかけられたそうだ。翼が大口を叩き、誠実に対応しないことに苛立ったのだろう。翼はなりふりかまわず裸足《はだし》で逃げて、男たちは本気で追いかけた。ペンチで歯を抜かれるという恐怖に、捕まったときには翼は号泣して謝り、脇腹《わきばら》に蹴りを入れられただけなのに震えて起き上がることもできなかったのだという。翌日には蹴りを入れただけで見逃した取り立て屋のことを「のうたりん」呼ばわりして悪態をついていたが、怯《おび》え切っていたのは確かだ。

ことここに至っても翼は親に事情を言うことを断固拒否した。「金は作る」の一点張りだ。街金も呆《あき》れたが、どうあれ取りっぱぐれのない事案には違いない。死なれて警察沙汰《ざた》になれば、取れるものも取れなくなる。

翼は五月の末に三百万を返した。

その金は親から取ったものだ。借金があるから金をくれというのとはまったく別の方法で。

翼は自分の妹を連れ出して、長い間買い手のつかない軽井沢の別荘に閉じ込めた。実行犯は山東海人だったそうだ。鍵《かぎ》を壊して外から鎖と南京《ナンキン》錠で閉め、電話線を抜いて、山東海人は妹から携帯も取り上げた。その上で父親に「娘を誘拐《ゆうかい》した。三百万円払えば解放する」と電話をした。三百万という金額は、親が警察沙汰にしないで払う上限と判断したのだろう。

電話——愛里からその話を聞いたとき、末男は反射的に聞いた。

「誰の電話で？」

愛里はなにを聞き咎《とが》められたのかわからないようだった。「翼の。非通知でかけたんじゃないの。タコの電話じゃなかった。話したのはあたし」——愛里は山東海人のことを嫌がらせを込めてタコと呼ぶ――「翼が電話をかけて、繋がったあとに携帯を回してきたんだよ」

山東海人は仕事用にガラケーの白ロム――契約者から買い取った携帯電話――を持っている。生活保護受給者を囲い込んで支給された金をまきあげる、いわゆる囲い込み詐欺《さぎ》用に上から渡されたものだ。使用料を払ってなくても、使えなくなるまでにはその間は使える。名義人の口座に犯罪グループが使用料を払っていればその間は使える。使用料を払ってなくても、使えなくなるまでに一か月程度の猶《ゆう》予《よ》はある。せいぜいそんなものを使っているのだろうと思っていたが、翼は自分の携帯を非通知にして使ったのだ。父親が非通知の電話には出ないという主義なら、連絡は取れなかっただろう。

父親は、愛里が指定した口座に三百万円を振りこみ、同時に山東海人が別荘の南京錠を外したのだという。妹の携帯はドアを開けたすぐのベンチの上に置いておいた。あとは妹が勝手に帰る。気が動転していてもスマホがあればタクシーぐらい呼べる。

「あたしはただ、振りこまれた三百万を一生懸命下ろしただけ」

愛里は毎朝、銀行が開く時間に行って、振りこまれた三百万円を六日かけて全額下ろした。それを翼が借金の返済にあてた。

それでも二千万が千七百万に変わっただけだ。街金は八月に入ったら親に知らせると言い、翼は三百万入れたんだから九月まで待ってくれだの、本当に金が入るだのと泣きついた。

「長谷川さんよ。命まで取ろうっていうんじゃないんだ。金で済むことなんだよ。あんたは就職も決まっていて、おとなしく親に頼み込んだらなんの問題もなくなるんじゃないのか。わがままも大概にしな。腕の一本でもへし折られないと決心がつかないっていうなら、いつでも折ってやるよ。右がいいかい、左がいいかい」——街金は九月までと期限を切った。

翼のやり口の荒さは、いままで警察沙汰にならずに来たことが信じられないぐらいだった。しかし翼のその悪運の強さが結局、翼を追いつめていた。翼は誰からも引導を渡されなかった。そしてそれがことを奇妙に転がした。速度の落ちたサイコロは、止まり切るまで不安定に回転する。

翼は爪《つめ》を噛み、目をぎらぎらさせて出口を探した。

七月二日早朝、翼はひどく殴られて帰って来た。

口をゆすいでしばらく顔を冷やした翼は、不意に愛里に声をかけた。

「今度はお前の番だよな。お前がかあちゃんから金引き出せや」

さめきった声だ。

愛里は即答した。

「うちにはそんな金はない」

愛里は実はもう何回か、誘拐されたから金払ってくれとか、金払ってくれないと殺されるという電話を母親にかけたが、一度も相手にされたことはない。「他に用がないなら切るよ」と言われたそうだ。

テレビでは、心臓の病気の子供への寄付を募っていた。心臓に欠陥のある二歳の子供をアメリカで治療するために一億円ほど足りないと、アナウンサーが視聴者に語りかけている。柵《さく》のあるベッドに、チューブを付けて横たわる子供の写真が映し出される。アナウンサーは子供の病状を説明し、親のインタビューに切り替わる――翼は愛里を鼻で笑った。

「金があったら安い金で身体売らないよな」

愛里はめったなことで腹を立てない。だが唯一、男から相手にされないことを指摘されるとむきになる。愛里は床にだらりと座っていたが、瞬間的に顔を上気させ、翼にその顔を上げた。

「これはうちの趣味だから」

翼はそれまで、愛里をまともに相手にしたことはなかった。下等動物に怒らないということを実践していると言わんばかりに、愛里の全ての言動を聞き流してきた。その冷たい、心底小馬鹿《こばか》にした口調は、普段なら絶対に愛里に向けられるものではなかった。

「趣味?」

末男はじっと推移を眺めた。

「安くしても買ってくれる相手がいないから歌舞伎町まで足を延ばしたんだろ? 裸みたいな恰好《かっこう》でたちんぼしてさぁ。そいでヤカラどもに追い払われたんだろ?」

愛里は顔を真っ赤にした。ただ愛里も翼の異変に気付いていた。ネズミのようにいつも鼻をひくつかせて正面衝突を避けるのは、衝突したら木っ端《こば》みじんにたたき潰されるのは自分だとわかっているからだ。愛里は沸き上がる怒りに顔を赤くし、しかし同時に、自分が何かの地雷を踏んだかもしれないという気がしたのだろう、身体を強張《こわば》らせた。その人並みな様子が、翼の苛立ちに火をつけた。

「一人前の顔してるんじゃねぇよ、ブスのうたりんがよお!」

そういうとダイニングテーブルの椅子《いす》を蹴り倒すようにして立ち上がり、身を翻《ひるがえ》して愛里を蹴り飛ばした。

身を守る隙《すき》もなく腹に一発めり込んで、愛里は身体を丸めた。

無防備な人間の、骨のない部分に、本気のケリを入れられる人間は案外少ない。

愛里は、風呂が嫌いだ。臭《にお》うこともある。髪はスプレーで固まって、糊《のり》のように頭に貼《は》りついている。愛里は翼に蹴られた腹を抱えながら、足で床を蹴って身体を回転させて、なんとか逃れようともがいた。しかし海老《えび》のように丸くなって苦痛にあえぐその姿に、憐憫《れんびん》の情は湧《わ》かない。

翼は愛里を、サッカーボールを蹴るように、両足で交互に蹴った。肉のついているところ、ついていないところ。

「安い金でも払ってくれるだけありがたいと思えよ。お前の客は気がいいやつばっかだなー」

闇雲に蹴るのではなく、蹴り洩《も》れがないように丹念に蹴るのだ。翼は両手をポケットに入れたまま、愛里の顔を踏みつけ、後頭部を小突き、愛里が頭をかばおうと腹から手を離すと腹を蹴り、腹を守ろうと腹を抱えると頭を蹴った。そして防御が弱い時を狙《ねら》い澄まして、強く蹴った。

「手なんか使うのはもったいないんだよ、お前なんかさぁ！」

翼は笑っているような、泣いているような、不思議な表情をしていた。明日にはこうやって蹴られるのは自分だとわかっているんだと末男は思う。いや、もしかしたら今日、こうやって蹴られてきたのかもしれない。無様にいたぶられているのはさっきまでの自分であり、この無様な姿は、取り立ての人間たちが見ていた自分なのだ。――翼は愛里の髪を摑《つか》むと、愛里を引き回し始めた。

「家に電話かけろや。金用意しないと殺されるってさぁ。売られるでもいいけどよぉ」

愛里は「誘拐されたから金を払ってくれ」と電話して、ものの二分で切られた。

末男は部屋の端で膝《ひざ》を抱えてそれを見ていた。

――昔、母親の男が妹を殴ったことがある。母親を金で買う男は、その娘は当然自分にひれ伏さないといけないと思うようだ。ところが妹は気の強い目をして男に嫌悪《けんお》感《かん》をむき出しにしていた。男にはそれが気にいらなかった。男はいきなり拳骨《げんこつ》を振り上げた。妹は身を竦《すく》め、末男は反射的に妹をかばった。

拳骨は末男の肩にめり込み、男は、そこにいるのが小学校に入ったばかりの少女ではなく、中学男子だと気がついて、激しく憤《いきどお》った。

反抗的な目をした娘をしたたか殴りつけてごめんなさいと号泣するところをもっと痛めつければ、次に来たときには盲目的に従順になっているだろう――そんなことを考えていたのか、いやもっと単純に、娼婦《しょうふ》の娘がいっぱし反抗的な顔なんかするんじゃないと思ったのかもしれない。ところが拳は少女に届かない。男は末男の肩を掴んで妹から引き離そうとした。末男には、大人の男が妹を殴るのを止める力はない。引き離されたら妹は殴られるだけだ。末男は闇雲に足を蹴った。何度も蹴り出すうち男にあたり、肩を掴む男の力が抜けた。末男は妹の腕を掴むと、玄関まで駆け込んだ。しかしドアを開けるのが間に合わなかった。末男はドアに身を寄せていいように殴られ、蹴られた。男は癇癪《かんしゃく》を起こして末男をそこから引き離そうとする。末男とドアの間に挟まっているのは、小さな妹だ。男はどうあっても、自分の腕力で少女を泣かして「ごめんなさい」と言わせて、ごめんなさいと言う少女をまた殴りたいのだ。

なぜ、男は自分に妹を殴る権利があると思うのか。なぜ、妹は「ごめんなさい」と言わされて、その上殴られないといけないのか。なぜ、反抗的な目をして見るだけで髪を掴み、振り回されないといけないのか。

男の荒くれた手が妹の髪を鷲掴《わしづか》みにした。

末男は手を伸ばしてノブを回した。それからすぐそこにかがみ込んでいる男の胸ぐらを蹴り上げた。男がうめき声を上げ、二人はドアから転がり出た。

暴力を振るう男はみな、ドア一枚挟むと別の顔を見せる。ドアが開くと、拳は上げない。

転がり出た二人は、男が追いかけてこないことを知っていた。末男は痛む身体を通路の壁にもたせ掛けて、通路を挟んだ室内に、仁王立ちになっている男を見た。

殴れよ。

蹴れよ。

この通路を渡ってこいよ。

もしかしたらそう、胸の内で挑発していたかもしれない。

その男はまだ殴ることに未練があるらしく、ぶるぶると震えて末男を睨み付けていた。

末男は男の目を見つめたまま、身体を起こして手を伸ばし、ドアのノブを摑むと、閉めた。

ドンと音がして、男の姿がドアの後ろに消えた。末男はまた、壁に倒れ込んだ。

夕暮れの静寂。

子供の遊ぶ声がどこからかして、車の音が消えたり聞こえたりした。

妹は最後まで泣かなかった。

「こんなに抜けたよ」――小さな声でそう言って、髪を末男に見せた。細い、茶色い、きらきら光る髪が数本、末男の腹の上に置かれた。それは、こんなに花を摘んだよ

——そう見せてくれるようだった。怯えた六歳の子が、自分のために殴られた兄をどう慰めて感謝したらいいのかわからなくて、抜けた髪をくれた。末男が顔を上げると、妹は心配そうに、でもちょっと微笑《ほほえ》んで見せた。長谷川翼のマンションで翼が愛里を殴るのを眺めて、末男はそんな古いことを思い出した。

それにしても、溺《おぼ》れるものは藁《わら》をも摑むという言葉があるが、あの日翼が摑んだのはなんだったんだろう——そう、末男はいまでも考える。

お前なんかに手を使うのはもったいないんだよと愛里を蹴り、愛里の親にあっさりと金の支払いを断られたあと、翼はそれ以上どうやったら愛里を侮辱できるか思いつかないようだった。

「金払わないのは、お前の家が非常識だからだよ」

翼はそう言った。それから突然言ったのだ。

「だったらサンエイに払わせればいいんだ」

サンエイ食品は、山東海人と愛里がはじめたクレーム恐喝の相手だ。特にサンエイに絞っていたわけではなく、金を払う企業がサンエイだったということから始まった。偶然、野川愛里の母親がそのサンエイに長年勤めていたので、愛里は知っていることをだらだらと喋り、翼がその話を聞いて、工場長イジメが始まったのだ。

「お前の母親が払わないんだったら、お前の母親の勤め先に払わせたらいいんだ」

金額は三百万円と言った。

「そんな金、払うわけないだろ」と末男は言った。翼は、やつれた顔だったが、それでも頬に血の気が差し、目は輝いていた。

「普通は払うんだよ。命の値段だから」

翼は本気だった。

現実に汚い犬みたいに蔑《さげす》まれる女たちがいて、全ての人間には同じ人権があると声高に言う人がいて、裏カジノの借金や女衒の真似《まね》で前者の世界を体感し、大学でのNPOの活動の中で後者の理屈を覚える。彼の中でその二つは縄のようにねじれて、ときに応じてどちらかが——自分に都合がいい理屈が展開されるようだ。社会的な判断をするなら人は「人の命」の前にはひれ伏すはずだ。だから自分の親は迷うことなく三百万円を出した。愛里の親が反応しないのは、彼らが非常識だからだ。だったら愛里の命を、社会的な判断をする者がいる領域に持ち込めばいいという結論に至ったらしい。

大学出ってこんなものなのかと末男は思った。

俺は勉強してクズとクズが蹴りあうみたいな世界から逃げ出したかったけど。

金がなくて。

金を作る方法も知らなくて。

翼は自分の思いつきに舞い上がってプランを紙に書きつける。末男はそれを、丸めた背を壁に預けたまま眺めていた。

日の当たらない場所ばかり歩いて来た末男には、いままで翼のような人間と知り合う機会がなかった。目の前にしてみれば、呆れるような幼稚な人間だった。それでも彼はちゃんとした親のいる、裕福な家庭の学歴のある男で、彼に何かあれば日本中が大騒ぎをするんだろう。

意を決して翼はサンエイに、「お前のところのパートの娘を誘拐した。二百万円を用意しろ」と電話をかけた。

そのときまで末男には、そういうこと全てが走る電車の窓に流れていく景色のようなものだったのだ。

末男は部屋の端で膝を抱えて背を丸め、水の中に沈んだようにただじっと考えていたのだ。

――千二百万円の金をどうやって作ろうか。

ずっと金のことを考え、そしていまも金のことを考えている。

夜中にふっと目を覚ます。金、作らないといけないんだと考える。俺は妹を連れてこのクズの世界から抜けたくて、自分と妹の学費と生活費を稼いだ。やり遂げたのに——やっとやり遂げたと思ったのに。

何度やっても最後に躓《つまず》く。

末男の母親は、末男が十八のときに失踪《しっそう》した。その直前に、そのとき付き合っていた若い男とパチンコで三百万円の借金を作った。母親はパチンコ屋のような騒々しいところは嫌いだった。思えば末男と妹から顧みられることがなくなっていた母は寂しかったのだろう。騒々しいパチンコ屋で好きでもないパチンコをして、借金を作った。末男に迷惑をかけたくないと思っていたのは確かだと思う。でも母には、筋の通ったことをするのは無理なのだ。だから金は末男が返すことにした。母親は黙って家を出て行った。

そのとき母が作った三百万の借金は少しずつ返した。

借金を返し終えたら、裏の仕事から足を洗い、料理人にでもなろう。寿司職人ならカウンターで客の話を聞きながら仕事が出来るから楽しいだろう。職人になれなくてもかまわない。ずっと下積みでもかまわない。仲間がいるところで静かに働きたい。そう、末男は思っていた。

その夢を壊したのは、末男自身だった。違法ぎりぎりの自然食品の販売の手伝いをして儲《もう》けを持ち逃げされ、また闇金での借金を抱えたのだ。

末男は疲れ果てていた。そのとき妹が言ったのだ。

「そんな金、あたしがキャバクラで半年働いたら返せるんだよ」

——キャバクラ。

末男がよっぽど引きつった顔をしていたのだろう、妹は笑った。

「いまどき、キャバクラなんか水商売って言わないんだよ、兄ちゃん。大学生だって、ちょっと小遣いが欲しけりゃキャバクラでバイトする時代なんだよ」

ほんの一年、寄り道するだけだから。兄ちゃん、寿司屋の職人になりなよ。かっこいいじゃん——十八になったばかりの妹は、一年先を夢見るように目をきらきらさせた。

妹に真っ当な就職をさせるのが俺の夢だった。親のいるちゃんとした家庭の男と付き合って、当たり前の家族を持たせる——子供のころ、母親が男を連れ込んでいるので家の中に入れないことがあった。そんな夜には家の前の公園で妹と二人で時間を潰した。妹は外灯の下で、飛んでくる虫を摑んだり追いかけたり、土に線を引いたりして遊んだ。綺麗な目をして星を眺め、ブランコを揺すって歌を歌う。嬉しいことがあれば大きな口を開けて笑い、理不尽なことがあれば地団駄を踏んで文句を言った。母親の代わりに育てているうち、末男は妹がふしだらに男を相手にするさまを見たくないと心の底から思った。だからできるだけ母と二人きりにせず、親の仕事のために恥ずかしい思いをすることがないよう気を配り、悪い友だちから遠ざけて、勉強を教えた。

末男はいま、翼のマンションの壁に寄り掛かり、俺がしてきたことはなんだったんだろうと考える。

頭の芯《しん》がじんじんする。

翼が愛里をまた、足で小突いている。それをぼんやりと見ながら、妹は少なくとも惚《ほ》れた男と逃げたんだと思い直す。

これで妹が水商売から足を洗えるんなら、それでいいかもしれない。そう思うと、末男には、妹の子供が明るい家庭で育つ様が目に浮かぶ。妹は決して子供に手を上げない。口汚く罵《ののし》ったりもしない。きちんと食事をさせて、清潔な布団《ふとん》で寝させるんだ。

七月五日、翼は二百万の恐喝について、ものの見事にアッパーパンチを食らった。いつもはへいこらしている工場長に「本社に電話してくれ」と事務伝達みたいに言われた。「てめぇ、誘拐だぞ」と身を震わせて怒ったが、翼は、本社に電話をして叩き切られたのだ。

翼にも人生でうまくいかなかったことはいろいろあっただろう。その一番は、闇金に追われて土下座したり泣きついたりしないといけない立場に追い込まれたことだろう。それはただ屈辱を受ける立場だ。

誘拐を本当らしくするために愛里にあちこちに「ラチられた」とメールを入れさせて得々としていたというのに、日頃苛めてきたサンエイの工場長にまでバカにされて、翼は船が転覆して上下が逆転した様を見るような――もしくはバケツの水を頭からぶっかけられたような、困惑と動揺と怒りを感じたようだ。翼はその後数日間、総毛立つようにぶるぶると震えた。

翼は食事もせずに座り込んでいた。目を見開いて、自分の両肘《ひじ》をしっかりと摑んで。

それから愛里を裸にして写真を撮って、部屋のプリンターで印刷した。

末男はその無防備さに呆れた。

「顔が見えてるのはまずいよ。だいたい、なんのために送るのさ」

「でたらめだと思われたままじゃシャクにさわるからだよ」

では、愛里を誘拐しているというのは事実だっていうのか。

クズとクズが寄り合うとカオスだ。

翼は翌朝、足を引きずるようにして帰って来た。闇金に、金が入るあてがあるとか見得を切っていたのだろう、大口叩いてるんじゃねぇと焼きをいれられたんだろう。

翼は諦《あきら》めきれないように、テレビの前に座り込んでニュースをサーチした。もちろんネットも何度も検索したが、サンエイに脅迫が来たというニュースは一本もない。サンエイと入れればトップにくる検索ワードは「ブラック」。ブラック企業として今日も通常営業だ。

テレビではニュースの最後にまた、心臓病のカンパの情報が出た。「皆さまの温かいご協力をお待ちしています」

それを聞くと翼はふいっと顔を上げ、呟《つぶや》いた。

「心臓が悪けりゃ死ねばいいじゃん。甘えてるよ」

そのころの翼は地獄をはい回るみたいだった。

親に金を出してもらうのがどうしてそれほどできない相談なのか。

そうやって何日過ごしただろう。

あの、七月十五日がやってきた。

その日、愛里は部屋の隅でゲームをしていた。部屋にはピリピリした空気が張りつめていたが、愛里は気づいていないのか、それとも慣れてしまったのか。

翼は愛里のゲーム機を取り上げると、床の上に置き、愛里が悲鳴を上げる前に椅子の足を載せると、椅子に体重をかけて踏み潰した。青ざめる愛里と、罵倒《ばとう》する翼と。おきまりのコースが繰りひろげられて、翼はテレビのニュースに目を止めた。そこではまた寄付の告知がされていて、二億円に八千万円足らないと、スーツをきちんと着た男女のアナウンサーが訴えていた。

二歳のガキに二億かよと翼は爪を噛んだ。

「おれが欲しいのは二千万円ぽっちなのによ」

そして翼は、閃《ひらめ》いたように末男に顔を上げたのだ。「お前んちはどうなんだよ」

——。

サイコロは転がりだすと、どの面で止まるか見当がつかない。たぶん隣の面には「親に泣きついて借金をきれいにする」と書かれていたことだろう。そこで止まらなかったのは、奇異なのか不運なのか、とにかく運命の悪戯《いたずら》としか言いようがないと末男は思う。

あの日、一人目の女が死んだ。その翌日、もう一人の女が死んだ。

森村由南と座間聖羅だ。末男はその二人の女のことはずいぶん前から知っていた。

森村由南は爪の小さな女だ。由南は子供の頃、北にある大きな団地に住んでいた。そしてそこで同じ団地の男を相手に商売する母親を見て育った。客たちはまだ小学生の由南を見て「二人きりにしてくれたら五千円払う」と言った。そうやって育った由南は、末男の顔を見るたびに、「あんたの妹も売られてるんだよ」とからんできた。「あたりまえじゃん。母親が家で客取ってて、娘がやらないとか、ないから」。それから母親のことを「あいつ」よばわりして、「あいつはケチだから三千円しか寄越さない」と罵倒した。由南には客に対する嫌悪は薄かった。ただ母親への憎悪は激しく、そのほとんどは、自分に振るわれる暴力と、自分から搾取《さくしゅ》される金によるものだった。由南は母親に売春させられていると通報があって、施設に保護された。高校卒業とともに実家に帰ると、今度は自分の意思で身を売り、母親に暴力で昔のお返しをした。それでも由南は結婚して二人の子を産んだ。爪の小さい背の低いあの女が、髪を真茶色に染めてスーパーを歩き回っているのをなんどか見かけた。しかし育ちが悪いというのはどうしようもないものだ。小さくてかわいい、ペットみたいに見えていた子供は時間が経《た》つとどうしようもないクズの自分に似てくるのだ。由南はいち早く現実に目覚めて、子供を産んだことを後悔し、「死んでくれたら早いのにねー」と、まだ言葉のわからない子供に話しかけ、育児放棄した。

役所は由南に、子供を施設に預けるように言ったが、由南は「子供はあたしの命です」と泣いてみせた。本人が言ったのだから間違いない。「ガキ育てられないとか言われるの、シャクにさわるじゃん」――由南は意地のために子供を預けなかった。しかし由南は役所に目を付けられていて、母親に育児を投げた。「お前、あたしの育児やんなかっただろ。代わりだよ」――そうやって性風俗店に勤務して売春業を再開した。

由南は、売春もせずヤンキーともつるまずに、学校に通い部活に勤《いそ》しみテスト前には勉強する末男の妹になぜか怒りをたぎらせた。学校帰りに待ち伏せて、茶色く染めていない髪を摑んで鋏《はさみ》で切ったこともある。学校に忍び込んで「売女《ばいた》の娘は売女」とロッカーに張ったこともある。

末男が森村由南と再会したのは三か月前だ。爪の小さな小太りの女。子供は元気かと聞いた。「目障《めざわ》り」と答えた。「だったら施設にやれば?」――親に目障りに思われている子供がどんな目にあうかは、嫌というほど知っている。由南は末男よりもっとよく知っているはずだ。すると由南はにこりともせずに答えた。「置いとくと金もらえるんだ」それから「妹、風俗で働いているんだって?」――由南は勝ち誇ったように笑った。

座間聖羅には定住所がない。でも立っている角は決まっている。滅多なところに立つと追い払われるからだ。

聖羅は頰骨の出た、エラの張った、平たい顔をした女だった。色は浅黒く、目が細い。子供っぽいキャラクターが好きで、鞄《かばん》にはキティだのミニーだのベティ・ブープだのと、いろんなストラップやぬいぐるみをぶら下げていた。自分のことを「アジアンビューティー」と言い、仲間うちではびんぼう神と呼ばれている。彼女が定位置――ハチ公前に立つのは不快指数の高い日の昼間だ。若くてかわいい子は気持ちのいい日しか出てこない。だから外にいるだけで汗くさくなる夏の昼間が彼女の稼ぎ時なのだ。

ハチ公前は相変わらず観光客と行き場のないやつらのたまり場だった。不穏、不潔。ハチ公から少し離れた、自販機が五台並んだその角に、座間聖羅は溶けかけたアイスクリームみたいにだれきった様子で立っていた――。

二人の女が死んだ。

それでも、「ばかじゃないのか、お前は」――サンエイの総務部長はただ一言、そう言い放ったのだ。

――いま、画面の向こうで、じゃらじゃらとアクセサリーを身につけた女やしゃれたストライプシャツを着こなした男が、森村由南の子供を哀れんでいる。

末男はサンエイに電話をかけるまで、彼らのセリフが全くの嘘《うそ》だとは思わなかった。普通の暮らしをしているものは、普通の子供しか知らないから、子供をかわいそうだと思う。末男も多くの人たちに——交番のおまわり、担任の先生、就職先の工場の社長、そして焼鳥屋の親父《おやじ》なんかに人間として扱ってもらった記憶があるから、心のどこかで、彼らは残された子供を本気で不憫《ふびん》に思い、殺された二人を哀れんでいるのかもしれないと思っていた。

サンエイの男が電話口で「ばかじゃないのか」と吐き捨て電話を叩ききったとき、その幻影が消えた。

末男には世の中が、顔の皮一枚で微笑みを作っている化け物に思えた。

5

株式会社亀一《かめいち》製菓は昭和二十四年に広島で創業した菓子メーカーだ。瀬戸内の海で網に引っかかった、売り物にならない小エビを混ぜこんで焼き菓子を作ったのがその始まりである。終戦直後の、食べるものがない時代に、子供たちに少しでも栄養を取らせたいという、社長の思いが詰まった菓子だった。

その後も子供と栄養をコンセプトに菓子を作り続けた。時代が豊かになっても、亀一製菓は当初のコンセプトを変えることはなかった。どんな辺鄙《へんぴ》な町、貧しい路地でも「子供とともにある」菓子作りだ。

いまは東京都千代田区に本社を持つ上場企業である。

七月二十三日朝。

その亀一製菓に、一通の封筒が送られてきた。

中には一枚の紙と、細かい毛が入った小さなビニール袋と、写真が一枚入っていた。

写真には女が一人、体育座りをしている。両手をだらりと垂らし、自分の膝を見つめるように俯《うつむ》いて、その顔を隠すように、髪を前にばっさりと垂らしている。ふっくらした肩と、同じくふっくらとした腰回り。体育座りしたその足首の向こうが黒々としていた。

封筒から出てきた写真を見たとき、総務部の女性従業員は小さく悲鳴を上げると、弾かれるように立ち上がった。

紙には、幼児が書いたようなたどたどしい字のなぐり書きがあった。

さんにんめのぎせいを出したくなければ2おくえんを用いしろ

同日、港区赤坂にあるTBT、渋谷区神南《じんなん》のNHK、港区六本木のテレビ日本のそれぞれに、同様の茶封筒が届けられていた。

テレビ局三社は千代田区にある亀一製菓本社に事態を問い合わせ、亀一の総務部では立て続けに電話が鳴った。

「うちの局に亀一製菓の宛名《あてな》が書かれた封筒が送られてきていて、中には裸の女性の写真と二億円の金銭要求の脅迫文が入っている。これはなんのことでしょうか」

電話を受けた総務課長は茫然《ぼうぜん》とした。

亀一は届いた封筒について、すでに神田署に通報していた。その上で副社長と総務部長が問題の封筒を携えて、事態の説明に神田署に出向いている。「いまから帰る」と電話があったのが、十分ほど前だ。

あの写真と脅迫文が、テレビ局にも送られているというのか――。

電話を受けた総務課長は、問い合わせのあったそれぞれの社に「すぐに神田署に通報してください」と答え、震える手で神田署に事態を知らせた。

「今朝うちに届いた写真と脅迫文が、テレビ局にも届けられているようです。いま矢継ぎ早に問い合わせがきました」

それから総務課長は、神田署から帰って来る副社長と総務部長を玄関で待ち構えると、テレビ局にも送られていたという事態を二人に伝えた。

副社長と総務部長は色を失い、総務部に駆け上がる。総務部社員は不安にかられた様子で入り口に戻ってきた課長を見つめた。

奥からは電話の声が聞こえる。

——ええ、その通りです。うちに送られて来た脅迫文と同じものが届いたようです。三社の放送局からそれぞれ弊社に事態の確認があり、総務部ではそれに対して、こちらでは返答をしかねると返事をしました——ええ、三社、テレビ日本とNHKと、TBTです。

総務部では二台目、三台目と電話が鳴り始めている。

受話器を取った社員が「またテレビ局から電話が——」と虚《うつ》ろな声を上げて、受話器を握りしめたまま、助けを求めるように目を泳がせた。

食品会社を揺するときは食品に異物を混入するものだ。亀一製菓には写真に写っている女に心当たりがなく、誰が何のためにこんなものを送りつけてきたのか、皆目わからなかった。副社長は総務部長と立ちすくみながら、鳴り響く電話の音とそのやりとりを、不思議な面持ちで聞いた。

「――問題は株価なんだろうか、事件そのものなんだろうか」

テレビ日本、NHKの二局は警察に内々に事態の確認を行った。警視庁は慎重な対応を求め、それを受けて、二局は対応を保留した。

総務部長は総務部と秘書課の全員を呼び、警視庁より知らせが来るまでこのことに関しては一切他言しないように求めた。

亀一製菓は誇りある製菓会社だ。長い間上場していなかったので経済界の無慈悲な風に晒《さら》されたこともない。すれたところのない会社で、社員たちはみな、自社製品を愛していた。集められた総務部と秘書課の社員はことを一切、家族にも話さないという決意をその顔に浮かべた。

そんな中でただ一社、TBTだけは、神田署に問い合わせをしなかった。

郵送された思わせぶりな女の裸の写真と二億円の脅迫文は、ドラマチックなものだった。ただでさえ中野殺害事件は流せることがなく、陳腐な被害者擁護を繰り返しているのだ。

TBTは、報道やジャーナリズムということにずいぶん疎《うと》くなっていた。どこかが流せばそれに倣《なら》って流せば良いのであり、どこかが批判すれば、同じようにすればばいい。風が擁護に転じると見れば擁護する。どうしていいかわからなければ、権威に反目する立場を取ればいい。それがいかに的外れでも「ぶれない姿勢」をアピールできれば面目は失わないからだ。

「三人目」という言葉に、だれしもが胸の内で、中野の連続殺人事件を連想した。テレビ局が独断で、この事態の判断をしていいものなのか。

長い時間をかけて、思考を停止していてもそれらしく振る舞う術《すべ》を構築してきた報道局は、二億円の脅迫文を送りつけられて、警察に問い合わせるべきかどうかさえ、判断できなかった。

報道は独自性を持つべきものであり、国家権力たる警察に身の処し方を伺うのは、ジャーナリズムを担《にな》う人間として危機感を失った姿である——報道局ディレクター、疋田《ひきた》乙一《いつひと》がそう言ったとき、反論は上がらなかった。

疋田は続いてこう大言した。

それは暴挙かもしれない。しかし暴挙は真実を求めるジャーナリズムには許されることだ。だからカメラマンは政府の反対を押し切って紛争地に乗り込むのであり、そうして撮った写真は世界で価値を認められるのだ。

「あったことをあったままに。これこそが報道の原点である」

結局、社はこれを、あくまで中野の連続殺人から派生したものの一つとカテゴライズした。中野連続殺害事件に直接関わりがあることなのか、そうでないのかについて、踏み込まないという判断である。

夕方六時、いつもと変わらぬ短いテーマ音楽で始まった情報番組は、硬い表情で座る男女二人のアナウンサーを映し出した。

彼らは神妙に口を開いた。

「今朝ＴＢＴ報道局に一通の差出人不明の封筒が送られて来ました。それは亀一製菓にあてて送られたものの写しでした。中には女性の写真が一枚と、脅迫文らしきメッセージが入っていました。そこにはほぼひらがなで『三人目の犠牲を出したくなければ二億円を用意しろ』と、書かれていました。女性の身許《みもと》に関しては、不明です」

そこで男性アナウンサーは言葉を切り、カメラの向こうの視聴者を見据えた。

「なお、中野区で起きた連続殺害事件を匂《にお》わすものではありますが、その関わりは定かではありません。われわれは熟考を重ねた結果、報道に踏み切りました。続報が入り次第、お伝えしたいと思います」

その後、アナウンサーは表情を切り替えて、いつもの和やかさで番組を進行したが、そこには普段にはない緊張感が漲《みなぎ》っていたのは確かだ。

テレビニュースは即座にSNSで拡散された。同時に、ネットでは「まとめ」と呼ばれるサイトがこの件を取り上げ始めた。

〈すぐに消されると思いますが、とりあえず貼っておきます〉

ニュース映像がアップされる。それを個人がSNSで拾ってタイムラインに載せた。

〈亀一製菓、二億円を要求される。用意しなかったら「三人目の犠牲」裸の写真同封〉

〈それってもしかして、中野の、拳銃殺人の二人じゃないの〉

〈中野で拳銃で殺された飲食業の二人って、二人とも子持ちなんだよな〉

〈飲食業の〉〉風俗です。二人とも本番の性産業従事者。砕いて言えば街娼〉

　通勤帰りの電車の中で、人びとはネットやSNSでニュースを確認する。そこには「亀一製菓、二億円！」のタイトルの記事が上げられて、家に帰り着く前、テレビのスイッチを入れる前に、車両に乗っている人びとの半分がそのニュースを知る。彼らはそれを電車内でシェアし、十分違いでスマホを開いた人びとがそれを読む。そうしてその中の何割かの人びとがまた、そのニュースをシェアしていく。

　ネットの中で、ＴＢＴのニュースはまたたく間に広がった。

帰りの電車で開いたスマホで「亀一・二億円」のニュースを見た亀一製菓の従業員たちは、心臓に痛みを感じるほどショックを受けた。

そんなにショックを受けるとは思わなかった。

何か、大きなものに襲われたような、自分たちの誇りを、大きな爪を持つ化け物の手が摑み砕こうとするのを見るような、もしくは自分が素っ裸にされて、そこにはなんのプライバシーも存在しないような。

かれらは形容しがたい屈辱を覚えた。

6

野川愛里の消息は相変わらず摑めない。

美智子は暑さと徒労感でへとへとになっていた。

友だちも決まった住所も職場もない。電話とネットだけで社会と繫《つな》がっている女が携帯電話の電源を切ると、まるでこの世にいないようだ。

相変わらず愛里の電話は繫がらない。

なぜ出ないのか。見知らぬ番号に出ないようでは出会い系の仕事はできないだろうに。

美智子は野川愛里の実家の下で待ち伏せて、帰って来た母親に「お母さんの携帯から電話をかけてくれませんか」と頼んだ。母親は呆《あき》れた風《ふう》で、それでもその場でかけてくれたが、暫《しばら》く耳にあて、それから美智子の耳に突きあてた。電話からは「おかけになった番号は現在電源が入っていないか、電波が届かない場所にあるため、かかりません」とアナウンスが聞こえる。

「あんたもしつこいね。あんな子になに聞いたって、まともな答えなんか返って来ないんだよ」

野川愛里は二十一歳だ。小学校を卒業してまだ九年。高校を卒業してたった三年。母親が子供を見限るには短すぎると美智子は思う。

美智子は鞄から一枚の紙を取り出した。サンエイに送られた封筒のコピーの一部で、そこには転がりそうな曲線と、丸太のようなそっけない直線とで構成された、福笑い文字が書かれている。

「この筆跡に見覚えはありませんか」

母親の目にヒステリックな嫌悪感が広がった。

「娘の字だと思いますよ。書き順が目茶苦茶だから、字に見えない」

この字が野川愛里のものだとすれば、野川愛里は口座を貸しただけでなく、サンエイに送る封筒の宛名を三年にわたり書き続けたということだ。

「七月二日に電話があったとおっしゃっていましたよね。どんなお話でしたか。思い出してもらえないですか」

母親は吐き捨てるように言った。

「金をくれという連絡でしたよ。よく覚えていませんけどね」

おそらく母親はその会話を覚えている。あの文字を目にしたくないというのと同じ、娘とのやりとりを思い出したくないのだ。

美智子はじっと待った。

「あの子は、誘拐されたから金払ってくれみたいなことを言ったんです。払う金なんかないと言って切りました。どこの世界に、うちの娘なんかを金目的で誘拐するバカがいるんですか。金払わないと殺されるって電話は去年も二回ありましたしね。無視しましたよ。その時は二か月ほどあとにふらっと帰って来て、二、三日いて、また出て行きました」

その目は、だからどうだって言うんだ、文句があるのかと開き直っていた。同時になんの権利があって自分にこんな不快な思いをさせるのかとなじっているようでもある。

娘からの無心は無視しようと心に決めていたのだろう。心の底では、本当に困っているのかもしれないとも思う。心を鬼にしてその葛藤《かっとう》に耐えてみれば、二か月ほどあとに当の娘は臆面《おくめん》もなく戻ってくる。怒りと諦めがない交ぜになり、母親は心の中から娘を切り捨てた——美智子にはそんな母親の怒りと困惑が見えるようだ。

「お母さんがお勤めのサンエイ食品に、金目当てのクレームが続いているんですけど、その事情を娘さんがご存じなんじゃないかと思われる節があるんです」

あの日と同じ、外灯の下だ。母親の顔は逆光になっていた。像のように動かない母親の表情が読めない。そのまま、時間がどこかに吸い込まれたように停止した。

「あれが、サンエイにたかってるっていうんですか」

母の気持ちを考えれば、そういうことではないと言い繕うべきかもしれなかった。しかし所詮《しょせん》、人の心に傷をつけて中をのぞき込むのが記者の仕事だ。

鞄の中から写真を取り出した。サンエイに送られた、裸の女の写真だ。二枚のうちアイマスクの写真を選んだ。グロテスクさにおいて体育座りの写真よりましだったから。

「これはサンエイに送られてきた写真です。身代金を要求する電話のあとに送られてきました。サンエイに送られてくる、金目当てと思われるクレームの封筒の宛名が、今見せたもの、愛里さんの字です。この写真のことも含めて、話を聞きたいと思い、愛里さんを探しているんです」

母親が買い物袋を下に置いて写真を手に取った。

吸い込まれるようにじっと、その写真を見つめた。

それからふっと、顎《あご》を突かれたように、忌《い》むべきものに気がついたように、わずかに写真から顔を背けた。ただ視線は依然、糸で結ばれたように写真に繋がっている。

それから母親は繋がった視線を断ち切って美智子に写真を返した。

「それ、多分うちの娘ですよ」

母親はクレームの詳細を問いただそうとはしない。地面に置いた袋を、持ち直した。

「あたしは時々、あの子を自分の手で絞め殺してケリを付けたいと思うことがある。でも生まれたものを、首に縄をつけておくわけにはいかないんだ。あんたたちは親の何かが悪いんだって思うでしょうよ。育て方が悪い、日頃の行いが悪いって。あたしもあの子を持つまでそう思ってきた。いまでもそう思っている。あたしが悪い。でももう責任の取りようはないんです。あれには道徳心がないんですよ、記者さん。あんたみたいな人にはわからないですよ」

それは吐き捨てるようにも泣いているようにも聞こえた。

それから母親は、両手に大きな買い物袋を抱えて、振り向きもせずに階段を登って行った。

美智子は帰り道、蒲田駅前の自販機で、冷えた烏龍《ウーロン》茶を買いかけて、思い直して缶コーヒーのボタンを押した。一日、強烈な日に晒された蒲田の駅は、日が落ちても高い湿度に覆《おお》われて、肌に湿気が貼りつくようだった。美智子は濃くてまずい缶コーヒーを飲み干して、電車に乗った。

電車の中はとても静かだ。安息ではなく、疲労。軽い喪失感。窓を流れる風景は雑然。

——やっぱりサンエイの誘拐・恐喝は、犯人サイドの自作自演だったんだ。サンエイの総務部長はその嗅覚《きゅうかく》で、事件の不自然さを見抜いていたということだろう。

美智子は、階段を登る野川愛里の母親の、まるで足に鉛でも付けているような重い足どりを思い出す。

安全な社会というのは躍動感のない世界かもしれない。親が不出来な子を殺したいと思う、その孤独を慰めるものがない世界だ。

人が、なんのために生きているのかを見失った世界。心躍るものがなく、ただ何かに耐える世界。

伊方原発の取材に行こうと美智子は思った。青い海と日の射《さ》す大地と金に踊る人たちの世界は、動物のように身を売る女と、子を殺して世間にわびたいという母親の、灰を溶いて塗り付けたような閉塞《へいそく》した世界より、ずっと人間らしいだろう。

そのときスマホが、速報ニュースの受信を通知した。

〈亀一製菓。恐喝二億円。中野事件と関連か〉

見出しにはそう書かれていた。

そして記事には、亀一製菓に、三人目の犠牲を出したくなければ二億円を用意しろとの脅迫状が送られて来たと書かれていた。

疲れ果てて物言う人もいない夜の電車に揺られながら、美智子はその言葉を眉根《まゆね》を寄せて凝視していた。

そして本震は二日後にやってきた。

秋月警部補からの電話が鳴ったのは朝の六時だ。

「みっちゃん、起こして悪いな」

秋月は低い声でそう言った。

「いま鑑識から連絡があった。七月十九日にサンエイに送られていた毛髪な」

工場長の顔が浮かんだ。

ぷっくり膨らんだ茶封筒と、体育座りをしている女の写真。毛髪は――

美智子の記憶が追いつく前に、秋月の声が聞こえた。

「座間聖羅のものだったよ」

座間聖羅は中野連続殺人の被害者だ。それをいうなら野川愛里だろう。あの写真は野川愛里なのだから。でも野川愛里は所在不明で――

「座間聖羅?」

そこで初めて、美智子はこんな朝早くに秋月が携帯を鳴らした意味を理解した。

秋月の低い声が続く。

「サンエイの脅迫に使われた封筒に、中野殺人の被害者の頭髪が入っていたということは、サンエイ事件の犯人が、中野連続殺人に係わっているってことだ」

窓の外では太陽が真夏の熱を容赦なく放射しはじめている。美智子はその日差しをぼんやりと見た。

七月二十五日のことだった。

# 第二章

## 1

あの日、サンエイ食品六郷北工場の事務室で見た毛髪は、細いワイヤーのようにも見えた。

工場長が不気味な平静を保ちながら、「手袋をしていた方がいいかもしれないです」と言った。すべてを見せ終わった工場長は、ゼンマイが切れたように放心した。

あの髪が、座間聖羅のものだったというのか。

東中野のアパートの風呂場《ふろば》で、額を撃ち抜かれて、七十二時間熱波に煽《あお》られて腐って膨らんで、真っ黒にハエがたかっていた座間聖羅。

後頭部が砕けた素っ裸の女は、目を開けたまま風呂場に座っていただろう。首はグラリと傾いて、その顔からは、見る間に血の気が引いていく。犯人はその前髪を摑《つか》んで、切った。

あの髪は、七月十九日、サンエイに二千万円を要求する脅迫状に添えて送られて来たものだ。中野で一人目の死体が発見されたのはそれより四日前だ。ということは、その男は中野で女を射殺した上で、要求額を二千万円につり上げたということになる。

美智子は混乱した。

いかに一昨日の亀一製菓のテレビ報道がセンセーショナルであったと言っても、その瞬間まで、サンエイから亀一に広がった、一連の脅迫事件と中野連続殺害事件との関連を匂《にお》わすものは、「三人目」という言葉だけだった。ことはあくまで亀一に対する威力業務妨害であり、サンエイの恐喝に失敗した犯人が、世を騒がしている連続銃殺事件に便乗したという解釈だ。

しかし、同封された髪が座間聖羅の頭髪であったなら、彼らは便乗したのではなく殺人犯当事者であり、サンエイに髪を送付することで、もう六日も前に中野連続殺人の犯行声明を上げていたということになる。

しかしそこには絶対的な不整合が生まれる。サンエイの恐喝犯は数限りなく証拠を残していて、弁当工場の恐喝から連続殺人へと変貌《へんぼう》した事件は、一課にかかればその犯人が特定されるのは時間の問題でもあるからだ。

窓の外はぐんぐん明るくなっていく。

美智子は工場長から預かったものをコピーした。写真、封筒、パソコン打ちの手紙と手書きのメッセージ、そして工場長のメモ。工場長が指定口座に金を振りこんだ際の振込用紙。工場長は電話の声も二本、録音していた。美智子はそのデータをUSBにコピーする。

一本は、滑舌の悪い、語尾のはっきりしない男が、誠意を見せてほしいんですよと嫌らしい口調で言っている。その口調は素人《しろうと》じゃない。暴力団崩れだ。もう一本は七月五日のもので「なに言ってんだ、てめぇ、誘拐《ゆうかい》だぞ」という声が聞き取れる。

若い、力に満ちた、しかしどことなく悲しい声だ。美智子は息を止め、からだを硬くしてその声に聞き入る。

その声には「誠意を見せてほしいんですよ」という男の声とは違う、叫びとも悲鳴ともつかない、苛立《いらだ》ちのような、悲しみのような、怒りのような、むき出しの感情が籠《こ》もっている。そしてもう一つ、この男はわがままな男だ。強情で甘やかされた男。知能は高い。しかし知的ではない。そして追いつめられている。瀬戸際《せとぎわ》の男がなりふり構わず叫んでいる声——。

美智子の元に捜査本部の警部補がやってきたのは午前七時だ。

パトカーで案内された中野署の玄関で、秋月が美智子を待っていた。

美智子は階段を上がりながら、秋月に耳打ちした。

「神崎玉緒は、風呂の清掃費は誰が出すんだって言ったそうね」

秋月は奇妙な顔をした。

「座間聖羅の母親は『ろくでもないのとろくでもないのがくっついてまともなのが生まれるはずないだろ』って言った」

「——なんで知ってるんだよ」

「フロンティアに売り込みにきたライターが持ってきたの。中野署の刑事と懇意だって」

秋月が顔を強張《こわば》らせている。

「中野署の警官が、手に入る内部情報をライターに売って小遣い稼ぎしてるってこと。神崎玉緒の取り調べに同席し、座間聖羅の母親の事情聴取に係わった警官を絞り込めば誰だかわかるんじゃないの」

「わかった。手配する」

捜査本部で美智子は工場長から預かったものすべてを机の上に広げて、脅迫事件の発生から今に至る経緯を順序立てて説明した。それから事件について自分が集めたことを全《すべ》て話した。野川愛里という女が見つからないこと。野川愛里は川崎署にストーカーの被害届を出しているらしいこと。

捜査本部を統括する捜査一課班長、早乙女警部は秋月より十ほど若い。品のいいインテリタイプの男で、「ご協力感謝します」と頭を下げた。

それは形だけのものではなかった。美智子は早乙女警部が本当に感謝しているのを感じた。確かにこれらは犯人の足跡なんてかわいいものじゃない、犯人が誰であるかを書き留めた書類のようなものだ。膨大な、「そこに犯人がいるとは思えないものでも、いないと判断がつくまで手放せない」情報の中に埋没する彼らには、頭上に突然穴が空いて陽が差し込んだほどの衝撃があることは想像に難くない。

美智子が封筒を広げるたび、写真を見せるたびに、捜査員たちは慌《あわ》ただしく出入りした。美智子がヘアブラシと小さなビニール袋に入っている付け睫《まつげ》を取り出して、愛里の部屋にあったものだと告げると、捜査員の顔が一瞬で上気した。

「サンエイに送られた二枚の写真のうち、一枚を母親は娘の愛里だと思うと証言しました。その封筒に書かれた筆跡も、娘のものだということです。取材したのは一昨日です」

早乙女警部が眉根《まゆね》を寄せて、写真を手に取り、サンエイ工場植村さまと書かれた封筒を引き寄せる。品のいい男の目が、その封筒を貪欲に見据えている。

「亀一に届いたメッセージを見せてもらえませんか」

美智子はそう言うと、卓上にサンエイに送られた手紙を置いた。

サンエイに送られてきたものは、百円ショップで売られているような安物の便箋《びんせん》に、三行を使って書かれている。

〈さんにんめのぎせいを出したくなければ2000まんえんを用いしろ。ゆうよは3か〉

秋月が亀一に送られた紙を、その隣に置いた。

〈さんにんめのぎせいを出したくなければ2おくえんを用いしろ〉

二つは字の大きさまでぴったりと一致している。

「サンエイに送ったものの二千万のゼロ三つと『まん』の部分に『おく』と書いた紙を張って、『ゆうよは3か』の上に白い紙を張り付けてコピーしたんだな。だから『おく』って字が他より大きくて心持ち歪《ゆが》んでるんだ」

美智子は聞いた。

「七月二十二日、サンエイ本社はどういう反応をしたんですか」

「本社の総務部長は話もろくに聞かずに『そんな金は用意できない。ばかじゃないのか、お前は』――そう言って電話を切ったそうだ」

――ばかじゃないのか、お前は。

秋月は頷《うなず》くと、声を潜めてみせた。

「今回改めて、二日および十九日の事案について警察に通報しなかったことを問い詰めたが、やっぱりサンエイの総務部長は『このような脅迫に反応する必要はなく、判断に誤りはなかった』と突っぱねたよ。なぜ我々が見も知らぬ女の身代金を用意するのか、あんなものは嫌がらせだと言い放った。クレーマーっていうのはゴキブリを潰《つぶ》してわざわざ素揚げにして揚げ物の下に仕込むんだそうだ。三人目なんて言葉はだれでも思いつく便乗犯の手口だってね」

「実際のところ、中野の連続殺害事件との関連性は考えなかったのかしら」

「人事部長は平謝りだったよ。わが社に責任はないというものの、企業としての道義的責任はある。でも以前から再三クレームを受けていたというのはいま聞いたことだ。とにかく工場長が報告を上げてなかったのでわれわれもどうすることもできなかった。

警察との連携が取れていれば、犯人からの電話があったときに、捜査の足しになったものと思う。今思うと大変申し訳ない――ってね。犯人から電話があったときというのは、総務部長が『ばかじゃないのか、お前は』と切った、七月二十二日の電話のことだ」

ちなみにサンエイは、二十三日、ＴＢＴの放送を見て、亀一製菓に送られた脅迫文が自社に来た脅迫文と酷似していると蒲田署に報告し、脅迫事案に対して被害届を提出したということだ。

「ここまで事が大きくなったら、報告を上げなかった工場長が悪い、独断で電話対応した総務部長が悪いってことにするしかないでしょ。実際、人事部長が知らなかったのはほんとだと思う」

秋月は頷いた。

「町の惣菜屋から身を起こしたサンエイは、人に言えない苦労をしてきたことだろう。他社を出し抜くために汚いこともやっただろうしな。総務部長はサンエイの生え抜きの社員で、そういう役どころを引き受けてきたんだろう。犯人は言われた通りに本社に電話して、あの男に電話を叩《たた》き切られたってこと」

そんな男に当たったら、だれだって玉砕するしかない。

「亀一には細かい体毛のようなものが送られたって聞いたけど、調べましたか」

「少なくとも座間聖羅のものではなかったよ。この付け睫とヘアブラシ、使わせてもらう」

美智子が提出したヘアブラシのピンの付け根は垢《あか》がこびりついたように色が変り、ピンには何重にも髪がまとわりついて地が見えない。捜査班が直接採取したものではないので証拠能力には疑問があるが、捜査の役には立つだろう。

「犯人は、メッセージにある『三人目』の一言に、サンエイが恐れをなして警察に通報するというシナリオを書いていたんじゃないかしら。通報すれば、髪は警察のもとに届く。そこで『三人目』というキーワードから中野殺害事件との関連が調べられ、髪が座間聖羅のものだと判明する。なのに、ばかじゃないのかの一言で叩き切られた。総務部長のそのセリフは犯人を刺激したでしょうね。人まで殺して要求したというのに、まるで相手にされなかったんだから。それでターゲットのレベルを上げて」

美智子は卓上の紙を見た。

さんにんめのぎせいを出したくなければ2おくえんを用いしろ

「──金額も上げた」

事を大きくするには、インパクトのある金額がふさわしいと思ったんじゃないだろうか。犯人は、二百万、二千万、二億と、一桁《けた》ずつ上げている。負けの込んだギャンブラーが金を賭《か》けるようだ。

「細部を見ればそうかもしれん。しかしそれは理屈として破綻《はたん》しているよ。警察に通報ありきの身代金要求になんの意味がある？」

美智子は秋月を見据えた。

「その通りなの。どこからどう考えても最後は破綻して、性懲《しょうこ》りもなく考え直しては、また破綻に辿《たど》り着く」

「終わらない歌だな」

「なにそれ」

「長いサビの終わりが、サビの先頭と同じ場合、ずっと歌っちゃうんだよ」

早乙女が、内緒で西瓜《すいか》の種でも吐き出したのかと思うほど控えめに、ぷっと笑った。

一方フロンティアでは、真鍋は一瞬事態が呑《の》み込めないようだった。サンエイのクレーム恐喝犯が同封していた毛髪が、中野連続殺人の被害者、座間聖羅のものだった——中野署からそう電話したとき、真鍋は「へっ？」と言ったまま、しばらく返事がなかったのだ。

「どういうこと？」

それから一拍置いて、

「それってすごいスクープってことだよね」

フロンティア編集部は一気に慌ただしくなった。

七階にあるフロンティア編集部の会議室では真鍋と中川と編集者がもう一人、馴染《なじ》みのカメラマンと美智子が座ると、ドアが閉められた。

えらいことになったと真鍋は興奮している。犯人はなにを考えているんだと言いながら、捕まるのは時間の問題なんだよなと言い、木部ちゃん、先行して取材していたんでしょ、警察の前をいけるよねと言うので、凶悪な殺人事件なので全面協力しましたと答えた。

「まさかネタ、全部捜査本部に渡したんじゃないよね」

「わたしがもっているネタは、一課が総力を挙げればものの半日で揃《そろ》えられるものばかりです。隠すもなにも」

「でも捜査本部が公表しない証拠の品々を持っているのは木部さんだけってことだよね」

そう言って真鍋が見つめてくるから、美智子もしっかりと見つめ返してやった。

「野川愛里という名前を摑んでいるのは、いまのところうちだけです」

それを聞くと真鍋は大きく頷いて、腕まくりしそうな勢いだ。

「さあ、ぼくらに事件の経緯を説明して下さいよ、木部先生」

その後ろを、中川が紙やマジックやUSBを運んで、慌ただしく行ったり来たりしている。そのたびにドアが開いたり閉まったりしてバタンバタンと音がした。

真鍋をぬか喜びさせたみたいで悪いが、現実的に言えば、ニュースで、サンエイの恐喝事件との関連が取り沙汰《ざた》されたら、報道各社も野川愛里の名前ぐらいは入手するだろう。ガスぬきとして警察が発表するかもしれない。しかし工場長から美智子が受取った、裸に近い二枚の写真と、野川愛里によって書かれた封筒の表書き、幾多の嫌がらせの手紙、それにつけられた弁当の写真などは、警察が出さない限り、どこも手にすることは出来ない。工場長はコピーを取らずに全てを美智子に渡したのだから。犯人逮捕の報をもって放出となるそれらは、確かに宝の山といえる。ATMの振込用紙に記載された「ノガワアイリ」の文字などは、それが日常的なものだけに、中野連続殺人の犯人一味の口座となれば凄味《すごみ》がある。

「木部ちゃん、わかってるよね、うちの独占だよ」

真鍋は念を押した。美智子は、こういう気弱なところを見せる真鍋は嫌いではないと思う。

しかし美智子の気持ちをざわつかせるのは文字でも写真でもない。犯人の肉声だった。滑舌の悪い方ではなく、ヒステリックな「なに言ってんだ、てめぇ、誘拐だぞ」の一言だ。

それは何ものも我慢したことがない幼稚さのある声で、そこからは現実の壁に突き当たって狼狽《ろうばい》する男が透けて見えた。

美智子はいま、あんな声を発する男に人を殺すような胆力があるだろうかと懐疑する。人が来るかもしれない路上で正面から撃っている。迷いがあれば女は悲鳴を上げるか逃げるか。額を撃ち抜くことは出来なかっただろう。人が通れば顔を見られるかもしれない。強い意思とか激しい殺意というより、胆力という言葉しか思いつかない。現場から走り去る男は見られていないから、男は歩いて去ったのだ。美智子にはそれがあの声と結びつかない。

中川がB４の紙をテーブルの上に置いた。それから状況を整理した。

「まず、七月二日、犯人はパートの娘を誘拐したといって二百万円を要求した。ところがその娘というのがだれだかわからない。それでサンエイは無視した。すると七月八日、腹いせみたいに薄いシャツをはおっただけの女の写真を送ってきた。それがこの、アイマスクみたいに顔にタオルを載せている写真」

そういうと中川は、その写真をＢ４の紙の上に置き、ボールペンでたったと事情を書き込んだ。写真は捜査本部に提出する前に美智子がカラーコピーをしたものだ。まるっきり捜査本部のノリである。

「そのときはそれきり音沙汰が途絶えた。七月十九日、今度は要求を二千万円につり上げて再びサンエイに封筒を送付。それをまたサンエイが無視する。その際、送られた封筒に同封されていた毛髪が、中野連続殺害事件の被害者の一人、座間聖羅のものだった。すなわち、中野の事件は俺がやったという犯行声明をしたってことですね。そしてそのときにもう一つ同封されていたのがこの体育座りの写真」

と、体育座りの写真の下に矢印を引き、七月十九日と書き込んだ。

「七月十九日に要求した二千万円は期日を二十二日と切っていた。それもサンエイが無視した。そして翌二十三日の朝、テレビ局と亀一に、金額を二億円につり上げた脅迫状が写真とともに送付される。そのときには犯人は新たに細かい毛を同封している」

秋月が言っていたように、サンエイの総務部長がたちの悪いクレームに業《ごう》を煮やしていたことは容易に想像できる。安くしろと言われればひたすら安くしなければならない、いわれのない言いがかりにもただ頭を下げないといけない。そんな中で、顧客の嫌がらせ、少額の金や金品を欲しがる浅ましさは、心底憎いものだっただろう。総務部長の過剰とも思える反応の裏には、屈折した怒りがあるのだと思う。

「なんとしてもサンエイから金をふんだくろうと四苦八苦したが、サンエイはとことん無視した。そこで今度は要求を二億円に上げて亀一に送りつけた。全ては嫌がらせの延長線上にあるような事件。そこまではわかったとしましょう。でも、それだったら」と中川は首をひねった。「行きずりの女を二人も殺す必要があったんでしょうか」

「こんなのすぐ捕まるよな。そしたら死刑だよな」と真鍋。

「それにしてもばかじゃないのかってのは、かなり応《こた》えますね。そりゃばかなんですけど」と中川。

「ほんとのことを言われるのが一番応えるっていう真理」と編集者が言った。

「でも意地の張り合いで二人殺せるか？」と真鍋。

「筋者がからんでいるんですよね」と編集者が美智子に聞いた。

「以前何度か、現金の受け渡しを近くの公園でやったらしいんだけど、その時に金を受取りに来たのが、やくざ崩れのような柄の悪い男だったらしいんです」

会議室のテーブルの上には、中川が説明を書き加えた紙とともに二枚の写真が並べられている。写真の女はどちらも顔は判別できないが、年恰好《としかっこう》はよく似ていた。

「金をくれなきゃ次はこの女を殺すったって、これ野川愛里なんだから、犯人の一味じゃないか」

真鍋の言葉に、編集者が同意した。

「誘拐されてもだれも気付かないような女で金を取ろうというのが、そもそもよくわからない」

写真は他にも二十枚ほどあった。

その中の一枚はメニューに載せるような弁当の写真だ。白飯に薄いシャケの切り身。ヒジキが少しに一切れの玉子焼き。その玉子焼きの隣に油性ペンで丸が書かれている。その丸の中に写っているのは、硬質で透明なもの——大きなガラス片だ。

「間違って入ったってレベルじゃないな」

「どう見ても押し込んでますよ」と中川。

二枚の写真は同じ部屋で撮られている。床はフローリングで、端に写っているテーブルの足は一見しても量販店にあるような安物ではない。体育座りの写真には大型の観葉植物の鉢が写り込んでいる。センターラグは、ギャベと呼ばれる肉厚の高級カーペットのように見受けられた。

「そこそこ家賃の高いマンションの一室ってとこじゃないでしょうか。そしてこの女は命の危機を感じていない」会議室の視線がカメラマンに向けられて、彼は独りごちた。「なんだか嫌がっている風には見えないんですよね」

美智子は二枚の写真を――鑑賞用のアダルトショットのように見えなくもない二枚の写真を見つめた。

三人目の犠牲という脅しで金を引き出すのなら、送るべきは殺害した二人の女のどちらか――座間聖羅か森村由南の写真ではないのか。犯人は当初、確かに野川愛里で金を取ろうとしていた。サンエイのパートの娘を誘拐したと、電話口ではっきり言ったのだから。しかしことここに及んでなお、野川愛里の写真を送ってくる、その意図がわからない。

「とにかく、こうなると犯人逮捕は時間の問題だな」

真鍋はそう言い、顔を上げた。

「うちが九月号を出すころにはもう犯人は挙がっていると考える。関係者の身辺情報をできるだけ集めてくれ。座間聖羅、森村由南の話はみんな狙《ねら》っていて、九月号が並ぶころには出せる情報は出尽くしているだろう。狙い目は加害者側だ。野川愛里とその母親、あとサンエイ。新たな関係者が出たら、逐次その周辺情報。かき集められるだけ集めてくれ」

中川は真鍋の目を見据えて、小さく、しかし力強く頷いた。

「あの、中野署にコネのあるライター、どうしますか」

中川の言葉は真鍋に向けられたものだったが、美智子が答えた。

「あのライターには引き取ってもらいました。うちに流した情報以上のものはもう取れないです。あとはあの情報をどこかに売るだけでしょう」

「どういう意味」

「一課の刑事に、内部情報を漏洩《ろうえい》している刑事がいると伝えました。神崎玉緒と座間聖羅の母親の事情聴取に同席した中野署の刑事って、二人はいませんよ。いまごろ捜査から外されています」

中川と真鍋はぼんやりと美智子を見た。

「馴染《なじ》みの警部補に仁義を通しただけです。情報の保管庫である捜査一課に情報屋が出入りしているのはわたしとしてもいい話ではないし」

中川が考えながらあとを続けた。

「で、自分だけが出入りできるようにした——と」

簡単にいえばそういうことだ。

捜査妨害になるかもしれない話を、小金欲しさに垂れ流すような刑事とライターに周辺をうろうろされるのは、目障《めざわ》りであり危険でもあった。秋月に耳打ちした話が、もしくは秋月からそっともたらされたはずの話が、どこに流れこむかわからないということだから。ルール無用の情報屋はどこかで障害になるのだ。

この事件はあたしの領域に入ったのだから。

真鍋は「こえーなぁ」と笑った。

——事件に何が潜んでいるかを嗅《か》ぎ取るには、雑多な臭《にお》いが混在する中で、本体が発するものだけをかぎ分ける嗅覚《きゅうかく》と根気が必要だ。事件が、その根気を誘うときがある。あの犯人の、子供じみた肉声と、夜の中野で、真昼の灼熱《しゃくねつ》のアパートの一室で、女の眉間《みけん》に銃弾を撃ち込んだ人間——その乖離《かいり》が、細い臭気を放っているような気がする。

いまごろ秋月と早乙女は訓練された猟犬のように、身を低くして食らいつく相手を見定めていることだろう。

腐った大きな肉は強い臭いを発する。事件にはいま、大きな肉の放つ臭いが充満している。あの鋭利な目をしたインテリと、熱い心を持った正義漢というだけの男に、筋のような細く固い臭気をかぎ分けることができるのか。

ほんの少しすえた酸味のある腐臭。

それは真実だけが持つ、雑味のない熟成された臭気だ。

美智子は被害者の写真を引き寄せた。テーブルの上には野川愛里の二枚の写真と合わせ、四枚の写真が広がった。

無神経と強欲が、人が愛着を覚える要素を食い荒らしたとでもいえばいいのだろうか。三人の女は揃いも揃って人から大切にされない、愛情を受けない顔をしていた。

翌七月二十六日。

郵便の集配人はTBTの裏口に車を停めると、コンテナを摑んで受付に運び込んだ。警備員が郵便物を各部署ごとに小型のコンテナに分ける。報道局に運び込まれた封書は、宛名《あてな》があるものは当人のところに、宛名がないものはまとめて局長の席の上に置かれた。

報道局局長は、その封筒の一つに目を止めた。パソコンで作成された宛先を、糊《のり》で雑に張り付けてある。それを見つめて報道局局長はみるみる青ざめた。

局長はその場で社内通話用の受話器を上げた。

「また来たかもしれない」

封筒を触ると、中に消しゴムほどの大きさのものが入っているのがわかる。

疋田乙一はすぐに飛んできた。

「開ける前に郵便管理室でエックス線検査をした方がいいと思う」

局長はそう言って、封筒を持って部屋を出ようとしたが、疋田は局長からひったくるようにして封筒を取り上げると、その場で開封した。

封筒の中には一回り小さな封筒が入っていた。郵便番号と住所が書かれ、宛名は「亀一製菓社長」とある。消しゴムぐらいの大きさのものは、その中に入っていた。

疋田が封筒を開け、中に亀一製菓への封筒が入っていることがわかると、机の周りには人だかりができた。

疋田は襟を立てたスポーツシャツを着て、自分に利する人物とは朝までくっついて歩いて酒を飲み、そうでない相手の場合はあからさまに付き合いを断ってジョギングと筋トレに勤《いそ》しむという、現実主義のテレビマンだ。彼は封筒の膨らみを見た瞬間、激しく覚醒《かくせい》した。

疋田は三日前、亀一製菓宛の脅迫状の放送を強行した。その時にはすぐに続報が飛び込み騒ぎは大きくなると読んでいた。その全てを先行して独占報道したら驚異的な視聴率を上げることができる。報道に踏み切ったのは目がくらむような成果が得られると思ったからだ。ところが続報は出ず、他社も追随しなかった。この六十二時間は地獄のような長さであり、彼は社内で「バラエティー上がりが」と陰口を叩かれるのを感じていた。あと数日このままだと責任を問われる。

封筒が届いたのはちょうどそんな時だった。

続報を流さなければ、たった一本流れたあのニュースは疋田の立場を危うくする。しかし事件が大きくなれば、先行報道は英断となる。

警察に知らせた方がいいんじゃないのかと報道局局長が言った。警察に止められたら流さないんですかと疋田は言い返した。

「いま警察にお伺いを立てたら、三日前の判断が間違っていたと認めることになるんですよ」

あんたはよくても俺は嫌だ。

疋田は、手に摑んだ、亀一製菓宛の封筒の封を切った。

出てきたのは一枚の紙とUSBだ。

紙には銀行名と口座番号、そして「ノガワアイリ」という名前が印字されていた。その口座番号に向かってボールペンで矢印が引かれて、矢印の根元には手書きの文字がある。

『二億円をここに入れてね』

幼児が書いたような拙《つたな》い文字――それは三日前に来たメッセージと同じ筆跡だ。

パソコンにUSBを突き刺した。

USBはファイルの開封を求めてきた。

「これ、ウイルスだったら一巻の終りだな」誰かが背後でそう言った。

『開く』をクリックする。

有害なファイルの可能性がありますと警告が浮かんだ。

疋田は再び『開く』を選択した。

次の瞬間、画面一杯に粗い粒子が広がった。それはブラウン管テレビの時代に見た、砂嵐《すなあらし》を連想させた。

報道局にいた全員が息を飲んだ。

そこに映ったものは、一分足らずの音のない動画だった。

三日前に送られた写真と同じ部屋だ。

そこで裸の女が泣き、カメラに向かってなにかをわめいていた。

カメラの方向から手が伸びて、その手は女の髪を摑んだ。足が伸びて、女の腹を蹴《け》ろうとした。女は俯《うつむ》いて自分の身体《からだ》を抱き抱えたまま、撮影者から逃げようとする。

女の動きは疲れ果てたように緩慢で、顔を上げると、女は泣きながら、カメラに向かって抗議するような、恫喝《どうかつ》するような様子で、激しい怒りに突かれたように口を動かした。それは、折檻《せっかん》される子供が、親に向かって泣きながら口答えするさまを思わせる。その顔は涙と鼻水に塗《まみ》れて汚い。それからまた、床に転がった裸の女が映った。女は身を守ろうとするように身体を抱えて丸くなり、髪を振り乱して足はカーペットを蹴り続けていた。それで、女の身体は少しずつ移動していく。

それは丸くなった芋虫が動いているみたいだ。

最後に立ち上がり、顔を上げて、女は撮影者に向かって来た。乳房も陰毛もむき出しになっていた。そして怒りに任せて――もしくは恐怖にかられて何かをわめく女の顔が、一瞬、画面に入りきらないほど近くに映った。

そこで画像はプツリと切れた。

静まり返った部屋に、誰かの携帯の呼び出し音が響いた。

「――これは放送できない。倫理観の問題だよ」

倫理。その言葉は疋田には陳腐に聞こえた。

バラエティーの制作現場では視聴者にインパクトを与える画を撮るために、出演者に命懸けの撮影を強要してきた。下請けの制作会社では、徹夜仕事が続いて無理を押しつけられる若い派遣社員は鬱《うつ》病になる。現場のADは暴言を吐かれ、ときには殴られる。全ては視聴率のためだ。それだけやっても取れない視聴率を、この裸の女の映像が取らせてくれるかもしれないというのに、そのチャンスをむざむざ失うのは、命懸けの撮影を強要される出演者、酷使される派遣社員、落度もないのに殴られるＡＤに失礼じゃないのか。ここでは「倫理観」は原稿の上にのみ現れる言葉だ。裸の女が突つかれて泣いているぐらいのことが、何だって言うんだ。

「忘れたんですか。うちはもう、流すという姿勢を打ち出したんだ。いまさらビクついても始まらないでしょうが」

疋田はそのまま言葉をＡＤに向けた。

「放送できないところにモザイクかけて、二十秒に編集しろ。十一時のニュースで流すから」

昼のニュースで流すもんじゃないという報道局課長の言葉に、七時間も待っていたら、その間にどこかに出し抜かれないとも限らない、こいつは馬鹿《ばか》かと疋田は思う。

「理屈はあとからいくらでもつく。いつだってそうじゃないか」

うちが流さなきゃ、犯人は動画配信サイトに送りつけるだけだ。出遅れたら、道義的なんて言葉にはだれも耳を貸さない。それが現場ってもんだろうに。

疋田は立ったまま、放送原稿を書き始めた。

「十一時のニュースで流す。警察には三分前に通達して」

スタジオからADが走り出た。

その朝、亀一製菓の役員室では、送りつけられたUSBの画像を見た社長以下管理職が、その場で凍りついた。

「いまのはなんだ」

「女性です」

「そんなことはわかっている」

なぜこんなことに巻きこまれたのか、何が進行しつつあるのか、亀一製菓の社長にはまるでわからなかった。

静まり返った部屋に、電話の音が響いた。

総務部長は、警視庁からの電話だと思った。封筒が届いたことを連絡して、いま、署員がこちらに向かっているはずだったからだ。しかし取り次いだ総務課社員の声はひどく緊張していて、電話先の男が、女の動画を送った者だと名乗っていると告げた。

総務部長の顔から血の気が引いた。

静まり返った部屋で、総務部長に付いていた若い社員がそっと呟《つぶや》いた。

「録音を」

その一言に、部長は奮い立つようにして録音ボタンを押して、指示した。

「繋《つな》いでくれ」

常務が脇《わき》から手を伸ばし、スピーカーボタンを押す。

電話の向こうから声がゆっくりと流れた。

「クソみたいな女でも、命は命なんだろ。救ってやれや」

聞こえてきたのは若い男の声だ。

「お前ら、こいつらのことを人間だと思ってんだろ。こいつらは人間なんかじゃない。脳味噌《のうみそ》はウサギぐらいしかないんだ」

総務部長は茫然《ぼうぜん》とその言葉を聞いた。

「金、その口座に入れてね」

その口座——同封されていた紙には銀行名と口座番号、そして「ノガワアイリ」という名前が印字されていて、脇には矢印が引いてあり、『二億円をここに入れてね』と手書きの文字がある。総務部長はそれを見つめて、低い、しかししっかりした声で言った。

「二億なんて金は用意できない」

男は言った。

「動画、見たんだろ」

男は、楽しいことを思いついたように続けた。

「募金とかしたらどう？」

それから男は畳みかけた。

「こんな女の命、助けたって社会の足しになんないし。子供産んで虐待《ぎゃくたい》して、売春して、クレーム付けながら生きて、最後は生活保護受けて。金ばっかかかるクソだけど、とりあえず、命なんでしょ」

ほんの一息、間が空いた。

「とりあえず明日、またプレゼントするから」

そこで電話は切れた。

捜査本部から刑事が到着したのはそのあとだ。

フロンティアのビルには他にも編集部が入っていて、社員食堂がある。社員食堂には大型のテレビが上部に設置してあり、小さな音でニュースを流している。

十一時、中川は社員食堂でその動画を見た。

早い昼食を済ませようと食堂に来た中川は、その動画に釘付《くぎづ》けになった。携帯を摑むと、フロンティア編集部の番号を押した。

「中川です。TBTをつけて下さい。いますぐ」

編集部の角には六十インチの大型テレビがある。フロンティア編集部で電話を受けた編集者は、その声色に只事《ただごと》ではないと感じて、弾《はじ》かれるようにテレビのリモコンを摑んだ。

テレビに粗い画像が広がった。

音声のない、ひどく不鮮明な映像だ。

そこに映っているのは、裸の女だ。裸の女が、泣きながらカメラに向かってなにかをわめいている。

動画はモノクロだった。モザイクがかかっている上に、マスターテープに繰り返し録画したもののように、画像はときどき横に乱れた。それでもそこに映っているのが裸の女だとわかる。

彼女がのたうち回りながら動いている。

腹を抱え、慌てて頭を抱える。海老《えび》のように丸くなったかと思うと、床を蹴り飛ばしながら、部屋の端に逃げこむ。

怯《おび》えて、逃げ回る女だ。

テープが切れて、画面にテレビスタジオが映った。

「この映像は当社報道局宛に送られて来たものです。映像は全部で五十秒ありましたが、編集して十八秒間に縮めました」

女性キャスターはそこで一息置くと、険しい表情でこちらに語りかけた。

「今朝、再び、TBT報道局宛に封筒が送られてきました。その中には亀一製菓社長と書かれた封筒が入っており、封筒にはこの映像が入ったUSBと、金銭を要求する旨《むね》のメッセージが入っていました。報道局では去る二十三日に放送したニュースとの関連性、並びに社会的重要性を考慮し、独自に放送を決断しました」

フロンティア編集部は水を打ったように静まり返った。

その時までサンエイ事件と地続きにある亀一恐喝には、どこか稚拙さが漂っていた。計画性のなさ。ばら蒔《ま》いているようにも見える証拠。亀一製菓への恐喝はサンエイへのクレームの延長であり、所詮《しょせん》は悪ふざけの域を出ない。悲しむ人のない二人の女の殺人はどこか現実感がなく、唯一《ゆいいつ》、植村工場長が聞いた、「てめぇ、誘拐だぞ」――その一言が、この犯罪に人の匂いを与えている。そんな事案だったのだ。

いま、泣く、汚れた顔の女を見て、なにかが崩れた。

みな、痺《しび》れたように押し黙った。

テレビ画面を見つめたまま、

「どうやら犯人は、本気で二億円を取りにかかっているらしいぞ」

そう、真鍋が呟いた。


野川愛里の母親、野川美樹は、十八秒のその動画を自宅のキッチンで見た。

昨日、サンエイから自宅待機するように言い渡された。サンエイは二十三日、警察に恐喝の被害届を出した。ついては娘の愛里は事件に関わりがあるので「出社に及ばず」と美樹の出社を拒否したのだ。

美樹は腹を立てた。あたしが何をしたって言うんだ。成人である愛里が何をしたって、もうあたしとは関わりはないだろう――美樹は本社からやってきた工場長代理にそうまくし立てたが、会社に迷惑かけてるのがわかんないのかと、パート全員の前で罵倒《ばとう》された。

朝、いつものように食事を済ませたが、することがないのでテレビを見ていた。

その十八秒はひどく長かった。

それから一日、美樹はいつもの休日のように洗濯をして掃除をして買い物をした。

裸でのたうつ女の姿は、カートに肉を入れる時も、レジ前に並んで会計を待つ間も、ずっと頭から離れることはなかった。

いつもの休日と同じことをして過ごす。買い物を間違えることも、帰り道を間違えることもない。レシートは長財布の一番端のポケットに入れて、小銭はチャックのある袋の部分に。財布には割引券とスタンプカードとポイントカードが詰まっている。

商店街では頭の上から容赦ない日差しが注いだ。乾き切った道と、まぶしく照り返す看板と。

家の前には、隠れるような、辺りを覗《のぞ》くような、奇妙な動きをする人たちがいた。昨日から六郷北工場にはメモや録音機を手にした見慣れぬ男女が、工場から出てくる人間を片っ端から呼び止めて質問を浴びせていた。美樹の、買い物袋を下げて階段を上る姿にカメラを向け、「いま、サンエイに自宅待機を言い渡された女性が帰って来ました」と携帯電話に話しかける。背中で「お話を聞かせてください」という声が追いすがるように近づいたので、急いで家に入り、ドアを閉めた。

近所は聞き耳を立て、あたしの家の様子を窺《うかが》っていることだろう。

美樹はキッチンの椅子《いす》に座った。

結婚した時に買った、合板の椅子だ。

扇風機が首を振りながら回っている。脇からも額からも太股《ふともも》からも汗が流れた。

野川美樹は三十を過ぎて結婚した。夫は仕事には真面目《まじめ》に通うが、稼ぎは少ない。家庭ではなにも喋《しゃべ》らない夫だ。

美樹の父親は暴力を振るい、酒を飲んだ。酒が飲めなかった父親は、職場で仲間外れにならないようにと無理をして酒を覚えたのだ。気が小さい父親は、家の中で鬱憤を晴らした。母は気の強い人で、殴られたら殴り返した。稼ぎが少ない父に代わり、母が行商で家計を助けた。喧嘩《けんか》になると母はその話を持ち出し、際限なく父の稼ぎの悪さを責め、父には返す言葉がないから、暴力を振るう。それでも形だけは夫婦の形を保っていた。父は、母がいないときには荒れることはなく、そういうときの父は子供心に情けなく感じるほどおとなしかった。

一度、髪を結んでくれたことがある。不慣れなことをする分厚い手と、父の一心な眼差しは、いまでも記憶にある。

美樹の夫には、父にあった情がない。殴り合いもないが会話もない。夫は家族の存在を無視して生きている。ただ職場に行き、帰って来て、転がってテレビを見る。勝手に酒を出して飲み、台所に放置して、寝る。美樹はパートの帰り道に買い物をして、帰ると洗濯物を取り込み、食事を作り、洗濯をして夜のうちに干して、洗い物をして最後に風呂《ふろ》に入り、風呂場を洗って出ると、取り込んだ洗濯物を畳む。やっと寝ようというときに、テーブルには夫が置いたコップや皿がある。

夫が美樹を気にかけることはない。熱を出して寝込んでいても、布団《ふとん》をまたいでいく。

あたしのことが見えていないのだろうか。

娘のことは懸命に育てた。小さいときは家でできるアルバイトをした。幼稚園は通わせた方が発育に良いと聞いて、無理をしてパートに出て幼稚園に入れた。出費はかさんでも夫の稼ぎは増えない。金も時間もない美樹は、だんだん娘に構う余裕がなくなった。気がつくと、娘は夫に生き写しで、愚鈍で身勝手な人間だった。そして娘もまた、美樹のことが見えていないように振る舞うようになっていた。

両親を見て育ったので、娘に手を上げることはしなかった。だがいくら言い聞かせても、娘は美樹の言葉を右から左に聞き流した。それは反抗というのとは違う。無視をするのだ。

夫も娘も、同居人に過ぎないと割りきったのはいつだろうか。でも同居人のためにあたしはこんなにしゃかりきに生きなければならないのかと思うと怒りが湧《わ》く。怒鳴り、怒り、それをまるで聞こえていないように無視されて、また怒りが湧く。

娘の愛里はなけなしの金を化粧品に使い、見るからに安っぽい、まるで悪趣味な人形のようななりをするようになった。腫《は》れぼったい瞼《まぶた》に付け睫を付けて、丸太のような足がむき出しになるミニスカートを穿《は》く。勉強はせず、風呂に入るのも面倒くさがり、汚れた髪をグロテスクに巻く。九九も言えず二桁の足し算も満足にできない女が、アダルト用のレディスコミックをむさぼり読む。高校に入ったころから、娘の存在は夫と同じほど嫌悪《けんお》の対象になった。

いや、夫より嫌悪していた。

家に寄りつかなくなったのはあたしが大声で怒鳴りつけるからかもしれない。愛里が家に帰らなくなって、肩の荷が下りたような気がした。家にいれば癇《かん》に障る。癇に障れば叱《しか》るか無視するしかない。それだけでなく、娘は男好きだった。乱れた生活は、見るまいと思っても目に入る。美樹は殴り殺したいと何度も思った。

夫も娘も殺して、家に火をつけてしまいたい。

その夜、木部という女の雑誌記者がまた、愛里のことを聞きにやってきた。女記者は、愛里が六郷北工場の内情を知ることはあっただろうかと聞いたので、思わず考えたが、考えるまでもないことだとすぐに気がついた。

あったに決まっている。

あたしの息抜きは電話だけだった。電話の相手は返事をしてくれる。だから二時間でも三時間でも話した。話題なんかなんでもいいのだ。相手が話したがることを話すだけだ。話し相手は六郷北工場のパート仲間しかいない。気心のしれた仲間だった。一方で、機嫌をそこなうと面倒な相手でもある。彼女たちに迎合し、長電話をした。あたしの電話を聞いていれば、大概のことはわかる。そんな長電話を、もう十年は続けていた。愛里は六郷北工場の内情を知っていただろう。

フロンティアの記者は、板橋に住んだことはなかったかとも聞いた。板橋なんかいったこともない。そう答えると、何か縁はなかったかとしつこく聞いてきた。

「あたしは和歌山の高校を卒業したあと大阪に出たんです。そこが倒産して、つてを頼って川崎に来た。ボートレースの売店で長らく働きました。そこで人の紹介で夫と結婚したんです」

夫は新潟の出で、二人とも東京には親戚《しんせき》縁者はいない。結婚してここに住んで以来、一度も転居していない。それ以上のことはわからないと言ってやった。

記者を見ていると、怒りのようなものが湧いてくる。

折り目正しい女だった。頭がよく、努力し、正しく生きようとする女だ。グレーのスラックスをはき、白の半袖《はんそで》シャツを着ている。安価で、洗濯機で洗濯できるものばかりだ。簡素で清潔に生きている。

その女を見ていると、自分の存在に怒りを感じるのだ。

記者は美人ではなかった。大した化粧もせず、爪《つめ》はつめ切りで雑に切ってあるだけ。指輪は一本もしていない。その姿に、身体の内から怒りが湧き上がる。あたしの努力はどこに消えたのかという思いと、あたしのような女とこの女とは所詮同じ人間ではないのだという思いと。

記者は最後に、テレビで流れた映像を見せた。ノートパソコンを取り出して、玄関先で再生したのだ。

十一時に見たあの、画質の粗い映像だった。裸の女が嫌がりながら何かから逃げようとしていた。女は泣きわめいている。音がなくてもそれくらいのことはわかる。最後にその女が立ち上がり、カメラに突進して、撮影者に向かって何かを激しく言い立てた。女は髪を振り乱しているし、画質が極めて粗いので顔の判別はできない。

長い間、愛里の顔をまともに見ていないことを、その画像を見ながら思い出した。

でも、十六年間は一つ屋根の下に暮らした。小学生の時にはよく手伝いをしてくれた。風呂を洗い、買い物に行き、米を研いでくれた。洗濯物を干し、取り込んで、畳んでくれた。

だからそれが娘であるかどうかはわかる。

「愛里ですよ」と美樹は答えた。

「百万円やるって言ったら、これぐらいのことはするんですよ、愛里も、その周りのやつらも」

記者の女がじっと自分に視線を合わせていた。

「こいつらクズですよ」

なぜですかと女が聞いた。

「嘘《うそ》をなんとも思わない。殴るやつにへつらう。甘やかすとつけあがる。弱い者には容赦がない。だから自分も弱い立場の場合は、どんなに容赦ない仕打ちを受けてもなんとも思わないんです」

工場の環境は過酷だ。足先は凍え、指先はかじかむ。トイレに行くのでさえ、手を挙げて申し出ないとラインから離れられない。美樹は安い時給でラインに立ち続けて家賃を払い、愛里を私学に通わせた。

「売春は十五のときからやってる。あれも、あれの友だちも。男に身体を売っている自覚はないんですよ。子供のころから誰にも相手にされなかったから、楽しいんでしょ、そういうことが」

殴っても、諭しても、無駄だった。

愛里は幼稚園の時から、誰かに相手にされたくて、楽しそうなグループに割り込んでは押し出された。汚れた象のぬいぐるみを握って、誰かの元に押しかけては追い払われる娘を、美樹は、子供のことだからと気に留めなかった。小学校に入って暫《しばら》くして、同級生の集団の周りをぐるぐると動き回りながら帰って来る娘は、友だちとうまくやっているのだと思っていた。工場は揉《も》め事ばかりだ。新しいパートを増やそうと、古いパートの時間が減らされそうになったことがある。工場側が立てたボスと、古株である美樹たちのボスとの戦いだった。そういう戦いでは立場を鮮明にしないと、どちらが勝っても勝敗がついた暁にはハブられる。どちらにつくかをはっきりさせれば、ついたボスが負けたら仕事を減らされ嫌がらせをされて、針のむしろになる。美樹たちのボスは相手に有らん限りの嫌がらせをして、ラインの実権を掌握した。工場の現場は統制を失って、美樹たちがあてにされ、ボスは横柄《おうへい》になり、「友愛と協調」はどこかに消し飛んだ。刺激的でグロテスクな毎日だった。

そんなところにどっぷりと漬かっていると、体力も気力も間に合わなくなる。家計はそもそも、ぎりぎりで回っていた。愛里の成績が悪くても、卒業できればいいと思った。夜に遊び歩くのも、いまだけのことだと考えた。中学に行くのに化粧をするのを見て学校に怒鳴り込んだことがある。娘の風紀の乱れをなぜ教師は黙っているのかとつめよったのだ。

それから二、三度、本気で娘を殴った。娘の顔は腫れ上がり、身体中に痣《あざ》ができた。一度は肋骨《ろっこつ》が一本折れた。病院で娘に暴行を働いた理由を聞かれて、美樹は娘の生活態度が悪いからだと答えた。暴力は虐待ですと諭された。ええ、もう二度としませんと、医師に言った。

そのとき娘のことは割りきった。

あたしが面倒をみるのは高校を卒業するまでだ。あたしと娘は親子だけど別の人間で、あたしに出来ることはないのだから。

あれが街をうろついて男に身体を売って病気を移されようが子供が出来ようが麻薬中毒になろうが人を殺そうが、あたしに出来ることはない。

亀一の脅迫に愛里の口座が使われているという。亀一の脅迫犯はサンエイを恐喝していた人間だという。そんな話は記者から聞く前に全部知っている。工場に行けばなんでも耳に入ってくる。

美樹は、工場長がことを警察沙汰にしたくなかった理由に心当たりがあった。サンエイ食品では売れ残りをパックし直して賞味期限をリセットしていた。そしてそういう仕事をする職員には守秘義務の判を押させていた。それが、あの愚鈍な工場長が本当のことを誰にも言えなかった理由だろう。いままでそれを人に話したことはなかった。それを木部という記者に話した。

そのあと刑事も来たから、同じ話をしてやった。

娘の裸の動画がテレビで流れた。小突かれて、汚い顔でわめく動画だ。でもだからどうだって言うんだろう。あたしと娘を知らない人に見られても恥ずかしいとは思わないし、あたしと娘を知る人は、こんな動画を見たって珍しいとも思わないだろう。

――もう、かける恥は全部かいたのだ。

## 2

――百万円やるって言ったら、これぐらいのことはするんですよ、愛里も、その周りのやつらも。

野川愛里の母の家を出た美智子は、フロンティアに報告の電話を入れると、その足で浜口のいる番組制作会社に寄った。

浜口たち番組制作スタッフが、二十五日以降、会社に泊り込んで寝る間もないのは、その様子から見て取れた。応接用のソファの上には、クッションとタオルケットがくしゃくしゃに丸めてあり、部屋の端には汚れた座布団が積んである。机のあちこちに飲みかけのペットボトルと缶コーヒーが放置してあり、汁だけになったカップ麵《めん》の容器の横に、構成表が放り出してある。

浜口はソファに尻《しり》を、テーブルに足を置いて、伸びているとも座っているともいい難い恰好で膝《ひざ》の上のパソコンを眺めていたが、野川愛里の母親があの動画の女を娘だと認めたと美智子が言うと、落雷にでもあったように身体を起こして、パソコンをテーブルの上に放り出した。

「あれを母親に見せたのか」

「あたしが見せなくったって一課が見せる」

「野川愛里は仲間じゃないのか」

電話の向こうで真鍋も同じことを言った。美智子は真鍋に説明したのと同じことを繰り返した。

「母親は、これぐらいのことは金をもらったらするって言った。嘘をなんとも思わない。殴るやつにへつらう。甘やかすとつけあがる。野川愛里の母親は娘に辛辣《しんらつ》だった。出来れば絞め殺したいとまで言ったわ」

浜口はしばらく黙り込んだ。

冷めたコーヒーが黒ずんで、テーブルの上にある。浜口は機械的にそれを口元まで運んだが、その濁った黒ずみに気がついたのだろう、コーヒーカップはまたテーブルに戻された。

「あれを放送に踏み切ったのは疋田っていう、バラエティーから転向してきたディレクターだ。報道の連中には疎《うと》まれているが、いまのところ数字は取っている。その剛腕ぶりは局内でも有名なんだそうだ。まあ、畑違いだから踏み切れたことなんだろう」

「聞いたことがある。よくも悪くも、その剛腕をみこんで上が入れたって。彼にすれば、自分に求められたことをしたまでなんでしょうね」

何か進展はあったかと聞くと、浜口は、捜査本部は客の線は棄《す》てるつもりらしいと言った。

「二人の通信履歴に残っている連絡先をしらみ潰《つぶ》しにあたっていって、二人を結ぶ人物がないことをいま確認している状態らしい。その線を棄てるとなると捜査は手詰まりになる。それでも棄てようと言うんだから、まるっきりないんだと思うよ」

「拳銃《けんじゅう》からは」

「古い拳銃で、マカロフあたりじゃないかっていうところまで。二十年ほど前にロシア経由でかなり流入したことがあるらしい。いま市場に出回るものじゃない」

「どこかから買ったというより、持っていたか、もらったか奪ったかってことね」

浜口は頷《うなず》いた。

「あとね、一課に動きがあった。昨日から、世田谷のクリニックに貼《は》りついている。院長は長谷川透《とおる》っていう五十七歳の医師」

「貼りつく？」

「そう。彼の周りを嗅ぎ回っている。TBTでニュースが流れるのに前後して亀一本社に犯人から電話が入ったという話もある。通信会社の車が捜査本部に乗り付けたから、犯人の番号が残っていたんじゃないか」

「それより野川愛里からなにか出たのかも」

浜口は不思議そうな顔をしたが、美智子は浜口の疑問には応えなかった。

「長谷川透ね」

浜口は頷いた。

「うちもカメラを入れた」

浜口も長谷川透という男が捜査線上に乗っていると確信しているということだ。

「なんかわかったら教えてくれるわよね」

浜口は笑った。

「座間聖羅の髪を鑑定に出した秋月さんて警部補、捜査本部に入ったんだろ。情報ならそっちからはこないの？」

「まさか担当警部補に捜査情報を回せとは言えないでしょ」

浜口はまた笑った。

「長谷川透、うちでも調べていい？」

「いいよ。木部さんが調べるの？　それともフロンティアに流すのか？」

「真鍋さんは、証拠の多さから、次の発売日までには犯人は挙がっていると読んで、関係者の周辺情報に舵《かじ》を切った。その長谷川っていうの、周辺情報としては使えそうだから、中川くんに知らせたい」

浜口は頷いた。

業界のコアは人が思うより古くさい。どれほど情報の流通が広域化、複雑化しても、心臓部は義理と人情だ。借りと貸しを繰り返して、大量に流れてくる情報の意味や価値を互いに手さぐりする。

浜口には、手元にあるサンエイの情報をすべて渡した。貸しはたっぷり作ってある。

浜口の制作会社には四十インチのテレビが一台あるだけだ。普段はそれも切ってあることが多い。さすがに今日はニュースが流れていて、聞き飽きた二人の情報が流れていた。

森村由南は子供二人を育てる健気《けなげ》な母親で、座間聖羅は声優になるのが夢だった。非力なものに牙《きば》をむくのは許しがたい行為だと若い犠牲者の無念を訴え、「残された子供たちのためにも凶悪な犯人の一日も早い逮捕を望む」と司会者は締めくくった。

浜口の調べでは現実はかなり違う。

森村由南の子供を保護した児童相談所の話では、二人は虫歯だらけで、虐待を匂《にお》わせる痣がある。近所の話では、夫がいた当時は家族四人で公園に行く様子も見られた。妻は太った茶髪の女、夫はおとなしそうな痩《や》せた男。二人は会うと挨拶《あいさつ》はしたそうだ。ただ子供にまつわる揉め事は当時から起きていた。時間を問わずドアベルを押し続ける。近所の家に上がり込んで夕食の時間まで居座る。勝手に冷蔵庫を開けて中のものを持って帰る。典型的な育児放棄だ。それについて苦情をいうと、由南は仰々しく謝りにくるか「逆ギレ」したという。

座間聖羅が声優を目指していたという話はない。もしかしたら殺害現場となった部屋の持ち主と混同しているのかもしれない。母親は三十八歳で、十五歳までその母親と同居。電気がよく止められる家庭だった。父親はわからない。記録の限りでは座間聖羅は十三歳から性行為で金を得、十五で池袋で客を釣る。友人たちはその容姿から彼女のことを「びんぼう神」と呼んだ。

浜口の前には座間聖羅の写真がある。成人式の写真で、着物を着た三人の女の子が笑顔でピースしている後ろで、髪に派手な飾り物をつけた座間聖羅が両手でピースサインを作って写り込んでいる。前の三人は、自分たちの写真に彼女が割り込んでいるとは知らないだろう。その割り込み方に、美智子はグループに尻をねじ込んではは
じき出される野川愛里を連想した。

「その写真を使えば、被害者への同情心をかきたてることができていいんじゃないの」

「同情心ねぇ」

浜口はそう言うと、パソコンにツイッターの画面を立ち上げた。

中野連続殺害事件とハッシュタグがついて、投稿が並んでいた。

〈嘘つけ。ふうぞくだろうが〉

〈売春〉

〈自業自得《じごうじとく》〉

「そんなものは望むべくもない」

　秋月から電話があったのは、浜口の制作会社を出たあとだ。夜十一時を過ぎていた。朝から息つく暇もなく動いているような気がする。そう思いながら電話を取った。そこでいきなり「いまどこにいる」と言われたので、「あら。亭主みたいなことを言うのね」と返してやった。

　からからと息の音がしたから、秋月警部補は笑ったようだ。

「聞いてほしいものがある。至急来てほしいんだ。タクシー代は出ないから、パトカーを迎えにやろうかと思ってさ」

　パトカーでの送迎を丁重に断ってタクシーで中野署に到着すると、美智子は二階にある捜査本部の一室に通された。

　秋月はそこで何かに心を持って行かれてしまったように座っていた。落ち着いているのか、気が散っているのか。考えたら秋月の疲労心労は、自分の比ではない。秋月のそばに座っている二人の刑事は見るからに疲れた顔をしていた。ただ目だけが生気を放っている。電車の中にこういう男がいたら近づきたくない感じだ。そしてそれは、多かれ少なかれ捜査が分岐点に来たときに見られる傾向でもある。

机の上にはレコーダーが置かれていた。

「これ、聞いてくれないか」

そういうと秋月が再生ボタンを押した。

――クソみたいな女でも、命は命なんだろ。救ってやれや。

聞こえてきたのは若い男の声だった。

――お前ら、こいつらのことを人間だと思ってんだろ。こいつらは人間なんかじゃない。脳味噌はウサギぐらいしかないんだ。

――金、その口座に入れてね。

そこで別の男の声がひときわ明確に聞こえた。

「二億なんて金は用意できない」

男の声は続く。

――動画、見たんだろ。

それから男は楽しいことでも思いついたように、言った。

――募金とかしたらどう?

――こんな女の命、助けたって社会の足しになんないし。子供産んで虐待して、売春して、クレーム付けながら生きて、最後は生活保護受けて。金ばっかかかるクソだけど、とりあえず、命なんでしょ。

その声は侮蔑《ぶべつ》と冷笑を含んでいる。

ほんの一息、間が空いた。

——とりあえず明日、またプレゼントするから。

そのあとには雑音が続く。秋月はその雑音を聞き届けて、停止ボタンを押した。

「今日、TBTに送られたものは亀一製菓にも送られていた。十時四十二分、封筒が届いたころを見はからって犯人から亀一製菓に電話があった。それを録音したものだ。男が言っているその口座というのは野川愛里の口座だ。そこに二億円を入れろと指示している」

秋月は卓上に一枚のコピーを置いた。

そこには印字された野川愛里の口座番号に向けて矢印が引いてあり、「ここに入れてね」と、人を喰った書き込みがある。

「この声に覚えはないか。この字でもいい。なんでもいい。何か思い当たることはないか」

二十五日の朝、工場長が録音していた声を何度も聞いた。七月五日の男の方が声が高い。そしてこの男の声は抑制が効いている。

別の男だ。

犯人がすぐそばに立っているような気がして、背筋が粟立《あわだ》つようだった。同時に、二人の刑事が夜行性の動物のように目をぎらつかせながら美智子を注視していることに気がついた。

「あたしはサンエイの事件は調べたけど、犯人とは接触していない。声も、文字も、この捜査本部が知っている以上のことは知らないのよ」

秋月は美智子を見つめるだけだ。

「七月五日の男は特徴が聞き取れるほど喋っていないの」

「そんなことはわかっているんだよ」

秋月は声紋照合の結果が待てないのだ。

「あたしはサンエイに電話をかけてきた男とは別だと思う」

美智子は静かに続けた。

「七月五日の電話は『なに言ってんだ、てめぇ、誘拐《ゆうかい》だぞ』って一言で、うわずって少し高い。狼狽《ろうばい》した時と腹を決めている時は声の高さが違うものだけど、単に高い、低いの問題じゃなく、いま聞いた声は七月五日の声と印象が違う。声が腹から出ている。軽はずみに喋らないタイプだと思う」それから秋月を見つめた。「喋っている人物のタイプが違う。そう感じる」

秋月も多分、同じことを考えていたのだと思う。そして別人なら、それは計算外な事態なのだ。秋月には計算外なことが起こり続けている。

「字は、いままでの宛名の女文字とは明らかにちがう。そして『ここに入れてね』と『三人目の犠牲を出したくなければ二千万円を用意しろ』は、似ているけど違う気がする」

秋月は聞き終えると、紙を美智子の前に出した。

さんにんめのぎせいを出したくなければ2000まんえんを用いしろ
それは七月二十一日、サンエイ工場で、工場長が封筒の中からひき出したメッセージだ。

どちらにもある文字は「に」と「れ」だ。サンエイに送られたメッセージの「れ」は一画目の縦線と二画目の横線が交わっているが「ここに入れてね」の「れ」は一画目の縦線からわずかにはずれている。しかしそれだけではなんの決め手にもならない。

「もらったものは全部鑑識に回してある。おれも、この『ここに入れてね』だけが、いままでのどれとも違うんじゃないかと思う」

それから虚《うつ》ろな目を上げた。

「殺人事件では、首謀者は一人なんだ」

目が落ちくぼみ、頬が少しとがって、奥から目玉だけがぎょろりと見えて、しかしその目も疲れ果てたようにくすんで濁っている。美智子は言った。

「十九日のサンエイへの要求、二十三日の亀一への脅迫は、サンエイへの二百万円の恐喝を引き継いでいる。でもそもそも七月二日の事件では金銭の要求は電話なのよ。文字のメッセージは十九日から。すなわち連続殺害事件発覚後は、七月二日以前の形式を模倣しているようにも見える」

見え隠れするのは参入者の影だ。

秋月はじっと美智子を——吸い込まれるようにじっと見つめている。

美智子は聞いた。

「明日またプレゼントするってなんだと思う?」

秋月はふっと笑った。

「いやだよ指とかだったら」

濁った瞳《ひとみ》にほんの少し、生気が戻った。

それから秋月は二人の刑事に軽く頷いて見せ、二人はレコーダーを持って部屋を出た。

指を送るなら、もっと早い時点で送ってきただろうと美智子は思う。もっと言うなら、二人の女をためらいなく殺害した犯人が、どうして金の受取りにこれほどの雑さを見せるのか。

「サンエイの金を受取りに来ていた、柄の悪い男の方はどうなりましたか」

野川愛里の通信データを洗えば、その中から見つかるはずだ。

秋月は目を覚ましたように語調を変えた。

「野川愛里の通信記録も膨大なんだ。ネットで売春する子は膨大な数の記録を残すんだよ」

「サンエイの脅迫は三年も前から続いていて、その男は共犯者。一見《いちげん》の売春の客との見分けは簡単だと思うけど」

睨《にら》み付けられて、秋月は押し黙った。

「一件それらしいのがあるが、契約は渋谷の簡易宿泊所。暴力団なんかが貧困ビジネスの一環で生活保護者に買わせた携帯だろう。使用者はいま洗っている」

「洗う」とは通話履歴にある相手から、どんな会話をしたか、相手を誰と認識しているかを聞き取っていくことだ。たとえばその電話で歯医者の予約などをしていたら使用者が特定できる。白ロムの場合、いつも同じ人物に使われているとは限らないが、その携帯を使って野川愛里と通信していたのが誰であるかは、少なくともそうやってあたりをつけていくしかない。中野事件と野川愛里との関わりが判明したのが昨日だ。

「いま洗っている」という言葉に嘘はないだろう。

「犯人は本当に二億円が振りこまれると思っているのかしら。振りこまれたとして、どうやって懐《ふところ》に入れるつもりなのかしら」

「一つ目の質問に答えると、亀一の社長が、私費で払ってもいいと言い出した。亀一のロゴを見るたびに消費者があの女の裸の動画を思い出すって図はかなわないものな。どうやって懐に入れるつもりかは、まるで想像がつかない」

「犯人が野川愛里の口座を指定したのは、サンエイの恐喝グループとの関連を匂わせたいからだと思う。あまりに野川愛里というワードを押し出しているもの」

「しかし野川愛里を前面に押し出すことに、もしくは野川愛里に捜査の目がいくことに、犯人にとってなんの利があるんだ」

「あたしには、サンエイにたかった手法と、ピストルで撃ち抜くやり方が、同一犯のものとは思えないのよ」

秋月は顎《あご》の下で手を組むと、じっと耳を澄ませていた。

「やくざ崩れの男が気になるの。頭の悪そうな、滑舌の悪い男だったそうだけど、動いていればどこかから情報が入ってくるでしょう。そういう男は約束は守れないし、秘密も守れない」

秋月は深く考え込んでいる。

客の線を棄てるとなると捜査は手詰まりになる。それでも棄てようと言うんだから、まるっきりないんだと思うよ――浜口の言葉だ。

「あの亀一に送られた動画、娘だと野川愛里の母親が認めた」

「うん。我々が行ったときには、フロンティアの女記者がいま帰ったところだと母親が言ったよ。ほんとにあんたはよく動く女だよな」

テレビを使って劇場型にする理由はなんだろう。

野川愛里を前面に押し出して耳目を集める。

到底金にならない脅迫をする。

予告を入れて煽《あお》る。

でも誰が煽られているのか、美智子にはわからない。

「TBTが警察に相談せずに独断で放送しているっていうのは本当なの？」

「放送の直前に通知してくる」

秋月はしばらくして呟《つぶや》いた。

「――メディアを利用するか、それで墓穴を掘るか」

犯人は手の内をみせているように見えるが、それは安易な考えだ。美智子はサンエイの事件を長く追った。どんな端までも引き寄せて詰めた。でもそれはどこにも繋《つな》がっていない。プツンと切れた事件だった。そしてサンエイを目の前にぶら下げた今回の中野事件は、捜査がサンエイにかかずらう以上、やっぱりそれはどこにも繋がらない。

プツンと切れている。

そして秋月は先行してサンエイの壁にぶつかったあたしに、自分たちの行く手にある壁の可能性を読んでいる。

いつものことだが、事件が複雑化するほど、そしてそれで体力を消耗するほど、秋月の顔に粘りが出る。それは浜口とも真鍋とも違う。彼らは頭で考えるが、秋月たち捜査の現場は足で分け入る。捜査がデータの収集で間に合わなくなって初めて、秋月たちは本気で考える。そしてパズルが難解なほど、闘志が湧く。

秋月はあたしの反応を刺激として、情報のどことどこを結ぶと血脈が通るかをまさぐっている。

「野川愛里のなにから、長谷川透が出たの？」

秋月の表情が強張《こわば》った。まるで突然雷が落ちたみたいに。

そのまま美智子を睨んだ。

「長谷川透のことを知っていたのか」

美智子は思わず笑った。

「あたしは二十五日に、手許《てもと》の情報は全部秋月さんに教えたのよ。長谷川透のことを知っていたら、そのときに伝えている。あなたたちが世田谷の長谷川透って医者に貼りついたって、報道の知り合いから聞いたのよ。ちょうど、野川愛里の情報が降りてくるころだから、あたしの手に入らない情報の中に長谷川透がいたんだろうって思っただけ。類推するのはそれほど難しくなくて、いま人員を割いてそこに投入するということは、その男はかなり事件の核心に近い部分に係わっているってことだと思う。そしていま、事件の核心に近づける事実は、たぶん野川愛里の何か。でも家もない、友人もいない。彼女にまともな記録はない。あたしが手に入れることができず、一課が半日で手に入れることができて、かつ確実な情報って、多分、通帳記入だと思う。野川愛里の口座は、犯罪行為の入金先として使われていた。だから彼女が係わった犯罪の関係者が通帳に名前を残している可能性がある」

秋月の表情が固まった。

「でも、そこから大したものは出ないと思う。人を二人殺しているんだから犯人は命懸《か》けの賭《け》をしている。野川愛里の通帳から遡《さかのぼ》れるものに核心なんか残すはずがない」

秋月が重い口を開いた。

「どっちかなんだよ。犯人はどうしようもなく社会を舐《な》めているか、おれたちがまだ辿《たど》り着いていない思惑を持っているか」

秋月薫の目は、やっぱりあたしの顔の中に真実を見いだそうとしているみたいだ。

「秋月さん、あたしは一介のライターで、警察を出し抜こうなんて考えていない。古い時代の人間だから警察には協力するのが義務だとも思っている。だから秋月警部補に隠し立てなんかしないのよ」

秋月はまっすぐに美智子を見ている。

「長い経験から、それを嘘だとおれは知っているよ」

それからふっと笑った。それで沈み込んだ空気を振り払うと、秋月は立ち上がった。美智子をパトカーで送るように制服警官に指示し、また捜査協力をお願いしますよと、暖簾《のれん》を潜《くぐ》るときみたいな慣れた様子で挨拶をした。

――とりあえず明日、またプレゼントするから。

翌二十七日、朝十時。

亀一製菓本社には、一課の刑事たちが早朝から万全の態勢で張り込んでいた。警察車両が本社を遠巻きに囲み、社長室、総務部とも、電話は何本ものコードで回線機器に繋がれていた。昨日、犯人は、封筒を送りつけたあとに電話をかけてきたからだ。

臨戦態勢の亀一製菓に、その封筒は届いた。

消印は渋谷。宛先は昨日と同じ、印字された紙を張り付けていた。

中にはスライドジッパーバッグと呼ばれる、密封できるビニール袋が入っていた。

入っていたのはそれだけだ。

その中には、長短、種類もさまざまな毛が入っていた。

頭髪と思われる長い毛、陰毛と思われる剛毛から、埃《ほこり》のような細かい毛まで。

人間一人分の毛という毛が入っているように思えた。

亀一製菓の総務課長は目を背けた。

社長は両手で顔を覆《おお》い、石のように固まった。

そして総務部の電話が鳴った。

待機していた一課の刑事が三人、電話を取り囲んでいた。三人とも片手で耳に嵌《は》めたイヤフォンを押さえている。一人が口元のマイクに言った。

「いまかかっています。亀一総務部外線直通」

刑事が総務部長の目を見つめてしっかりと頷く。総務部長はそれを見届けて、受話器を上げた。

いきなり声が聞こえた。

「二億円用意しろや。女二人殺してんだ。こんなメス一匹、殺せるんだよ」

そこで電話は切られた。

ほんの五秒の電話だった。

刑事たちは茫然《ぼうぜん》とした。

その耳元に一課からの報告が入った。

〝携帯よりの通話。番号を捉《とら》えました。野川愛里の通信記録にある番号で契約者、内《うち》村太《むらふとし》。住所は渋谷の簡易宿泊所。問題の白ロムだと思われます。通話が発信された基地局は渋谷区恵比寿。いま、該当電話の記録の提出を求めました〟

美智子は朝まで記事を書いていた。目が覚めたのは昼過ぎだ。マウスに触れると、書きかけていた原稿がパソコンに浮かび上がる。

ベランダには洗濯物がひるがえっていた。シャツに下着にパジャマ、フェイスタオルとバスタオルが、いつも美智子がするように、整然として、夏の日差しの中で乾いている。なぜベランダに洗濯物があるのか、美智子は一瞬わからなかったが、昨日洗濯物が山のように溜《た》まっていることに気がついて夜中に洗濯機を回したことを思い出した。前後の記憶が飛んでいるが、書きかけた原稿が保存もされずにいるところを見ると、たぶんそのまま眠ってしまったのだろう。

そういえばここ二日、届いたメールに返信を入れていない。

台所に行き、カップ麺を食べた。

それから秋月の携帯を鳴らした。

もう出ないかもしれない。出ても、話さないかもしれない。

午後の黄色い光がカーテン越しに差し込んでいる。

今日も暑そうだ。

秋月は電話に出た。

「何か送られてきた？」

秋月は「指じゃなかったよ」と答えた。

「また体毛だったよ。たぶん睫毛《まつげ》まで。人間一人を丸裸にしている」

美智子は神経のすべてをゆっくりと秋月の声に集中させる。

「犯人から電話は入った？」

「ほんの五秒――一言、女二人殺してるんだから、こんなメス一匹殺せるって」

「それだけ？」

「でもおかげで電話番号が残った」

電話を切った。

――どっちかなんだよ。犯人はどうしようもなく社会を舐めているか、おれたちがまだ辿り着いていない思惑を持っているか。

メールに最小限の返信をしておこうと思うのに、キーボードを打つ手が止まる。なぜ、あの小悪党のサンエイ恐喝犯が殺しにまで手を染めたのかが、美智子にはわからない。浜口や中川、真鍋ならそれらしい答えを張り付けるだろう。情報と情報の端を繋《つな》ぎ合わせればそれらしい話が出来上がる。だから事件記者は情報のおこぼれを嗅《か》ぎつけようと日夜励んでいる。情報には解釈の余地があり、すなわち情報の集積の持つ意味は、繋ぎ方さえ変えれば順接にでも逆接にでも、解釈者の望むままになる。でも机上でなく、本当に足を――物理的に足を踏み込んだ者は、そうやって張り付けた答えには得心しない。

足で踏み、耳で聞き、身体《からだ》に響いた温感が、解釈の余地を与えない。

木部美智子が新聞記者からフリーの記者に転じたのは、そういう、解釈の余地を持たない真実を掌《てのひら》に載せて眺めたかったからだ。

ベランダにはためく洗濯物を眺めて、考えた。

――工場長は、どうしてあんなに警察に言うのを嫌がったのだろう。

そもそもサンエイ事件とはなんだったのか。

膨大な時間を取材にかけた。野川愛里の母のもとに通い、周辺を聞き込んだ。思い出すのはあの工場長の、自らは閉鎖的でありながら他人を拒絶するわけでもないそのあり方だ。犯人と工場長の共依存関係に目眩《めまい》がした。美智子が掌に載せて眺めたのは、工場長であり、野川愛里の母だった。美智子は野川愛里を掌に載せようとして見失い、いま連続殺害事件の主要人物としてビデオ画像の中に見る。

水の入った風船を道路に落として、乾いたアスファルトに黒いしみになって広がった水を眺めているみたいだ。もうあの重さも、冷たさ、手触りも、どれもない。

美智子はスマホのつるりとした液晶画面を見つめた。

工場長はサンエイの恐喝に関して、一貫して取材に協力的だった。あの慎重で攻撃に敏感な男が、美智子がフロンティアの記者だと名乗ったとき、名刺を見つめてきらっと目を輝かせた。そこにはなにか淫靡《いんび》な、背徳的な臭気がした。彼はなにを聞かれても澱《よど》みなく話した。躊躇《ちゅうちょ》はなく、それは追いつめられた犯人が罪の全《すべ》てを話すことで解放されていく様子を見るようでもあった。

しかし澱みなく流れる彼の話には肝心の「淫靡な臭気」を感じさせるものがなかった。恐喝の手口は幼稚で醜悪だったが、だからと言って工場長が見せたあの表情を得心させるものでもない。彼がもう一度、自滅的な臭気を発したのは、あの六郷北工場だった。

蒲田のタクシー乗り場がアルミの乱反射の中にいるようにぎらぎらしていたあの日。事件が売春婦を狙《ねら》った連続殺人事件だと判明し、浜口が事件を「なんか怖いな」と呟《つぶや》いて、事件の大きさを改めて感じ、なおかつ大したことではないとお互いに納得しようとした。

あの日、中野連続事件を一番身に引き寄せて恐怖を感じていたのは、美智子でも浜口でもない、工場長だった。口下手な工場長はなんの説明もせず、だから美智子は、彼がなににあれほど緊張し興奮しているのか見極めかねた。しかし工場長は「三人目」という言葉のあるあのメッセージを美智子に見せたあと、すべての責務を終えたとでもいうように放心した。

植村誠は、なぜ、フロンティアの記者に嬉々《きき》として喋ったのか。そうしてなぜ、警察に通報することをあれほど嫌がったのか。

野川愛里の母は、サンエイが売れ残りの賞味期限をリセットしていて、そういう仕事をする職員には守秘義務の判を押させていたと言った。しかしそんな話では工場長に漂っていたあの臭気を説明することは出来ないと思う。

美智子はスマホの液晶画面の中にあるサンエイ食品植村の名前をしばらく見つめていたが、やがてタップした。

呼び出し音がなり、ややあってあの、歯切れの悪い声が聞こえた。

「はい」

美智子は、もう一度話を聞きたいと申し出た。

工場長はいつもの寝ぼけたような声で要領を得ない返答をしたが、美智子は構わなかった。

「いまからうかがいます」

「うちにですか」

「どこでも」

ではうちの前の公園で待っていますと言われ、「では二時間後に」と電話を切った。

書きかけたメールを保存してパソコンの電源を切った。立ちあがると水道水をコップに受け、氷を入れて飲み干すと、洗濯物を取り込んだ。

化粧をしていないことを思い出したが、化粧品を広げようとは思わなかった。

鍵《かぎ》をかけると、美智子は炎天下へと踏み出した。


工場長の自宅は集合住宅で、その前には公園があった。

昔は子供たちは団地に囲まれた公園で安全に遊んだ。みなが顔見知りで、遠慮のない時代がそこにはあった。画一的という言葉が「つまらない」と訳されるようになったのはいつからだろうか。画一的であるからこそ担保される充足もある。

夕暮れ時、ベンチは熱く、湿度の高い外気は公園全体をどんよりと覆っていた。西日が黄色く直射して、アブラゼミが甲高く鳴いて、ヒグラシの物わびしい鳴き声がそのすべてを一種幻想的に塗り替える。

失業に直面しているにもかかわらず、工場長の表情は明るかった。そして矢面に立ち、マスコミの攻撃を一人でブロックしている総務部長に感謝していた。

「総務部長は今回のことを、体制の問題だって言ってくれました」

いま、マスコミは中野事件の発端となったサンエイ事件の取材に総力を挙げている。

彼らはサンエイ本社の総務部長に食らいつき、総務部長は「わが社の判断に問題はなかった」との姿勢を崩すことはない。記者たちはブラック企業としてのサンエイに切り込もうと舌なめずりをして、総務部長は手負いの獣のように獰猛《どうもう》に彼らをなぎ倒している。

記者を振り切る総務部長と、食らいつく記者の姿は何度も放映された。サンエイのブラックぶりを散々報じたあと、逃げる総務部長を追いかける図が流れるわけで、画面上はどう見ても総務部長の分が悪い。六郷北工場では辞めたパートだけでなく、現役のパートも喜んで取材に応じている。その時にはあることないこと、聞く人が喜ぶことを競って並べるわけで、取材する方もそういうことは百も承知だろうに、ただ垂れ流す。あれほど大がかりな陣を組んでいた川崎の十九人殺害事件の取材班もいまや雲散霧消である。二人の被害者の真実を流せないことでフラストレーションが溜まったマスコミ、視聴者双方のガス抜きを、サンエイで図っているようにも見える。

鈴を振るような声でヒグラシが鳴く。

「あれほど証拠があったのに、あなたは三年もの間警察に言わなかった。恐喝犯の口座も、手紙も、全てがあったのに」

何度か警察への通報を促した。工場長はけっして首を縦には振らなかった。何かに耐えるように俯《うつむ》くだけだった。

「あなたにはあからさまなクレームに怒りを持つという姿勢がなかったように思えるのです。あれはなぜだったんですか」

遠くでマフラーを改造した単車の、けたたましい排気音がする。工場長がポツリと言った。

「言いがかりだと思っていなかったんです」

言いがかりだと思っていなかった——。

工場長は、ちょっと笑った。

「ぼくは、異物混入は言いがかりではなくて、工場の誰かがぼくへの嫌がらせのために、異物を混入しているんじゃないかと思っていた」

少し、間が空いた。

「大きなガラス片も素揚げのゴキブリも、本当に入っていたんじゃないかと思っていたんです」

——空に浮かぶあかね雲を見るのは久しぶりだ。毎日の生活に追われて長い間見ていなかった。桜も花火も、こんな夏の夕暮れも。

木部美智子という記者は、電車の中を見回せば一人はいそうな女性だった。身長は一五五ぐらい、官能を喚起しないボディラインをしていて、それは貧相というのではなく、ごくありふれているという意味だ。同時に電車の中で女性であることを意識的に閉じているということでもある。そういう女性が往々にしてそうであるように、木部美智子は清潔感があり、そう思って見れば、どこかしら屹然《きつぜん》としている。多分靴には傷がない。その彼女がこちらを見つめると、外務省の通訳が自分を見ているような気分になる。自分の何に関心を持ち、どこを見ているのかまるでわからない。

最初に会った喫茶店で記者であると言われて、クレームの話を聞かせてくれと言われた。

通訳に日本語を話しているみたいで、ただ正確に話すことに集中した。

話すにつれ、自分が一人で抱えていたことが、どこかちゃんとしたところに伝わっていく気がした。外務省のようなところ。どこだかわからないが、伝わるべきところ。胸の内に渦巻くもろもろが外へ流れ出て行くような安心感があった。

東中野で二人の女性が殺された。脅迫状の中に三人目という言葉を見たとき、ピンと来たのはなぜだろう。六郷の片隅での湿った低級な、いじましい苛《いじ》めあいが、なぜ、中野の連続殺人に繋がっているに違いないと思ったのだろう。

いま、ゆっくりとあの日のことを思い出す。

──七月二十日の夜、彼女の携帯を鳴らしたときは、膝がガタガタと震えて、自分の人生はこれきりいままでとは違うものになってしまうんだと思った。これでもう昨日までと同じ明日を送れなくなることを覚悟した。

できることなら目を瞑《つむ》り、このまま知らん顔をしたかった。手紙が来た日から二日間、身悶《みもだ》えするように悩んだ。木部美智子が来たときには、疲労と寝不足と興奮と。何もかも吐き出してしまえる解放感と、それにより全てを失うだろうという絶望感と──いろんなことが一度に押し寄せた。

でも結局、全てを語り尽くすことはなかった。

警察にも呼ばれた。総務部長にも問い詰められた。それでも、語ることはなかった。なぜ言いがかりだと思わなかったのか。それはあの工場を知っているものにしか伝わらない。そしてそれを言い伝えるとき、おれは自分のみっともなさをすべて開示しないといけない。身体を裂いて、はいどうぞと、切り開いた内臓を見せるように。人には興味深いだろう。でもおれはそれで終わりだ。倒れて息絶えても、誰もおれの生死には興味を持たないだろう。ただ、開示された内臓を珍しそうに眺め続けるばかりで。そして見終わると、雑談しながら去っていく。

いま、この高性能翻訳機のような女性に、身体を裂いて見せようと思うのは、この高性能翻訳機は、用事が済んだらおれの身体を下から上まできちっとチャックで閉めてくれると思うからだ。

おれは会社をクビになる。それでもこの女性は、初めてあったときとまったく同じ、蔑《さげす》みも哀れみも、同情さえない。今は、工場をクビになることを後悔していない。こうして夏の夕焼けをありのままに感じることができるようになったから。

サンエイ工場に前からいる女たちは、仕事の出来る新人パートを片っ端から辞めさせた。仕分けが早いと「一人だけペースが違う」と怒鳴った。みんなに合わせると「新入りのくせに調子に乗るな」と罵倒《ばとう》した。

「揉《も》め事は毎日のことでした。古くからいるパートの女たちは、テリトリーの死守に血眼になる。新入りを選別して、取り入れるかはじき出すか。はじき出すものへの手段は選ばない。休憩室でのイジメ、ロッカーへの落書き。集団での罵倒——そういうことをするのは実際は一握りです。でもその一握りがいないとラインは回っていかない。そういうのに口を出したらぼくが目をつけられる。見て見ぬふりをするうちにパートたちは増長しました。工場長に権限があってないようなものであるように、マニュアルも管理心得も、あるような体を装《よそお》っているだけ。賞味期限は余裕をもって規定しすぎている。それでも普通の会社なら、守ります。でもサンエイは賞味期限三日過ぎまで破棄しなかった。それで期限のラベルを外して工場に持ち込むんです。ときどき、それが、賞味期限を三日過ぎたものか、四日後になっているのかわからなくなる。ラベルがないとはそういうことなんです。使っていいかどうかは現場で判断してくださいと上から言われて、それをそのままオウムのように工場のラインで繰り返した。社員には判断が出来ない。熟練のパートはそういうことについても心得て動きました。食品の鮮度を彼女たちの目が判断するんです。工場を生かすも殺すも熟練のパート次第だったんです。彼女たちの縄張り意識は強くて、誰が自分たちに従順で、誰が毛色が違うかを瞬時に判断して、違うものは全力で潰しにかかる。弁当詰めは熟練の技で、きんぴらゴボウを一グラムの誤差なく摘《つま》むのは、経験値なんです。経験を積んだものが現場を牛耳る」

彼女たちの冷笑と怒号が工場を凍《い》てつかせる。

早朝、パートを乗せたバスが工場につくたびに、キリキリと胃が痛むのを感じた。誰かが自分を蹴落《けお》とそうとしていると思っていた。その気配が恐ろしかった。

パートやアルバイトたちは頭をすっぽり覆うビニールキャップと大きなマスクで、顔のほとんどを隠している。それがラインの前に立ち、手許だけを見つめてひたすらに手を動かしている。

この郵便物が誰から発せられている悪意なのか——ときどき、射るような視線を感じることがある。その誰かは、おれを恨んでいるんじゃない。おれが青ざめ、ストレスから肥え太り、脂《あぶら》ぎって人に疎《うと》まれることを楽しんでいるんだ。

「気楽なものだよ、工場長は。ただ突っ立ってればいいんだからさぁ」ドスの利《き》いた声が飛んできて、おれは事務室に入ってスマホのゲームに没頭する。それでも、ラインはつつがなく回って、出来上がった弁当を詰めた箱は粛々と運び出される。

おれがするべきことは、ただ問題を呑《の》み込むことだけだった。

「初めは、よくある悪質なクレームでした。ゴキブリの死骸《しがい》が入っていたとか、ビニール袋の切れ端が入っていたとか。そのうち顧客からの苦情が入ったと、販売店から頻繁に連絡が来るようになりました。ぼくはそのとき、本当に異物の混入があるんじゃないかって思ったんです。パートの女たちが故意にやっているんじゃないのかって」

問題を起こして、おれが処理に奔走するさまを楽しんでいるんじゃないのか。

そうじゃなきゃ、なぜクレームの処理に頭を悩ましている時に限ってラインや休憩室で揉め事が起きるんだ——盗み、ケンカ、泣く新人、止まるライン。

誰かがガラスやゴキブリを入れているんだ。

「どんなにマニュアルを作ったって、その気になったら抜け道はいくらでもあるんです。だいたい、あの、工場を牛耳っているつもりでいるパートの誰が、工場のマニュアルを守っているか。守っているのは役に立たない新人だけです。マニュアル通りにしていたらすぐにパンクする仕事を、あのパートたちが破るから仕事が回っている。あいつらはそれがわかっているから、あれだけ堂々としていられるんだ。だから長い間、金目当ての悪質なクレームだと思われることは救いでした。

悪質なクレームとして上に報告して、本当に入っているということがバレて、管理不行き届きで倉庫での箱積みに回されることを恐れていたからこそ、妻に内緒で借金までして対応した。クレーマーに言われるままに指定された場まで出向いて金を払っていたんです」

糀谷《こうじや》の角の商店街をまっすぐ抜けると、小学校の斜め向かいに公園がある。その公園の端の、三つ並んだブランコの一番左端で待っていると電話で言われて、現金と菓子折りを持って行った。そのときは弁当に入っていたハンバーグが生焼けだったというクレームだった。

二週間後、事務室の電話が鳴り、「お宅の弁当を買ったんだけどさぁ、弁当の中に爪楊枝《つまようじ》が入っていたんだよねぇ。写真撮ってるんだけど、誠意のある対応、ちゃんとしてよね」と言われた。「食品なんとかって国の機関があるだろ。そこに言ってもいいなぁと思っているんだよね」

彼らは、テレビのニュースで「裁判で賠償金というのが支払われる」ということを知ると、人間には賠償金という金を請求する権利があり、それを振り回すのが、頭一つ抜けた賢い人間の発想なんだと思う。頭の足らないのがいっぱし権利を振りかざそうとするから、手加減がわからない。それで臆面《おくめん》もなく「だったら三万ほどでケリつけてやる」と、恩きせがましく言うのだ。

「どこにお届けしたらよろしいでしょうか」

「前と同じところ。小学校の斜め向かいの公園の三つ並んだブランコの一番左端」

そう言われて、初めてはっとした。前と同じところってことは、前のクレームに係わっていた人間だってことじゃないのか。

「明日の三時な。その時間だと会議もなんもないよなー」電話の向こうの男は楽しそうにそう言うと、電話を切った。

しばらくその場を動けなかった。

「ツナが足んねぇんだよ」と工場でわめき声が聞こえて、「配分考えろよな」という怒号と、人の走る音がする。

翌日、指定された公園のブランコには、見覚えのある男が座っていた。痩せた小柄な男。丸刈りで、頭の形が歪《ゆが》んでいる。前歯が一本抜けていて、上唇が少しめくれ上がっている。素肌に暴走族が着るような金色の縫い取りのあるジャンパーを羽織って、貧相な胸板の上にドクロのペンダントをしていた。

前歯の欠けた口で男はにやっと笑って、封筒に入った金を数えた。

「確かに三万円」

なんなんだろう。

なんで問題のある弁当が、よりによってまたこの男に当たったんだろう。

爪楊枝が入っていたとこの男は電話で言った。それって――。

「その爪楊枝、どこに入っていたんですか」

「どこって。箸《はし》袋の中だよ。爪楊枝は箸袋の中に決まってんだろうが」

そう、男はせせら笑った。

本当にガラスやゴキブリが入っていたわけじゃないんだ。工場のパートの嫌がらせじゃなかったんだ――。

「それで事態を上司に報告したんです。そうしたら――」

総務部の面々は植村を罵倒した。

「安っぽいガキになめられてんじゃねぇよ」

最後は本社に掛け合って処理するにしても、そのときにはお前のクビが飛ぶのを覚悟しておけと言われた。

「なんとかするのが工場長だろうが」

結局、自分で処理するしかなくなった。

「そうすると慣れていくんです。なんにも考えないように心がけました。クレーム対応費用として本社から金が貰《もら》えることもありましたから。三人目の犠牲を出したくなければばという文言を見たとき、冷たい水に顔を突っ込まれたような気がしました。あんなやつらにいつまでも金を払い続けたから。もっと手前でちゃんと対応しなかったから。犯人をつけあがらせてしまった責任はうちにあると思った。でも会社は対応を拒絶した。それで木部さんに電話をしたんです。もうなんにも考えられなくなっていたから」

もうなんにも考えられなくなっていたから――美智子はその言葉をぼんやりと聞いていた。

頭の中には秋月の言葉が浮かんでいた。あの、ブラウン管テレビの置かれた喫茶・定食の店だ。九時のニュースを聞くために店主がテレビのボリュームを上げて、折り目正しいアナウンサーがそのとき初めて森村由南の名前を読み上げた。テレビには森村由南のアパートが映っていた。古いアパートで、いつもどこか都会の片隅にあり、しかし見慣れてしまってだれも気付かない。そんな建物が強い夏の日を浴びて、乾燥しきって建っていた。

——それより、蒲田署はいま死体を一つ抱えていてね。

あのとき、秋月はそう言った。

金の縫い取りをしたジャンパーっていうから、オラついているチンピラだろう。蒲田で死んだ、オラついているチンピラ——。

「金を取りに来たのは、金の縫い取りのあるジャンパーを着た小男なんですね」

工場長は頷《うなず》いた。

「ええ。そうです。そのあと二回、金を取りに現れました。もう一年は前になります。でもよく覚えています。ものすごい猫背でブランコに座っているんですよ、意地の悪い目を上目づかいにしてこっちを見る。するとこぶでも作ったように頭が歪んでいるのがわかる。まるで歪んだ頭を見せびらかすみたいに、丸刈りにしていた。貧相な胸板をしていてね」

焼けるような夕日が落ちると、闇《やみ》が満ちてきて、外灯が瞬《またた》いて点灯した。工場長を横に、美智子は鞄《かばん》から携帯を取り出すと、秋月薫を呼び出した。

「蒲田署に、身許はわかったが犯人の目星がつかない死体があるって言っていたわよね。痩《や》せた、金色の縫い取りをしたジャンパーを着た男。その男、ものすごい猫背で、こぶでも作ったように頭が歪んでなかった？」

秋月は虚を衝《つ》かれたように一瞬間を空けた。

「——山東海人の情報を持っているのか」

「工場長はサンエイが恐喝されていたころ、糀谷の公園に現金を取りに来た男の様子を、ドクロのペンダントを下げて、暴走族風のジャンパーを着ていたと言っている」

もし六郷の河原で殺されていた男がサンエイ恐喝の実行犯なら、サンエイの実行犯の動きが摑《つか》めないのはすでに死んでいるからだ。

「サンエイの工場長に蒲田の死体の写真を見せてみて」


その死体は蒲田署では「かおなし」と呼ばれていた。顔が潰《つぶ》されていたから、かおなし。蒲田署で、植村誠工場長はそのかおなしの写真を見た。

顔は鉄球を食らったみたいに丸くへこんでいた。頭蓋骨《ずがいこつ》も割れているが、死因は窒息だ。鼻と口を砕かれて呼吸が出来なくなったのだという。打撲により口蓋部分は砕けていた。工場長は顔を背けることもなくその写真を丹念に見つめた。うつ伏せにして撮った写真では、後頭部は、形の悪いジャガイモのように左が膨らんでいた。

工場長はそれに見入った。それからある一瞬で記憶が像を結んだように、顔を強張らせた。

「この頭だ。糀谷の公園に現金を受取りに来たのは、この男です」

工場長はその目に、ドクロのペンダントを胸にぶら下げてそこに座る男を見ているようだった。


美智子は階段を駆け下りながら浜口の携帯を鳴らした。浜口は蒲田署生活安全課にコネがある。所轄《しょかつ》の殺人事件なら捜査は署を挙げて行なっている。情報は生活安全課にも上がっているはずだ。

電話が繋がり、浜口の「はい」と言う声が聞こえると同時に、美智子は言った。

「蒲田署に、山東海人という男の死体があるの。その死体が、中野連続殺害事件に関わりがある。浜口さん、知り合いのその刑事に電話をして、山東海人の発見時の状況を聞き出せないかしら。いまだったら、うまくすれば山東海人が中野事件と関わりがあることをまだ知らない。事態が伝わったら喋《しゃべ》らなくなる」

殺害時の詳しい状況は捜査機密だ。時間は夜の十一時過ぎ——美智子はいま走り出た蒲田署を見上げた。

「聞き出すならいましかない」

浜口は「わかった」と言う間も惜しんで電話を切った。

美智子はその手で中川に電話をした。

「いまどこ」

「まだ会社ですよ」

「十六日に蒲田で起きた殺人事件、被害者氏名、山東海人。すぐに情報を集めてほしいの。工場長が蒲田署に保管されていた死体の写真を見て、サンエイ恐喝の実行犯だと確認した。いま浜口さんにも知らせた。彼は蒲田署に知り合いがいるから、うまくしたら情報が取れるかもしれない」

中川は一言も言葉を挟まずに聞き届けた。

「警察がわんわんやってきた事件なら、今どきだれかがなにか発信してますから。十六日ですね——」カタカタと音がするから、検索しているのだろう——「遺体発見十六日未明というやつですね。現場は蒲田の仲六郷、多摩川の土手。追加情報はないようです。被害者氏名は上がっていませんね。目撃者がいないか、ＳＮＳを調べてみます」

「十六日未明――それは、森村由南が殺されたあとっていうことね」

「ええ。七時間ほどあとですね。石のようなもので殺されているのを、犬の散歩をしていた通行者が発見、通報したとあります。鈍器ってことだと思います」

でも後ろからではない。前からなのだ。

「亀一に電話をした携帯はその山東海人のものだと思う。白ロムだって聞いたから。殺害したのは、おそらくその電話をいま使っている人間。犯人は、二人の女を殺害するのと並行して、仲間も殺害していたっていうことよ」

「このネタ、浜口さんと共有ってことでいいですか。真鍋さんにはぼくから伝えますか」

「ええ、全部お願い。あたしは署に戻るから」

カタカタという音が止まった。

「署に戻るって――それ、どういう意味ですか」

「工場長をつれて蒲田署に行って、ほんの数分前に工場長が確認したの。いま、署内から抜け出して電話している」

中川は一瞬言葉を飲んだ。

「――じゃ、ほやほやですか」

港区の制作会社では、浜口が電話で、生活安全課の刑事から、山東海人の殺害時の様子を聞き出していた。顔が潰れていたこと。指紋から名前が割れるのは早かったが、その後の展開がなかったこと。それから刑事は浜口に聞いた。

「でもどうしてかおなしのことを聞くのさ」

それから「あれ――なんだろ」と、呟いて言葉を切った。電話の向こうで何か別の事に気を取られたらしい。浜口は「へぇ、かおなしっていうんだ」と、むりやり刑事の注意を電話口に引き戻した。刑事はまた話しだした。

「潰されていて顔がないからかおなし。凶器は顔をちょうど潰すような大きな石なんだろうけどさ、その凶器も見つからなくてさ。とんでもない力持ちか、天から石が落ちてきたか。怪奇現象なんだよ、これが」それから内緒話でもするように声を潜める。

「刑事課じゃ、副署長が所轄で出来ますとか意地を張るからだって怒ってるのさ。意地で事件は解決できねぇよなあ、そう思わないかい？　川向こうだったら川崎署だったのにさ、川のこっちだったんだよ、だいたい、さっさと一課に任せりゃよかったん
――」またそこで言葉が切れた。

なによ、なになにと刑事が近くの誰かに訊《たず》ねる声がする。誰かの「一課が——」という言葉が聞こえて、「なによ、山東海人が？」とその刑事が周りの誰かに問いかけた。「中野事件と？」と刑事のおうむ返しに聞き直す声が続いて、誰かが「サンエイの——」と言う声が遠くで聞こえる。

しばらくして刑事が携帯を持ち直した。

「それどころじゃなくなった、かおなしが大変なことになったよ、じゃ、切るよ、またな」

浜口が聞き出した山東海人の情報は美智子を介してフロンティアに共有され、中川は、現場で動画を撮っていた男を見つけ出した。

中川は翌日、木部美智子が凱旋《がいせん》するように、フロンティアに来るものと思っていた。しかし美智子は朝一番に、電話でいろんな情報を確認しただけだった。そして、たぶん今日は寄れないと思うと告げた。何するんですかという中川の問いに、「池袋に行く」と答えて、電話は切れた。

中川からその話を聞いた真鍋は、中川に、「なんで池袋なんだよ」と聞いた。

「さぁ。なにを調べに池袋に行くんだって聞いてみましょうか？」

真鍋は、へっと笑った。

3

池袋の繁華街の片隅に、蟻《あり》の巣のように風俗店が密集している一帯がある。ここを通る人間は目的を同じくするものだから、羞恥《しゅうち》を感じることがない。そういう非日常感を作り上げている場所だ。

店がひしめきあうビルの一角に、「フラワー」がある。座間聖羅はここで、二年前にほんの一か月間勤めていた。店長を名乗る男は、「うちにまで来たマスコミはお宅だけですよ」と驚いた。美智子のシャツの汗を見て、店長は外の日差しをチラリと見やり、奥へ通してくれた。

店長は膝《ひざ》まである白いエプロンをかけて、明るく染めた髪をジェルで立ち上げている。風俗店の店長と言えば凄味《すごみ》のある男か、少なくとももっと年配の男を考えていたので、奇妙な感じだ。

「警察官は来たでしょう？」

「座間聖羅がうちにいたのはほんの一か月ですからね。来たには来たけどぼくがいない時で、女の子にいろいろ聞いて帰ったみたいですよ」

そう言うと、店長はコップに水道水を流し込むと、氷を放り込み、美智子の前に置いた。

どことなくやる気のなさそうな二十六歳の雇われ店長は、殺された座間聖羅のことを、ほかの人びとより少し詳細に記憶していた。

「このあたりじゃちょっと有名な子でしたよ、入れ替わりが早いからみんな覚えていないだけで」そう言うと、ふふっと無邪気な笑みを浮かべた。

「有名とは？」

「とにかく問題を起こすんですよ。仕事はこなしていたけど、常識がない」

店長は座間聖羅のことを、足し算、引き算が満足に出来なかったと言った。

「こういうところはそういう子、けっこういますよ。後先考えないから金もないのにホストに走る。一日が終わると誰かにちやほやされないと居たたまれないというんでしょうかね。セイラなんか、酒飲めないんですよ。それでもホストクラブに通ってましたね」

本人の写真はないかと聞くと、店長はまた、無邪気な笑みを浮かべた。「自分の写真使いませんでしたよ。別人の写真を持ってきて、自分だと言い張るんです」

店長が奥から持ってきてくれたのは、中川が持っていたのと同じ写真だった。白い歯が印象的な、人懐《なつ》っこく利発そうな若い女だ。

「この写真の子、すみれっていって、近くのキャバクラに勤めていた子なんです」

美智子は顔を上げた。

「この女性を知ってるんですか」

「だから『こぶら』のすみれちゃん」

それまで美智子は、その写真の女について、ネットから引っ張ってきたのだろうと思っていた。聖羅の生活圏内に実在する女だとは思っていなかったのだ。

「店の前にこの写真を張り出したら、一度男が怒鳴り込んできて」

男はプルプルと震えるようにして怒っていて、この女を出せと怒鳴った。この写真の女はいない。しかたなく、この女ですと座間聖羅を突き出した。別人だと判明して一件落着したが、聖羅はそれ以来その写真が使えなくなり、前後して店を辞めた。

「てっきりすみれちゃんの彼氏さんかと思ったんだけど、蓋《ふた》を開けたら妹思いの兄ちゃんだった」

「お兄さん――」

店長は頷いた。白い歯を見ると、彼が煙草《たばこ》も吸わないことが知れる。この店長、もしかしたら酒も飲まないのかもしれない。

「兄ちゃん、性風俗店の店頭に自分の妹の写真があるのを見て、ものすごい剣幕で飛び込んできたんです。セイラを見たときのぽっかーんとしたその男の顔がねぇ」店長は思い出して、笑った。

「セイラはそんな問題ばかり起こしていたから。あんな子を殺して殺人罪とか、おれ、考えらんないです」

「座間聖羅さんはどうして、このすみれって子の写真を使ったんでしょうか」

「知り合いというか。顔見知りというか」

「その程度で写真を貸したんですか？」

「無断で拝借したんでしょ。盗んだと言えば早いかも」

美智子は「なるほど」と言いながらメモを取った。

「座間聖羅はホストのことで揉めていたって聞いたんですが」

入れ揚げていたホストの取り合いになって、そのために借金を作ったという話だ。

「それもすみれ絡《がら》みだったと思う。すみれって子はセイラに親切だったんですよ。セイラはそういう親切につけ込むヒトで。っていうか、考えたらあの女、友だちがまるっきりいなくて、相手してくれるのはすみれちゃんしかいなかったのかも。それで背後霊みたいについて回るような感じ」

四角い顔をした、色の浅黒い、いかにも性欲が強そうな感じの女だったと店長は言った。安っぽいキャラクターグッズが好きで、そういうので身を固めているけれど、それがあまりに似合わないから、笑うしかない。セイラに嫌がらせする女の子は、彼女の鞄にぶら下がっているそういうキャラクターの、耳を取ったりリボンをちぎったり、目に穴を空けたりしていた。でも不思議なことにセイラは、そういうことにあまり気がつかなかった。夢見がちな少女を演出したいだけで、本当はキャラクターなんかどうでもよかったんでしょうね。何日経《た》っても、耳は取れたまま、リボンはちぎれたままでしたよ。

それから、すみれが勤めていたキャバクラを教えてくれた。

路地を二本向こうに行った「こぶら」は、まがりなりにも店舗の形をもち、目を背けたくなる猥雑《わいざつ》さはない。店長は快く出てきた。髪は黒く、髭《ひげ》もない。指輪もピアスもない。いまは風俗もはったりを利かせる業界ではないらしかった。

「ここの裏に、紫苑ってホストクラブがあるんですけど、うちのすみれがそこのタケってホストとい仲になりまして。そもそもは色恋じゃなかったんだけど、似た境遇だったとかで、売り上げを増やすためにすみれが通ってやっていたんです。それで最後は色恋。仕事終わりにすみれがそこに行くのに、あのセイラがついて行く。セイラって女はなんでもすみれを真似《まね》ていましたから。でも売れない風俗嬢で金が続かない。かけが溜まって、取り立て食らって、叩《たた》き出されて。それでも小銭握ってやって来て、すみれに嫌がらせを始めて。それで揉めたって話」

「それは取りあったって話じゃないですね」

店長は頷いた。

「タケは紫苑のナンバー三。すみれもうちで二番、三番の嬢です。セイラみたいな女に太刀打ち出来るはずがないでしょう。でもすみれがあの女と揉めたのは男のことだけじゃない。カバンでも服でも、すみれから物を借りたら返さないんです。フラワーに勤める前からです。とにかくすみれに絡みたがる。掴み合いの喧嘩《けんか》になったこともあって、そのときにはタケがセイラの胸ぐら掴んで放り投げた。すみれはいい加減頭に来てました。最後は兄ちゃんに言いつけてましたね」

「写真を使われていたことでフラワーに怒鳴り込んだお兄さん？」

店長は思い出したように笑った。

「そう。その兄貴。兄ちゃんがあの女のところに出向いて取り返してくるんです。歳《とし》の離れた兄ちゃんで。兄妹には借金があって、すみれは辞めるに辞められない。それで兄ちゃんが、妹が変な男に引っかからないように監視してましてね。すみれにすればホストと付き合っているとは口が裂けても言えない。だからタケとはこっそり付き合っていた。その最中に、風俗店の写真騒ぎがあって。兄ちゃんの剣幕に、借金返さずにホストにつぎ込んでるとはとても言えないと悟った。結局すみれはホストと自分の借金をまとめてその兄ちゃんにおっ被《かぶ》せて逃げたんです」

メモを取る手が止まった。

店長は苦笑した。

「タケはそもそもホストには向かない男なんです。女の子を手玉に取って金にするなんてことが出来ない。すみれは男気のあるところがあって、必死にタケに金を回していたんですよ。そこまでは昭和の恋の美談なんですけど、なにせ相手は平成ガールですから。その筋から取り立て食らって、兄ちゃん、真っ青になったって話です」

「いくらですか」

「三件合わせて千二百万って」

「三件とは」

「兄ちゃんとすみれの五百万と、タケの七百万」

すみれと兄は板橋のニコローンというローン会社にそれぞれ二百万、三百万円の借金があり、タケこと緒方元喜《おがたげんき》は、別の金融会社に七百万円の借金があった。すみれは渋谷のローン会社に千二百万を借り、三件の借金を清算した。その際、返済義務を兄に押しつける覚え書きを書いた。それは、千二百万を貸した金融会社の話だから間違いはないと、店長は言った。

「詳しいですね」

店長は、また笑った。

「風俗だのなんだのは街金の息がかかっている店が多いから、情報が流れてきます」

すみれの借金は、タケさえいなければ完済出来ていただろうと店長は言った。

「すみれもタケも固いやつで、だから恋愛も固いんです。すみれはこの世界から身を引くだけの目処《めど》は立っていたけど、タケがダメで。でも、だったらバイバイってことにはならない。真面目者《まじめ》の恋ですから。かと言って兄ちゃんに、ホストと付き合っているってばれたらえらいことになる。兄ちゃんは、自分をまともな世界に送り込むためにどんだけ苦労したか、それは店長なんかに話したってわからないって言われましたから。それがまたすみれの借金を作ったのが兄ちゃんなもんで、あたしがホストと付き合ってるって知ったら、兄ちゃんは自分のせいだと立ち直れないくらいショックを受けるって。でも二十歳同士の、まあ言えば恋愛に免疫がない二人の恋で。タケは客との枕《まくら》が嫌で店で揉めて。タケは金作るために、ヤバい仕事に手を出そうとしたんです。それをすみれが止めて。そういうことに手を出したら、裏の世界から抜けられなくなるからね。まあほんと、映画になりそうな純愛。すみれは、タケのことを、兄ちゃんを見てるみたいだって言ったんです。だから放っておけない。なにを考えて全額を兄ちゃんに被せたのかは知らないけど」

店長は言葉を切って考えた。

「兄ちゃんに相談したら、たぶん、タケと別れることを条件にタケの借金はなんとかしてやるって言うと思うって。それでタケは兄ちゃんに説得されて身を引くと思うって。ネックはタケがホストだってことで、でも借金があるからホストをやめられない。二人して兄ちゃんから逃げたら闇金に追われる。切羽詰まったすみれは、闇金の借金を兄ちゃんに被せることで清算して逃げた。まだ二十歳になったばかりの女の子のやることですから」それから顔を上げた。

「それにすみれの兄ちゃんは裏稼業《かぎょう》のバイト人で、金は返せるらしいんですよ」

店長いわく、タケというのは「顔がいいからホストが勤まるっていうだけのごく普通の青年が、自棄《やけ》を起こしてちょっとやさぐれた」感じというから、そもそも母性本能をくすぐるタイプなんだろう。

「兄ちゃんを見ているようだと言ったんですか」

店長は頷いた。

「兄ちゃん、窃盗に加わって捕まったことがあるらしい。それはあのフラワーのセイラが言ったんです。すみれは、あれはあたしたち家族のためにしたことだから、そこらの不良と一緒にすんなって、ものすごい剣幕で怒鳴りました。セイラが、お前の兄貴は卑怯《ひきょう》だから、仲間の名前を告げ口したんだって言って。そこでまた取っ組み合う。あんときはすみれは、本気で摑みかかった」

「座間聖羅はすみれさんのお兄さんのことを知っていたんですか」

「すみれとセイラは子供のころからの顔見知りらしいから」

「じゃ、すみれさんも板橋ですか」

「どうだったかな」

「すみれさんの本名、教えてくれませんか」

すると店長は奥に入り、しばらくして履歴書を持って出てきた。

「本名は吉沢めい、二十歳」

「どんな字か教えてもらえますか」

「芽を出すの芽と、衣装の衣」

美智子はそれを書き留めながら聞いた。

「学校はどこになっています?」

「板橋区の小学校と中学校ですね。兄ちゃんの名前はすえお。うちに来たときにはまだ未成年でしたから、兄ちゃんの名前と生年月日を書いてもらいました」

「すえおというのは——」

美智子が、どんな字ですかと聞くより早く、店長は履歴書を眼前に差し出した。

「写真撮っていいっすよ。メモとったら画像は消しといて下さい」

美智子は驚いたが、店長は恩きせがましい顔もしない。

「履歴書って、ぼくらの仕事は腐るほど溜《た》まるんですよ。辞めるとき、履歴書を返してくれと言われたことはありません。本人に秘密にする気がないのに、なんだかなーって思います」

店長の気が変わらないうちにと、素早く一枚撮った。

「キャバクラの女の子にも家族がいて、学生時代があって。履歴書見ると、そんなことを考えるんです。派手ななりして似たような化粧して、どれが誰だかわかんないような仕事してるけど、料理が上手な子もいるし、酒飲めない子もいる。性格の悪いのは辞めていくから、けっこうみんないい子ですよ。だから風俗に落ちたとかいう噂《うわさ》を聞くと、悲しいです」

吉沢芽衣は板橋区立板橋第十二小学校と第七中学校を卒業している。店長の言う通り、親の欄には記入がなく、兄の名前があるだけだ。

末男。その下に小さく、「生年月日、一九九一年五月二十日」と記入されている。

「二人の行先について心当たりは？」

「ないです」

「借金、この末男ってお兄さんが返せなかったら、どうなるんですか」

「そんな多額の借金、貸す方だって返してもらう算段がないと貸さない。駄目ならすみれが身体張って返すんでしょうよ」

「どこにいるのかわからないのに？」

「裏のやつが本気だして探すとわかるもんなんですよ」

「ということは、その末男というお兄さんが返せなかったら、この芽衣という妹が全額返済しないといけなくなるということですか」

「多分ね」

「そのときは風俗に？」

店長は、淡々と答えた。

「多分ね」

通りへと出た。頭上から日差しが照りつけている。浜口からメールが一本入っていて、長谷川透は真面目な医者だとあった。

〈妻も勤務医、娘も医大生。生活に派手なところはない。がたいのいい背の高い男で、学生時代は砲丸投げの選手。リオとツバサという子供が二人でリオが娘。一課が貼《は》りついた理由は木部さんの言う通り、金絡みの模様。もう一度、生活安全課の刑事をだまくらかしてみる。ぴーす〉

最後の「ぴーす」を読み終わるか終わらないかのときに着信があった。中川からだった。陰のある所に退避したいと思いながら電話に出る。

「山東海人はここ二か月、足の付かない拳銃《けんじゅう》を探していたそうです。値段の交渉をしたいと触れ回っていたとか。もう一件、山東海人は同じく二か月ほど前から、ある男について あちこち聞き回っていたようです。氏名はよしざわすえお。わかり次第追加情報を入れます」

美智子は立ち止まった。

「——吉沢末男？」

「ええ、そうです。渋谷署の内部情報なんですが、山東海人は、『よしざわすえおってどういうやつなんだ』って聞いていたそうです。だからその男を探していたというより、その男の評判を知りたがっていたようですね。どんな字を書くのかはわからないです」

「それはたぶん、まつの末におとこよ」

「——知っているんですか」

「いまその名前を聞いた。殺された座間聖羅の知り合いに吉沢芽衣という二十歳の女がいて、その兄が吉沢末男」

中川は一瞬黙りこんだ。

「末男って名前、そうあちこちにある名前じゃないですよ」

「吉沢兄妹は板橋の生まれ育ちで、座間聖羅とは子供のころからの知り合いらしい」

また中川が黙りこんだ。美智子は続けた。

「兄の末男は座間聖羅のことをよく知っている」

喧嘩のたびにその後始末に駆り出された吉沢末男は、座間聖羅のことをよく知っていたはずだ。そのだらしなさも。

そのとき携帯が割込通話の着信を告げた。『一課　秋月警部補』と名前が映し出されている。

「秋月さんから電話が入った。あとからかけ直す」

美智子は中川との電話を切って秋月の電話を取った。殺された山東海人が吉沢末男という男について調べていたとは、どういうことなんだろうと考えながら。

秋月はあの、沈んだ——ドスの利いた声で言った。

「二十七日に亀一製菓に送られた、あの全身の毛な。野川愛里のものだったよ」

美智子に、動画の中で涙と鼻水でグチャグチャになった女の顔が浮かんだ。

「——もしかしたら野川愛里は、もう自分が被害者なのか加害者なのか、わかってないのかもしれない」

「野川愛里が中野連続殺害事件に係わっている以上、被害者か加害者かは関係ないんだよ」

それから秋月は一息置いた。

「みっちゃん、事件には別の人間の気配を感じるって言ったよな。実は山東海人はある男のことを嗅《か》ぎ回っていた。おれ、思ったんだけど、もしかしてみっちゃん、そのことを知っていたんじゃないのか」

渋谷署の刑事に悪気はないのだろう。それでもこうやって、一課警部補がカードに使いたい男の名前が雑誌記者に洩《も》れ出てしまう。秋月はその名前が、フロンティアからあたしに洩れていることなんかまるで気付かない。

吉沢末男の名前を出して、反応をみようか。でも秋月は驚くだけで、あたしに情報を流したりしないだろう。もう、情報を共有する時期は過ぎているから。こちらから名前を出すのは警戒させるだけだ。

「前にも言ったでしょ、あたしは隠し立てなんかしない。確かに、どこかで主犯が入れ替わったんじゃないかって思った。でもそれは、声が似ているとか違っているとか、筆跡が似ているとか違っているとか論じるのと同じレベルで、根拠はないの。ただそう感じただけよ」

それから聞いた。

「その男ってだれ？」

「捜査機密だ」

秋月は颯爽《さっそう》とそう答えると、電話を切った。

秋月には、吉沢末男は「山東海人が調べていた男」としかわかっていない。たぶん。

美智子はスマホの中から、さっき撮影した吉沢芽衣の履歴書の画像を呼び出した。

吉沢末男は二十七歳。森村由南と同い歳だ。

そして座間聖羅を加えた三人とも、板橋で暮らしていたのだ。

野川愛里には板橋との関わりは見いだせない。

山東海人は十六日未明に死体になったあと、蒲田署が捜査をしている。もし山東海人が中野事件の二人の被害者と接点があれば、情報はピックアップされているはずだ。

つまり野川愛里も山東海人も、被害者二人とは関わりがなかったということだ。

山東海人が吉沢末男のことを調べ始めたというのが二か月前。言い換えれば山東海人は吉沢末男のことを、二か月前まであまりよく知らなかったということだ。そしてそれは、吉沢末男が千二百万円の借金を背負ったころと一致する。

照りつける太陽の光の下、美智子は電信柱の隣で動けなくなっていた。

——当てたのかもしれない。

中川に電話をかけ直した。

「さっきの話の続きだけど、聞かれた人はその吉沢末男について、どんな男だと答えたの」

「入り用ですか？」

「根拠はないけど」

「わかりました。集めてみます」

「この情報についてまだ真鍋さんには伏せておいてほしいの」

「浜口さんにも伏せますか」

「そう。これはまだ、あたしと中川くんだけで止めて欲しいの。それから」

美智子は考えながら言葉を足した。

「吉沢末男は、高校生のときに集団窃盗に参加して捕まっている。地元の新聞には載ったかもしれない。一九九一年生まれだから、二〇〇六年から二〇〇九年の間に起こった事件よ。少年犯罪なら弁護士がついているはず。そのときの弁護士、わからないかしら」

中川は耳を澄ませていた。

「事件を特定できたら、うちの顧問弁護士に調べるように頼んでみます。でもそうなると真鍋さんに伏せておくわけにはいきませんよ」

「わかってる」

電話を切ったあと、美智子は心の中で繰り返し考えた。

——クソみたいな女でも、命は命なんだろ。

——脳味噌《のうみそ》はウサギぐらいしかないんだ。

犯人は、売春する女——いわゆる商売女を心底憎んでいた。しかしそこには、秋月が言ったような、汚いものとして嫌うというのではなく、憎しみとも憐憫《れんびん》とも取れるものが漂っている。それはあの「こぶら」の店長にも見られたことだ。

犯人は、そういう女たちのことをよく知っているのだ。

——でもすみれがあの女と揉《も》めたのは男のことだけじゃない。カバンでも服でも、すみれから物を借りたら返さないんです。……最後は兄ちゃんに言いつけてましたね。

自転車が鼻先をすり抜けて、吉沢芽衣の履歴書を映し出した液晶にぽたりと汗が落ちる。

吉沢末男と座間聖羅の関係は、おそらく誰もつかんでいない。

美智子はメモにある「ニコローン」という文字を見つめた。

しかし美智子が「当てた」と思ったとき、事件は脱皮するように新たな局面へと突き進んでいた。

発生から十六日目、七月三十日。

浜口が作る午後九時のニュースでは、霜降りの肉から脂身《あぶらみ》を切り取るように繊細かつ巧妙に、二人が風俗嬢もしくは売春婦だったことに触れるのを避けながら、コメンテーターは、今にも道行く女性が犠牲になる可能性があるかのように話を進めていた。

「女性が弱者であること、社会のしわ寄せは女性と子供にくるということをこれほど明瞭《めいりょう》明確に提示した事件はないんじゃないでしょうか。このような極悪非道な犯罪をみることはめったにありません。これは社会への挑戦であります。これはわれわれ全員に向けられた悪意です」

アナウンサーはそう、有らん限りの力を込めた。

ニュースが始まって四十分、取材ビデオが流されて、短い爪を赤と黒の交互に塗った女が座間聖羅のことを、「なんか、年寄りのこと好きとか言っていたことはありました」と言う、その加工された甘ったるい声が流れていたときだ。

突然、テレビに流れていたテープ画像が、切れた。

代わりに映し出されたスタジオは騒然としていた。

アナウンサーは耳に入った小さなイヤフォンを指で押さえ込んで目を泳がせていた。コメンテーターのだれもカメラなんか見ていなかった。みながカメラの足元を恐ろしそうに見つめている。

青ざめたアナウンサーが、意を決したようにカメラに目を上げた。

「ただいま、中野連続殺害事件の犯人から報道局に電話が入っているということです。

ただいま、犯人からの電話が入っており――犯人を名乗る男は、スタジオに電話を繋《つな》ぐことを要求しているということで、いまからスタジオに繋ぐということです」

スタジオは静まり返った。

若いアナウンサーがうわずった声でもしもしと呼びかける。

声は前置きなしに聞こえた。

「死んだ女たちのことをちゃんと報道しろや」

若い男の声がスタジオに流れた。

それは怒気を含んだ鋭い声だった。

「あんな女はゴミ。動物以下。ヤリたいだけヤって、子供ができたのにも気付かないし。堕《お》ろす金もないし、知恵も回らない。手遅れになって産んだら、死ねやって小突き回して育てるのさ。行方不明になってくれないか、事故で死んで賠償金でも取れないかって。あいつらがガキ作るのは、国からの金欲しさだから。だから死んでもそれを知らせずに金もらい続けるんだから。

そういうのは恥ずかしいことじゃないんだろ、明るい、一生懸命働いている母親だっていうんだろ、悪いのは社会で、女じゃないんだろ、だったらそのまま報道しろよ」

スタジオが凍りついた。

「もう金なんかいらねぇ、死んだ女のことをちゃんと報道したら金なんかいらねぇ。女も放してやる」

男がそう言った時、誰もが身じろぎ一つせず、音もなく、まるで静止画を流しているようだった。

やがてアナウンサーの声がぎこちなく落ちた。

「動画の撮影をしたのはあなたですか」

インターカムで上からの指示が飛んでいるのだろう、アナウンサーは聞き逃すまいとするようになおも耳のイヤフォンを指で深く押さえ込み、小さく頷いた。目を泳がせて顔を上げると、しっかりとした口調を取り戻して続けた。

「女性は無事ですか」

その言葉に、男が含み笑いをしたような気がした。

「心配なんかしてないだろ？」

電話の男は、ゆっくりと言った。

「座間聖羅には結婚歴なんかないし、サンエイの工場長は事件を隠していたんじゃなくて、上が握り潰したんだ。野川愛里はあんまり男に相手にされないから、金取って男に相手にしてもらうことを覚えたのさ。どんなに苛《いじ》められたって、苛められてるって自覚がない、本物のバカ。本当は興味もないくせに一席ぶちたいやつばっかり雁首《がんくび》並べて」

この声は、亀一に電話をかけた男の声だ。若い、どことなく抑制の効いた、そのくせ躍動感のある声。美智子は息を止めてその声に聞き入った。

——金もらって男の前で裸になれるゲスの売春婦は、金摑ませたら人さまの前で裸で泣くんだよ。本物のゲスだからな。それでもお前ら、かわいそうだと言うんだよな。殺したやつが憎いんだよな。本気でそう思ってるんなら、二億ぐらいの寄付は集まるよな。相手がゲスの売春婦でもな。

美智子は携帯を摑んだ。いま画面で犯人からの電話に対応しているのは、浜口が愚痴を言っていた「笑顔に厭味《いやみ》がないだけの青い新キャスター」だ。浜口の電話を鳴らしたものの、彼がいま電話を取るとは思わなかった。しかし浜口は電話を取った。

美智子は画面を睨《にら》み付けたままだ。

「いま見てる」

「——えらいことになったよ」

「どういう経緯」

「報道局にかかってきた。警察には通報したが、我々にはほぼ、選択の余地はなかった。犯人は、おれの要求を飲まずに明日どこかで女が死んでいたら、だれもおたくを擁護しないだろうなと脅迫したそうだ。曰《いわ》く、この会話は録音している。いまからかっきり三十秒以内に繋がなきゃ、この録音テープを別のマスコミに送る。あんたたちは三人目の殺害に加担したって言われるだろうよ——と。報道局は警察に詳細な状況を説明する時間もなかった。せめてアナウンサーに説明する時間をくれと言ったら、あと十八秒だと言われたんだと」

「なんで疋田乙一のTBTじゃなかったの」

「わからん」

「たぶん警察が張り込んでいるからね」

「いま一課がうちの局に走り込んでいる」

——世間さまは心臓の病気で死にそうなガキのために二億円の寄付をするんだろ。ベッドに寝たきりで親の顔もわからない赤ん坊でも生きるべき命なんだろ。命にえり好みはしないよな。同じようにかわいそうなんだよな。いや、かわいそうでなくても、命だから同じ価値なんだよな。だったらお前らはゲスの売女《ばいた》にも二億円の寄付をしろよ。

「お前らのきれいごとは聞き飽きた。これから報道をゆっくり確認させてもらうよ」

　そうやって電話は切られた。

　しばらく、痺《しび》れたようだった。

「電話番号は？」と美智子は聞いた。

「携帯。あの白ロムだと思う」

「番号がわかっているのね」

「でも割り出せるのは基地局までだ。メガバイトが小さくて、十キロ程度の範囲までしか絞り込めないらしい。いま警察がやっているよ」

「ガラケーってことね」

　美智子は不意に笑った。

「なんなんだよ」

「本物の愉快犯だったりして」

「そう思うか」

　美智子は右往左往するスタジオを見つめた。

「思わない。あの声は犯人よ」

　今日の犯人はいつになく多弁だ。そして軽やかで鮮やかだ。

「俺たちになにを報道しろっていうんだ」と浜口が呟《つぶや》いた。

4

板橋は高低差の多い土地だ。中山道沿いに位置し、千住《せんじゅ》、内藤新宿、品川と並び江戸四宿の一つとして栄えた。古くからある町の宿命として、細い道が迷路のように伸びている。もともとは湿地が広がる、将軍家の鷹場《たかば》だった土地だ。鉄道網の発達により街道としての賑《にぎ》わいを失っていた板橋は、追い打ちをかけるように大火に見舞われ、宿のほとんどを焼失、再起をかけて一帯を遊廓《ゆうかく》に作り替えたが、結局宿場町としての機能を失った地は廃《すた》れていく。そこに敗戦で戻ってきた人びとが流れ込んだ。

終戦からのち長い間、谷の底にあたる場所にはバラックがひしめき合っていた。車はおろか自転車さえ通れない細い道や階段が現れては消え、消えては現れる。火がつくと野火のように燃え広がるしかない街並みだった。それが全《すべ》て建て替えられたのはほんの十数年前だ。バラックが建っていた場所には代わりに真新しい小さな家が建ち並んだ。

そうやって危険地区に該当する奥地、窪地《くぼち》には行政が建て直した画一的な新しい家が並んだが、それ以外の地帯はいまでも時が止まったようだ。車がゆっくり走れる平たい道沿いには、壁が朽ちている家、蔦《つた》で覆《おお》われている家。屋根の上には古いテレビアンテナが立ち並び、街全体がまるで古い写真の中にあるようだ。

少し入ると、向こうから車が来ればどちらかが暫《しばら》くバックするしかないような一本道だった。そこでは子供が遊び、猫が侵入者を睨んでいる。ガレージに車が停まっているから、車が通行可能であるとわかるような路地もある。そういう路地の先にある道は獣道のようで、草が生い茂り、その先に古いアパートが建っていたりする。

吉沢芽衣の家は古いアパートだった。表札は出ていない。ドアベルもない。ノックをしたが返答はなかった。電気メーターが杭《くい》を立てるように並んでいて、それがゆっくりと回っているので空き家ではないことがわかる。

アパートの前には小さな公園があった。砂場とブランコとベンチと滑り台と、バネで揺れる動物の乗り物が三台。ブランコの座板は黒ずんで、下の土はえぐれていた。ベンチの木は端が朽ちて、もともとは明るい若草色だったのだろう、色が褪《さ》めた滑り台が、象の鼻を小さな砂場に向かって垂らしている。使い込まれた古い公園だ。

アパートの階段は茶色く錆《さ》びて、一足ごとにギシギシと音を立てた。

階下から、不審げにこちらの気配を窺《うかが》っている中年の女性がいたので、美智子は声をかけた。

「ここの二階に吉沢さんって方が住んでると聞いたんですけど、お留守ですかね」

女は胡乱《うろん》な目をして美智子を見ていたが、立ち去るでもない。美智子が降りて行き、フロンティアの名刺を渡すと、みるみるその顔を晴れやかにした。

「吉沢さんなら随分前に越したよ。越したっていうか、いなくなっちまったみたいで。息子と娘が住んでたけど、その二人もここ二か月ほど見かけない」

その女には「吉沢さん」と言えば母親のことなのだろう。

「吉沢さんがいなくなったのはいつのことですか?」

「九年ぐらい前じゃないかい」

一見して人柄が良いようには見えない。取材対象としては適正だった。慮《おもんぱか》らず、下世話であり、正直だ。

「母親だけですか」

「そう。あのときは兄ちゃんが十八歳で妹はまだ十一歳」

「お父さんは?」

女はなにを言うでもなく鼻で笑った。

「お兄さんというのは末男さんですよね」

「そう」

美智子がメモを取り出して広げると、女性の顔に輝きが走る。

「子供二人でどうやって暮らしていたんですか」

「兄ちゃんが大きかったから、なんてことはなかったよ。母親がいなくなって落ち着いたぐらいじゃないか」

「生活費だけ送っていたんですか？」

女は笑って首を振った。

「そんなことが出来るぐらいなら出てかないよ。ずっと兄ちゃんが面倒見たんだよ。妹が生まれた時から。ご飯作ってやって、公園で遊ばせて。洗濯も掃除も、そういうことは兄ちゃんがやっていたんだよ。母親は産みっ放し」

それから声を潜めた。

「たちんぼだよ」

──たちんぼ。

女は言葉を続けた。

「森村由南ってのが殺されただろ。あの子の母親と同じ」

「森村由南さんの母親も、森村由南さんと同じ仕事だったんですか」

女はまた、笑った。

「上品だねぇ。そういうのを売春婦っていうんだよ。言葉を選んだって同じさ」

女は「売春婦」という言葉を、力を入れて、ゆっくりと言った。人の嫌がる言葉を耳に入れようとでもするように。

その悪意は彼女個人のものではないように感じた。十日ほど前からこのあたりを大きな鞄《かばん》を下げた報道の人間が歩き回っている。彼らは被害者の事情を知りつつ、知らないような顔をして取材をしている。「射殺」という言葉を使わないのと同じ。「見えているものを見えていない振りをする」発想だ。あるものをないように扱われる苛立《いらだ》ち――この痩《や》せた女が「売春婦」という言葉を強調するとき、それは、森村由南の母親や吉沢兄妹の母親に対する侮蔑《ぶべつ》でもありながら、その存在をないように振る舞う美智子たちへの苛立ちでもあるような気がする。

死んだ女たちのことをちゃんと報道しろや――女の言葉が犯人の言葉に重なった。

「商店街に行ってみな。源一って焼鳥屋。兄ちゃんはそこでなんども万引して、警察に引っ張られたんだ。近所のワルガキと組んで、あっちこっち泥棒に入ってさ。最後は勤め先のネジ工場の金を盗んでクビになったよ。妹もやっぱり風俗らしいから。カエルの子は所詮《しょせん》カエルってこと」

女の言う駅前の商店街は、異国の市場のようだった。すずらん灯が立つアーケード街は店の軒先まで商品が溢《あふ》れていて、その先頭部分には赤字で値段を書いたポップが突き刺してある。エプロン姿の店番は店内をうろうろと歩いて、路上の商品に警戒心の強い視線を投げていた。視界の端まで長く続く商店街にシャッターが閉まった店舗はほとんどない。店舗は古く軒が低くて、クレヨンで塗りつぶしたような安っぽい色彩で沸き返り、その間にパチンコ店の看板とチェーン店の真新しく小奇麗なコーヒーショップ、クリーニング店が並んで、その煌々《こうこう》とした光やてらてらした電飾が通りに一種禍々《まがまが》しい活力を与えている。

女が教えてくれた「源一」には店主がいなかった。

五百メートルほど離れたところに、路上に丸椅子《まるいす》を出してビニールの屋根を張り、公道を店舗化したような一杯飲み屋があった。店頭にはパック詰めした惣菜《そうざい》も並んでいるので、客が求めればそれで酒を飲ませるのかもしれない。クーラーを効かせているのだろう、ビニールが暖簾《のれん》のように垂れ下がっている。美智子はそのビニール暖簾を潜《くぐ》って入った。

「六丁目のアパートに住んでいる吉沢さんてご兄妹について、源一って焼鳥屋のご主人がよくご存じだと聞いてきたんですが、お留守みたいですね」

「なんだい、また留守かい。しょうがないなぁ、しょっちゅう店あけてさ、油売りに行くの」

美智子がフロンティアの名刺を見せると、飲み屋の店主は驚いた。

「へぇ。なんの用？」

店主は吉沢末男のことをよく知っていた。

生まれた時から、親がいないみたいな子だったと店主は言った。母親は水商売で、夜は仕事で昼間は寝ているから。

「いまでいうシングルマザーのはしり」

ちょうど店には客がいなかった。店主は美智子に丸椅子を勧め、吉沢末男と芽衣のことを一通り話してくれた。

「昔は、独り者の水商売の女は、客の男といろいろあったんだよ。スエの母親はそういう女だったから。源ちゃんは、聞いたってあんたたちには喋《しゃべ》んないと思うよ。スエのことを可愛《かわい》がっていたから」

「源一で何度も万引したとか」

「誰がそんなことを言ったのさ」

それから美智子の返事を待たずに呟いた。

「底意地の悪いやつっていうのはいてさ」

店主はちょっと黙り込むと、手の中で手遊《てすさ》びのように名刺をくる、くると回した。

「いろいろあったけど、でもスエはやっぱりここで買い物をするのさ。ちゃんと学校に通って、妹を学童まで迎えにいってさ。ここいらのババアもスエを大事にしたさ。性根の曲がったやつじゃないんだよ。だからあの子の悪い噂《うわさ》を聞くのは嫌だったね」

店主は改まった顔で視線を上げた。

「末男がなんかやったんですか」

「そういうんじゃないんです」

店主はほっとしたように表情を緩ませた。

客が一人、二人と入って来た。取材は仕事の邪魔をしないのが鉄則だ。美智子は最後に聞いた。

「座間聖羅とか、森村由南って名前、聞いたことありませんか」

すると、店主はだまし討ちにでもあったようにみるみる色を失った。

「知らないわけないじゃないか、ずっとテレビでやってるんだから。ここいらじゃその噂で持ちきりだよ。どういうこと、それって」そして店主は一瞬、言葉を切った。

「スエがそれと絡んでるってことかい」

珍しそうに様子を見ていた客の一人が割り込んだ。

「森村由南の母親だったら知ってるよ。北の方の団地でそこに住んでる年金暮らしの年寄り相手に稼いでたんだよ。友だちがあの団地に住んでいたから聞いた事があるんだ」

「北の団地というのは」

店主が答えた。

「北の方に平泉って集合住宅があるんです。いまは改装してよくなってるけど、一頃住む人がなくて、家賃を下げていて、スラムみたいになっているって話があって。そのこと」

平泉住宅の話をした男は「三十分五千円だったらしい」と言い、店主が「そんなのただの噂だよ」と遮ると、男はむきになった。おれの友だちはちゃんと聞いたんだから。殺された娘と五つ違いの妹の三人で住んでいたんだから。母親に頼めば、娘と二人きりにしてくれたそうだ。

美智子が「森村由南の母親というのは確かですか」と確認すると、憮然《ぶぜん》とした。他に客も入ってきたので、美智子はメモに書き留めると、店主に礼を言って店を出た。

男の話は事実だろう。年金生活者を相手に三十分で請け負うというのがいかにも露骨で、そこに、虚飾を削《そ》ぎ落とした需要と供給をみるようだ。美智子は今、人間の尊厳の底を掃き集めているような気がした。娘と二人きりにしてくれるというその意味についてはいまさら考えたくなかった。

通りに出ると、そのまま北に向かった。

外はまだ蒸せ返るような暑さだ。

ニコローンは、商店街の一角にある雑居ビルの二階にあった。

若作りの、先の尖《とが》った靴を履いた、不動産屋の営業マンのような男が対応に出た。

吉沢末男という名前を出しても、男には特に反応がなかった。

「ここの借金をすべて、妹の芽衣さんが返済したって聞いたんですが。ちょっとお話をうかがってもいいですか」

男は要領を得ない様子で、吉沢末男には長い間、よく金を貸したと言った。それから、きちんと返してくれるからいい客だったと言い加えた。

長い記者生活で学んだことは、「人は聞かれたがっている」ということだ。そしてよっぽどの事情がなければ自分の知っていることを披露する。

美智子は時間をかけて差し障《さわ》りのない質問を続け、やがてどこからか男は警戒することなく話すようになった。吉沢末男がこの街金に出入りするようになったのは、まだ十五のときだという。

「母親は生活費を借金するんですよ。だけど返済が滞って、こちらが家に出向いた。その数日後、息子が三万円、返しに来たんです。ああ、あのとき部屋の端で、おれと母ちゃんのやりとりを聞いていた子だってわかりましたよ。そのときは、母ちゃんに言われて来たんだと思っていた。その子がその後もときどき来て、いまいくら借りてますかって聞いて、数日後に返しに来る。そのときからの付き合いで」

どこから手に入れたのか、なんの金なのか、街金の男も気になり始めて、そこに──と男は美智子の座っているソファを指さした──座らせて、事情を聞いた。高校に入ったばかりの吉沢末男は、決して彼らに打ち解けなかった。そのうち彼が金を借りに来るようになり、母親の名義で都合してやった。すべて、親子三人の生活費と、妹の学費などだったと男は言った。借りては返し、借りては返し、そんな高校生を見ていると、やるせなくなったと言った。おれたちだって赤い血が流れた人間だからね。贅沢《ぜいたく》もしない、なんの落度もない子が、黙々と金を都合をするのを見続けるのは辛《つら》かったよ。

街金の男は、簡単な仕事を末男に頼むこともあった。駄賃をやるので末男は有り難がった。末男は仕事に間違いがなく、口が固かった。組織に入らないかと何度か誘ったが、その反応はどうやって金を作っているんだと聞いたときと同じで、決してその誘いには乗らなかった。暫く借りに来ないと思ったころ、窃盗に加わったと聞いた。だからやっと就職が決まったと聞いたときは、街金の男でさえ「めでたい」と思った。その末男がまた、まとまった金を借りに来た。母親が男とパチンコで借金を作ったという。ここで借りて、長い時間をかけて末男は返済を終えた。

妹の高校卒業と就職が決まり、すべてが順調に行くと思ったそのとき、末男は係わっていた自然食品の販売で、売り上げをすべて持ち逃げされた。

「うちにあったのは、その時の借金の残りでしたよ。妹は、自分ももう一人前だから返済に協力するって、就職を蹴《け》ってキャバクラ勤めを始めて。おれたちも、あいつのことだからなんとかするだろうと思っていた。だから妹の芽衣が、全額返済に来たときには、どうなっているんだって思いました。末男が母親の借金にやったのと同じ、借り換えだとすぐにピンと来たから。兄ちゃんは知ってるのかって聞いたら、『それは大丈夫』って答えて。なにが大丈夫だか知らないけど、返してくれるものを断るわけにもいかない。おれが知っているのはそこまでですよ、記者さん」

吉沢末男が千二百万円の借金をかかえ込んだのは知っているかと聞いた。街金の男は暫くして、知っていると答えた。傾いた陽の光が埃《ほこり》の溜まったブラインドから差し込んで、男の顔が陰になる。くたびれたクーラーの音がうるさかった。

「芽衣ちゃんが男と飛んで、全部末男に被《かぶ》せたんでしょ。思い出したら芽衣ちゃん、思い詰めていたけど、幸せそうだった。そのあと末男が血相変えてきたから、そのときの話をした。末男が、男が一緒だったかって聞いたから、芽衣ちゃん一人だったと言った。でも下に男が、芽衣ちゃんを待ってずっと立っていたんだ。芽衣ちゃんが降りていくと、男はじっとこの部屋を見上げていた。芽衣ちゃんは男の手を引いて、通りに歩きだしたんです。それでも男はじっとこの部屋を見上げていた。芽衣ちゃんがその手を引っ張って、男は引きずられるようにして歩きだした。芽衣ちゃんがずんずんと歩いて。おれはそのとき、そうか、芽衣ちゃんはこれから自分の人生を歩くんだなって思った。焼けるような日が照ってるのにさ、そっちに向かってまっすぐ歩くんだ。男の手を引いてさ。幸せそうだったかって末男が聞くから、おれにはそう見えたって言ったさ。最後に、どんな男だったかって聞かれてさ。中肉中背の、目が生真面目《きまじめ》な男だったよ、見上げた目しかわかんなかったけどって答えた。末男はなんにも言わなかった。黙って帰って行ったよ」

――クソみたいな女でも、命は命なんだろ。救ってやれや。

愛憎相半ばするその言葉は、妹に裏切られ、それでも妹の行く末を気にかける末男の、やり切れぬ思いかもしれない。

「山東海人っていう男は知りませんか」

「わかんないですね」

「長谷川透は」

「長谷川透？」

男は疑り深い顔をした。

美智子は待った。話し始めた人間は、だいたい最後まで話してくれるものだ。

「翼だったら」と男が言った。

「翼？」

「長谷川翼。スエが、長谷川翼の借金の明細やらなんやら、調べていたってのは聞きましたよ」

リオとツバサという子供が二人でリオが娘——あれはなんだっただろうかと美智子は記憶をまさぐった。

そうだ。ぴーすと書いて来た浜口からのメールだ。

長谷川翼は、一課が貼りついている長谷川透の息子だ。

吉沢末男が、野川愛里との関連を疑われている長谷川透の息子について調べていた――野川愛里はサンエイ事件の加害者であり、座間聖羅は中野殺人の被害者だ。ということは――。

吉沢末男は被害者と加害者の両方と繋がっているということではないのか。

美智子は掌《てのひら》に汗をかくのを感じた。

そして、山東海人は吉沢末男を調べ、吉沢末男が長谷川翼を調べている――その事実の意味することは何なのか。

「吉沢末男さんが長谷川翼という男の借金の明細を調べていたというのは、いつのことですか」

「七月に入ってなかったと思う。まだ冷房を入れてなかったから」それから男は記憶を正した。「クーラーが動かなかったんだ。それで修理を頼んだ。そのころだ」

「長谷川翼の借金っていうのは？」

「随分ありましたよ。渋谷に丸銭って街金があるんです。系列がおれんとことは違うんだけど、そこにわんさか借りて、返したり借りたりして。丸銭は女も博打《ばくち》もやってるとこだから、大学生がいい根性してんなって思いました」

「借りたり返したりの明細までわかるんですか」

「普通はわからないです。でもスエはこういう街金の取り立ても店番も一通り経験した男だから、コツは知っているし、経理みたいなこともこなす。それに、人脈があればわからないことがないのがこの業界です」

「長谷川翼とはどういう関係か聞きましたか」

男は笑った。

「スエはそういうことは言わないんです。あれの口の固さは折り紙付きですよ」

美智子は吉沢芽衣の写真を机の上に置いた。座間聖羅が自分のものだと店に出していたものだ。

「これ、末男の妹ですよ」そういうと男は頬を緩ませた。

「小さいころの芽衣さんを知っていますか」

「知ってますよ。物おじしない子で」

写真を見つめ、それからポツリと呟いた。

「スエはこの子が大事でねぇ……。ほんとは母ちゃんのことも大好きなやつで。だから母ちゃんが借金作ろうが何しようが、悪く言ったことはないと思いますよ。自分が望んでこんな境遇に生まれたわけじゃないから、人さまのこともそういう風に考えるところがあって。ここの店番を頼んだこともあるんですが、スエが金貸したやつは、催促しないでも返しに来るんです。情に触れるというのかな」

それから言葉を切る。

美智子は、慎重に聞いた。

「最近、彼の声をどこかで聞きませんでしたか」

男はただ吉沢芽衣の写真を見つめていた。陽が黄金色に変り、ブラインドの隙間《すきま》からまっすぐに差し込んで、男の後ろで輝いた。

男が顔も上げず、返事もせず、ただゆったりと腰掛けているのを見て、美智子は、直感した。

「――テレビで」

美智子はそう、言葉を重ねたが、男は身じろぎもしなかった。

「昨日の夜の九時のニュースで流れた声に聞き覚えはありませんでしたか」

男は美智子に目を上げて、職業人らしい笑みを浮かべた。

「スエは面倒に巻きこまれるようなことはしませんよ、記者さん」

あの声は吉沢末男なのだ。そうでなければ、この男は、あの声は末男ではないとはっきり言うだろう。美智子は食い下がった。

「妹にも母親にも、吉沢末男は裏切られています」

男は曖昧《あいまい》に笑ったままだ。その顔が悲しげに見えた。

「そういうことはしないです。スエは――」と男は言った。

「十七の時に窃盗団に入って、何軒もの家を襲いました。そういうスエには、芽衣ちゃんの気持ちがわかるんじゃないでしょうかね。おれはここで若い男をたくさん見てきたけど、若いやつには後先考えない勢いがあって。あんな窃盗団でハンドル握っていたのが十七歳の高校生だったっていうのは、衝撃ですよ。あの時の末男は勢いというより、単に金に困ってやったんだろうけど、でも真面目な学生が他人の家の窓を割って踏み込むんだから。そういう勢いみたいなのをスエは知っている。芽衣ちゃんは幸せになろうとしたんですよ。それは裏切りじゃなくて」

男はぷつっと言葉を切った。

美智子は不思議な気がした。生まれたときから親に代わって世話をしてくれた七つ違いの兄だ。妹を育てるために、自分の人生を犠牲にしてきた。その兄に、背負いきれない借金を被せて逃げることが、裏切りでなくてなんなのだ。

「――甘えなんですよ、たぶん」

そのとき美智子は、軽い衝撃を受けた。他人に迷惑を掛けまいと生きるより、芽衣の、幸せを摑《つか》むために迷いなく兄に借りを作るほうが、人の道として分があると言われた気がした。

通りに出ると、あたりはとっぷり暮れていた。商店街では、来たときには留守だった「源一」に灯がともり、中では店主らしい前掛けをした男が、客に混じって談笑している。頭の禿《は》げた男で、自分もコップ酒を持ち、客相手に相槌《あいづち》を打っているのが見えた。目尻《めじり》に皺《しわ》を寄せて聞くその様子は楽しげだ。人の良さそうな男だった。

——源ちゃんは聞いたってあんたたちには喋んないと思うよ。スエのこと可愛がっていたから。

源一という男なら、あの声が誰なのか、わかるだろうか。

吉沢末男は、この源一という男に、あの声が自分だと気付かれても、そして源一が悔しく悲しい思いをしてもいいと思っているのだろうか。

美智子は浜口に電話をかけた。

「長谷川透の息子の長谷川翼、本命に近い。詳しいことはあとから言うけど、本命の一人は長谷川翼よ」

「待って。人と金を動かすんだ。経緯を教えて」

いつもなら立て板に水を流すように喋る浜口が、それだけ言ってピタリと言葉を切った。

逃げられないと美智子は観念した。

「わかった。その前にフロンティアに一報を入れる。待ってて」

「わかった」

美智子は電話を切ると、その手で中川の番号をタップする。

中川はすぐに電話に出た。

「吉沢末男は、長谷川翼という男の借金の内訳や動きを調べていた。長谷川翼は一課が貼りついている医師、長谷川透の息子。殺された山東海人を含む長谷川翼、吉沢末男の三名が事件の中心にいると考えられる。そう、真鍋さんに伝えて。長谷川の情報は浜口さんからもらったものだから、浜口さんには翼が係わっていることを知らせた。その経緯を知らせてほしいと言われて、今保留にしている。このあと浜口さんに伝えるから」

神経質に聞いていた中川は、待って下さいと言った。

その場で真鍋に話しているのだと思う。

真鍋が電話を代わった。

「どういうこと」

ちょっと待って下さい、録音入れていいですかと中川の声がして、美智子は録音して答えた。真鍋の「話して」と促す声がした。

「山東海人は殺される前に、足のつかないピストルの入手を試み、同時に吉沢末男という男のことを調べていました。座間聖羅が住んでいた板橋の知人に吉沢芽衣という女がいます。その芽衣の兄が吉沢末男。吉沢末男はちょうど二か月ほど前、千二百万の借金を背負った。その吉沢末男は、長谷川翼という男の、闇金の金の出入りを調べていました。かなりの借金があったようです。山東海人と野川愛里はつるんでいて、その野川愛里の通帳に名前があったと思われるのが長谷川透です。翼はその息子。野川愛里からのラインと、長谷川透からのラインを伸ばすと、吉沢末男という交点を結ぶ。森村由南の母親と吉沢兄妹の母親は同じ売春業です。そして森村由南と吉沢末男は同い年。二人の被害者は吉沢末男のテリトリーの人間だったんです。末男の背景をもう少し調べたいんですが、長谷川翼の名前を流してくれたのが、制作会社の浜口さんなので、彼が本命だと知らせないわけにはいかない。それで、長谷川翼がキーだと一報を入れました。すると、どういう経緯だと聞かれた。それで、先にフロンティアに情報を流そうと、電話しました」

じっと聞いていた真鍋は「わかった」と一言答えた。

「大丈夫です。名前を知らせても、まだテレビでは流せない。浜口さんの制作会社とフロンティアが先行して取材が出来るというだけです」

そういう意味ではフロンティアが有利だ。テレビで流せないことでも雑誌なら書ける。

「浜口さんの情報なしでは辿《たど》り着けなかったことですから」

ぴーすと書かれたあのメールがなければ、気づかなかったことだ。

「オーケイ、いまどこ」

「板橋です」

「もどったら寄れる?」

「いまからまだ一軒、寄りたい所があります」今八時だ——「戻るのは夜中になるので今日はそちらには寄りません。明日、まとめて報告します」

真鍋は了解した。サンキュー、ご苦労と言って中川に代わった。

浜口はじりじりしながら電話を待っていることだろう。

吉沢末男の情報はまだ手放したくなかったと美智子は思う。

彼が何故《なぜ》人を裏切り続けるのか。

彼が何故二人の女が殺害される事件に関与したのか。

中川の明快な声がした。

「板橋の強盗の件ですが、それらしい事件を発見しました。二〇〇八年、板橋で連続窃盗事件が起き、十七歳から二十四歳までの男が四人、捕まっています。そのとき車を運転していたのが十七歳の未成年です。年齢から、この事件じゃないかと思われます」

――あんな窃盗団でハンドル握っていたのが十七歳の高校生だったっていうのは、衝撃ですよ。

「――そう。それよ。吉沢末男は車の運転を担当していた」

「ではこれということで、審判に立ち会った弁護士をあたってみます」

浜口から電話はかからない。彼は待っている。

浜口は、呼び出し音が鳴り始める前に電話を取った。

「あのテレビの声、吉沢末男という男だと思う」

「長谷川翼じゃないのか」

「吉沢末男の妹と、被害者座間聖羅が地元の友だち。あの、座間聖羅が自分だと言い張っていた写真、末男の妹の芽衣なのよ。殺された山東海人は吉沢末男という男のことを調べていた。そして吉沢末男は長谷川翼の金の流れを調べていた。一課が貼りついているのが長谷川透。その名前はおそらく、野川愛里の線から浮上している。野川愛里と、山東海人はそもそもグルだから。三年前からのサンエイ恐喝に係わっていたのは」美智子は一呼吸置いた。吉沢末男が係わったのはおそらく二か月前だ――「長谷川翼という男かもしれない」

自分の言葉に背筋がぞくっとした。

「――あんたいったい、いつからそれを摑んでいたんだ」

「吉沢末男の名前は、あなたの番組に犯人から電話がかかる前。でも繫がったのは今。浜口さんが、長谷川透の子供の名前をツバサとリオと教えていてくれたから、辿り着けた。だから知らせたのよ。フロンティアには知らせた。中川くん、真鍋さんとも了解済み」

浜口は、わかったよ、ありがとう、ご苦労さんと言った。

「まだよ。もう一軒行くから」

「どこへ」

「区立会館」

美智子は電話を切った。

吉沢末男が何故、極刑になるかもしれないことに係わることになったのか。

何故、女たちをあれほど罵《ののし》ったのか。

幼少期の芽衣と末男を知りたい。

商店街から二筋離れた角に、学童保育所が入っている区立会館がある。一杯飲み屋の店主が言った、末男が迎えに行った「学童」というのは学童保育所のことで、学童保育というのは、子供が家で一人きりにならないように下校後の小学生を安い料金で預かる事業のことだ。

まだ灯がついていて、窓からは、壁に貼られた色紙の工作物が見えた。どこかからのお下がりを寄せ集めたような机が端に固まっていて、フローリングにはすり切れたクッションカーペットが敷かれている。

電話を入れていたので、指導員は緊張した面持ちで待っていた。そこで芽衣の写真を見せると、身構えていた指導員の顔が綻《ほころ》んだ。

「これは吉沢芽衣ちゃんですね」

指導員の記憶では、吉沢芽衣は小学二年から五年間通い、いつもここで宿題を片づけていた。利《き》かん気でわがままなところもあったが、裏表のない性格で、喧嘩《けんか》っ早かったが子供好き。年下の子供たちにはよく勉強を教えていた。迎えは毎日兄の末男で、芽衣は、たとえ母が来ても自分を待っているようにと、末男に言い渡されていた。

兄の末男はこれといった印象のない子で、いつもちょっと会釈《えしゃく》して帰る。小さいときは手を繋いで帰って行った。そしてそこで美智子は、森村由南の五つ違いの妹も同時期にここに通っていたと知った。森村由南の妹は芽衣より二つ上だった。

美智子はもう大して驚かなかった。

当たったなら謎《なぞ》が解けるのは必然だ。全てはどこかで繋がっている。複雑な地下鉄路線がそうであるように。

核心に突き当たったのだ。

――死んだ女たちのことをちゃんと報道しろや。

――あんな女はゴミ。動物以下。

――明るい、一生懸命働いている母親だっていうんだろ、悪いのは社会で、女じゃないんだろ、だったらそのまま報道しろよ。

――もう金なんかいらねぇ、死んだ女のことをちゃんと報道したら金なんかいらねぇ。女も放してやる。

――ほんとは母ちゃんのことも大好きなやつで。だから母ちゃんが借金作ろうが何しようが、悪く言ったことはないと思いますよ。

だけどまだ、立体として像を結んでいない。

森村由南の妹が学童にいたのは半年だったが、問題行動が多かったと指導員は語った。吉沢兄妹は、森村由南の妹が起こすいざこざには係わらず、末男は芽衣の宿題の切りがつくまで隅で本を読んで待っていた。森村由南の妹は芽衣にもからんだが、末男は決して口出しをすることはなく、ただ森村由南の妹に冷たい視線を投げるだけだったという。

近所のワルガキと組んで、あっちこっち泥棒に入ってさ。最後は勤め先のネジ工場の金を盗んでクビになったよ。カエルの子は所詮カエルってこと——アパートの下にいた女は吐き捨てるようにそう言った。しかし学童保育に妹を迎えにくる吉沢末男には、駅前の商店街で万引を繰り返し、強盗の仲間に入って警察に補導された男の影はない。

美智子は兄妹が駅前の商店街で問題を起こしていたことについて、指導員にたずねた。指導員は言った。——確かに片親の、収入の不安定な家で育つ子には道徳的な問題がつきまとうことも多く、家庭では善悪の敷居もうやむやになりやすい。でも吉沢兄妹にはそういう感じはなかった。末男は物静かだが、目に力を感じる子だった。

指導員の女性は最後に少し微笑《ほほえ》んだ。

「家庭に問題がある場合、子供は明るいか暗いかのどちらかなんです。どこかに演技が入る。感情の動きが不自然になる。いろんな兆候があります。芽衣ちゃんにはそういうものはなかった。子供らしい、天真爛漫《らんまん》な女の子でした」

美智子はその朝、浅い眠りの中にいた。

夢の中では裸の、薄汚い女が鼻水を流して暴れていた。それを誰かが眺めている。その数はだんだん増えて、気がつくと女は、プロレスのリングのようなところの上で泣いていた。胸は豊満で、太股《ふともも》はむっちりと肉が付き、ヒステリーを起こした子供のように泣きわめき、言葉には一貫性がなくて何を言っているのか聞き取れない。周りで見ている人々はそれに喜ぶでも顔をしかめるでもない。どこかから、こんなことはやめてほしいと声がした。教育に悪いからやめてほしい。不愉快だからやめてほしい。

クズだからクズだからと声がする。

くずだからかねもらったらこれくらいのことはするんですよ。

手がぬっと前方に伸びて、美智子の顔面を摑もうとして、女はけたたましい奇声を上げた。

すると突然、すぐ耳のそばで、朝夕は涼しくなりましたねと場違いに品のいい声が明朗にして、目の前では女の頭から振り乱していた髪がみるみる消えた。

ほんとうに、夕方日が落ちるのが早くなりましたものねと、先の声にこたえる上品な声がして、目の前では、裸の女がもう一度美智子に手を伸ばす。

汚れた女の顔。

女の顔には髪も眉《まゆ》も睫《まつげ》毛もない。

けたたましい奇声は機械音のように研ぎ澄まされていき、美智子は目を開けた。

目を開けても音が続く。

電話だ――呼び出し音が明け方六時の静かな部屋に鳴り響いている。

美智子はゆっくりと携帯を取り上げた。

中川からだった。

中野事件、容疑者三名、確保――ぼんやりした頭に中川の声が聞こえた。

美智子はその意味を量りかねた。

「容疑者三名って――なに」

中川は手許《てもと》のメモを確認しているのだろう。

「長谷川翼と野川愛里、それから」

中川は一息置いた。

「吉沢末男ということです」

確保場所は渋谷区の長谷川翼が借りているマンション。捜査員がインターフォン越しに、家宅捜索令状が出ていることを告げると、男は動揺し、室内では大きな物音がして、通話が切れた。暫くしてさっきとは別の男がインターフォンに出て、ドアが開いた。

そこは動画に撮られていた部屋と特徴が一致し、決め手となった絵が壁に飾られていた。部屋の借り主の長谷川翼はベランダに出ており、逃走を図ろうとするように外を見回していた。

捜査員が踏み込んだとき、床には女が座っていて、その女には眉も睫毛もなく、寝起きをたたき起こされたようにぼんやりと捜査員を見ていた。

女は捜査員の呼びかけに対して野川愛里だと答えた。長谷川翼は強硬に任意同行を拒否。逮捕状を請求すると言われて同行に同意した。

ドアを開けた男はとくに手向かいをすることもなく、「吉沢末男」と名乗り、激昂《げっこう》する長谷川翼と茫然《ぼうぜん》とする野川愛里の様子を見ていた。

テレビボードの引き出しから装塡型拳銃《そうてんがたけんじゅう》マカロフを発見。弾倉には銃弾が二つ残っていた。

「本日中にも逮捕状が執行される見通しということです」

明け方の部屋で、美智子は中川の話を聞きながら、ぼんやりと座り込んでいた。

それは、サンエイに送られた頭髪が座間聖羅のものだったと言われた朝に似ていた。

すべてが突然で、すべてが急展開で、まるで安全装置が外れた遊具に乗っているようだ。

頭に浮んでいたのは商店街の、路上に溢れた原色のシャツや果物や靴。

汚れた小さな丸椅子を置いた一杯飲み屋。

夏はまだ真っ盛りで、射《さ》すような鮮明な朝日が一気に部屋の温度を上げていた。

八月一日のことだった。

# 第三章

## 1

捜査一課は極めて綿密にその論拠を構築して踏み込んでいた。

長谷川翼はその名が野川愛里の通信履歴に散見されることから、亀一製菓に初めて恐喝事案が発生した七月二十三日より、捜査本部の中にあった名前だった。

サンエイ食品恐喝事件については、工場を管轄《かんかつ》内に持つ蒲田署が先行して捜査に当たっていた。蒲田署は事情を聞こうと長谷川翼に接触を試みたが、長谷川翼は電話に出ず、署員は接触することができなかった。

野川愛里の通帳には長谷川翼の父、「ハセガワトオル」から三百万円の振込のあとがある。それに対して長谷川透は、「野川愛里からあらぬことで揺すられて、金を払った」と答えている。透は息子の翼と野川愛里の関わりについては「知らなかった」とした上で、「息子は不良少女のケアをしていたようだから、そこで知り合ったのではないか」と言った。

長谷川翼は大学のゼミで「貧困ぼくめつNPO」の活動をしており、渋谷区内で夜出歩く未成年女子を対象に復学を目的とした無料塾を運営しているメンバーでもある。父親の話には一定の説得力はあった。が、肝心の長谷川翼の所在は摑《つか》めず、父親はそれに対して「しばらく海外を放浪すると言っていた」と蒲田署に説明した。

野川愛里の通信記録には、いまなお連絡が取れない通信者が十名程度いる。その時点では長谷川翼と内村太はそういう連絡が取れない通信者の一人に過ぎなかったのだ。

サンエイ恐喝の実行犯が、六郷で死体で発見された男、山東海人であるとの情報を受け、一気に捜査は進んだ。山東海人が貧困ビジネスの使い走りをしていたことから、問題の白ロムの使用者を殺害された山東海人であると断定、そこで請求した白ロムの通信履歴に、一課は長谷川翼の番号を多数発見した。長谷川翼が、野川愛里だけでなく山東海人とも密接に連絡を取っているという事実により、長谷川翼がサンエイ事件に関わりがあると推測されたのが三日前だ。

一課は長谷川親子の追跡調査と同時に、長谷川翼のマンションの防犯カメラ映像を回収、解析し、そこに出入りする女を特定した。

野川愛里は以前に川崎署にストーカーの被害届を出している。加害者とされた男は事実無根だと訴えた。帰り道にあの女が俺の前を歩いていたことが数回あり、それによりストーカー扱いされた。それどころか野川愛里が自分に付いて来たというのが男の主張だ。——俺がコンビニに入ったら、俺を付けるみたいにコンビニに入るんです。それを、俺が付けたみたいに言うんです。

コンビニの監視カメラには男の後ろから入っていく女の姿が映っていた。女は男が出て行くのを待つようにして、その後ろを出て行った。すなわち動く野川愛里の映像である。

マンションの防犯カメラの映像と、ストーカー事案の際に提出された野川愛里の画像とを照合して、一課は同一人物との結果を得た。マンションの防犯カメラ映像の保存期間は一か月だ。それにより少なくとも六月二十九日から、野川愛里が長谷川翼のマンションをたびたび訪れていることが判明した。同時に、送りつけられた裸の女の動画に映り込んでいた絵の額が、長谷川翼がインスタグラムに「ネットオークションでゲット」と上げていたアボリジニの絵の額と一致した。

捜査本部にとって、サンエイの犯人を挙げることはすなわち中野連続殺害事件の犯人を挙げることである。拳銃《けんじゅう》を所持する犯人の確保は緊急事項でもあった。一課は慎重にかつ綿密に検討し、満を持して確保に臨んだ。

収穫は予想を遥《はる》かに上回った。

部屋には中野連続殺害事件に使われた拳銃があり、動画に映っていた観葉植物の鉢とラグがあり、絵の額も一致した。そこには野川愛里がいて長谷川翼がベランダでうろうろしていて、吉沢末男という第三の男までいたのだ。

テレビの生放送で流れた男の声は、山東海人とも、サンエイを脅迫した男のものとも違っているとサンエイの工場長は答えており、事件には、殺害された山東海人とは別に、男が二人係わっているはずだった。一人は長谷川翼と想定されていたが、その日の家宅捜索で、捜査本部は二人目と目される男まで確保したのだった。

その後も証拠品は続々と発見された。

室内にあったパソコンでは亀一製菓、TBTの住所の他、「拳銃の使い方」「マカロフの使い方」が繰り返し検索されていた。封筒に宛名《あてな》を書くのに使われたボールペン、糊《のり》、すべてに指紋が残っていて、ごみ箱からはUSBを購入したときのレシートが発見された。長谷川翼の車は、座間聖羅、森村由南が殺された時間、二人の殺害現場近くで目撃されたオレンジ色のトヨタプリウスであり、防犯カメラにもその走り去る車の映像は残っている。

その稚拙さ、無防備さは、まさにサンエイの恐喝事件の足跡そのままだった。

長谷川翼は当初、弁護士を呼んでくれと言い、自分は全く係わってないと言った。

彼は青ざめ、憔悴《しょうすい》していた。身体《からだ》には多数の打撲痕《こん》と生々しい火傷《やけど》のあとがあり、その傷は野川愛里の比ではない。そこから彼がここ三か月ほど、断続的に暴行を受けていたことがうかがえた。とくに背中の火傷は新しく、化膿《かのう》していた。背を丸め、しかし目はぎらぎらとして、飢えた野生の動物のようだ。

彼は俯《うつむ》き、虚《うつ》ろな目をして供述をした。

――ぼくは大学やゼミの仲間の顔に泥を塗ったことが本当に辛《つら》い。こんなふうに巻きこまれるとは思っていなかった。野川愛里は泊まるところがない子で、保護をしたつもりだった。吉沢末男という男は、野川愛里が連れてきた。刑事さんに聞くまで、スエオとしか知らなかった。出て行ってほしいと思ったが、彼もまた行き場がないということで、おとなしい男でもあったので、そのままにした。恥ずかしいが、脇《わき》が甘かったと思う。

刑事に傷について問われて、末男に乱暴されたと言った。おとなしい男だと思っていたが、ぼくがだらしない愛里に苛々《いらいら》して、愛里を殴った日に、吉沢末男に激しく殴られた。サンエイを恐喝していたのは野川愛里と山東海人という男で、まさか本当にやっているとは思っていなかったので、興味本位でアドバイスしたりした。

そして彼は顔を上げた。

「考えてもみてください。ぼくは就職も決まっていたんですよ。なんでそんなことに手を染める必要があったんですか」

それからまた、俯いた。

「協力しないと、家族や仲間に危害を加えると脅されたんです。それで家のものは全《すべ》て使わせました。サンエイの恐喝を手伝った経緯があったので、警察に行けなかったんです」

刑事が翼に、ギャンブルで多額の借金があったのではなかったかとたずねると、翼はその瞬間、顔から魂が抜けたようになった。

それから五分ほど黙り込んだ。

――ええ。ありました。借金がありました。身体の傷の半分はあいつらにやられたものです。

それから翼は黙秘すると言った。

野川愛里はたらたらと話し続けた。

——中野事件をやったのは長谷川翼です。

　サンエイの恐喝は三人でやりました。翼がパソコンで手紙を書いて、宛名はあたしが書きました。振込のときはあたしの口座で、受取りに行くときは山東海人っていう男が行きました。その頃は金に困っていたというより、面白がっていました。工場長って、苛《いじ》められタイプだよな——そういうの苛めるのって、気持ちがすかっとするもんなって言っていた。

翼は借金を返さないと就職できなくて、でも家族に借金のことを言うのが嫌で、それで金に困っていて、自分の妹を誘拐《ゆうかい》して親から三百万の金をせしめました。あたしの家族にも払わせようとしたけど、母親は「あんたに払う金はない」と断った。翼はサンエイにあたしの裸みたいな写真を送りました。なんでそんなものを送るんだと末男に聞かれて、「シャクにさわるから」と言い返していました。

末男が来たのは二か月ほど前だったと思います。渋谷で偶然出会って、行くところがなさそうだったので、あたしが翼のマンションにつれて行きました。

翼はあたしに暴力を振るうことが増えて、髪を切られたり、最後は身体中の毛を剃《そ》られたりしました。金を作るには仕方がないと協力しました。

裸で暴力を受ける動画を撮られたかという取調官の問いには、怒りをあらわにした。

「あそこまで蹴《け》られるとは思っていなかった。写真じゃ迫力がないから動画を撮ると言われただけで、それなのにあんなに蹴った」

高校生の頃から池袋や渋谷をうろついて、男と寝て小遣いを得ていた。それで危険な目にあったりもした。その頃に長谷川翼と知り合った。あたしも翼も金に困っていた。山東海人とは、あいつが食品にクレームをつけて金を取っていて、あたしは封筒に字を書いてちょっと金をもらっていたけど、サンエイの恐喝もネタが尽きてきていた。あたしの母親がサンエイの弁当工場でパートをしていて、家に帰るとずっと愚痴を言ってるって話に、翼が食いついた。翼はそこから内部暴露の手紙を添えることを思いつき、サンエイの六郷北工場から金をせしめることができるようになった——そんなことを愛里は言った。

就職が決まった翼は本格的に金のことを考えた。翼は、もっと大きな口をゆすると言った。

『だれをゆするのさ』

『俺の親。妹を誘拐してさ、親から金を取る。三百万ぐらいなら警察には言わない』

愛里はなんのことだかわからなかったが、翼がそう言うんならできるんだろうと考えた。『四百万にして、あたしの取り分二百万』そう言うと翼は鼻で笑った。『てめぇは十万だ』

そうやって三百万の金を手に入れた。

そのとき翼は、「口座がお前だから、疑われるのはお前。俺、中高一貫で補導歴ないから」と言ったという。

愛里は、東中野で事件が起きた日のことを鮮明に覚えていた。

――あの日は、川崎でたくさん人を殺したやつが自首して、パトカーの中で笑っているのがテレビのニュースで流れていて、へらって笑っている目が猫みたいに光っていた。翼はあたしのゲーム機を椅子《いす》の足で叩《たた》き壊したんだ。心臓病の子供の寄付のニュースが流れて、ガキに二億かよって、おれが欲しいのは二千万円ぽっちなのにって。「金がいるんだよ、この役立たずが」って怒鳴って、壁際《かべぎわ》であたしのことを蹴り倒した。そしたら末男が翼を殴った。

「そのあと翼と末男の二人は出て行ったんだな。時間は五時ごろ」

そう、秋月が聞くと、野川愛里は「そう。五時だか六時だかそのあたり」と答えた。

秋月警部補が見た野川愛里は、身体中を剃刀《かみそり》で剃られて、眉《まゆ》には薄い切り傷があり、睫毛《まつげ》は鋏《はさみ》で切られたのだろう、短い睫毛が所々残っているのが何もないより痛々しい。頭髪だけある彼女は、ホラー映画用に作られたキャラクターのようだ。顔が膨れ上がっているのは剃刀負けなのか殴られたからなのか、それともそういう顔なのかわからない。彼女は犯罪に加担した自覚がなく、寝るところと食べるものがあればそこがどこでもいいように見えた。彼女はさほど悲しんではおらず、絶望もない。こんな姿にした翼という男に対する怒りもさほどなく、そもそも、眉も睫毛もなくなった自分の姿すら、それほど哀れんでいない。

不思議なことだった。

あの動画に、みんなが胸を突かれた。その女の絶望と悲しみに、やるせない思いを抱いた。しかし当の本人は「あそこまでやられるとは思っていなかった」と、ただ身体の痛みにのみ、恨みを持っていた。

自分が見せ物になったということでなく。

木部美智子は野川愛里のことを「自分が被害者なのか加害者なのか、わかってないのかもしれない」と言った。秋月は彼女を見て、加害も被害も、彼女には同じことなんだと感じた。

加害者であるか被害者であるかは第三者には大切なことかもしれないが、彼女にはどうだっていいことなんだ。そういうことだ。

彼女は傍観者としてあの部屋にいたのだと気づいて、秋月は野川愛里の取り調べのコツを、一時を共にする客のように、興味本位の部外者として聞くことだと察知した。

「サンエイに送られた封筒に、中野で殺された座間聖羅の髪が入っていたんだけど、あれはどうやって手に入れたの」

「知らない。そういうのは翼がやっていたから。写真撮ったり、動画撮ったり、髪切ったり」

「亀一やテレビ局に電話をしたのも翼？」

「翼は、自分だっていう証拠は残さないんだよ。だからサンエイのクレームで電話したり金取りに行ったりしたのは山東海人だし。封筒の宛名とか、絶対あたしだったし。あいつは、大学生だから、証拠を残さなかったら自分のせいにならないっていつも言ってた。なんだってお前らのせいになるんだよってさ。サンエイの二百万は翼だったけど、あとの亀一やテレビ局に電話したのは末男だよ。山東海人にも聞いてみなよ。あいつだって翼にあごで使われて、むかついていたんだから」

そうやって愛里は、自分が取調室にいて、目の前にいるのが警部補だということを忘れたように、たらたらと話し続けた。

翼は、八月十二日、弁護士と会った翌日に供述を変えた。

本当のことを話します。サンエイの恐喝を主導したのはぼくです。亀一の恐喝もぼくが主導しました。亀一を選んだのは部屋に亀一のスナック菓子の空き袋があったからです。

あっさりとそう言った。

長谷川翼の人生には一見なんの問題もない。活動的な青年だ。社会情勢に興味をもち、SNSを積極的に活用してボランティアにも進んで参加していた。しかしその日、「リアルでない世界で人の意見にただひたすら賛同するうち、生活の現実感が薄れていった」と翼は語った。

――誰かがいい結果を出したらおめでとうってハートをたくさん付けた書き込みをして、誰かの誕生日にはまたおめでとうってハート付きで送って、犬が助けられたら「グッジョブ」って書き込む。「もっと相手の気持ちを考えろよ」って言うやつがいれば前後の見境なく「その通りだ」と打ち込んでリツイートを繰り返す。反応の速さが命で、ちゃんと読んでいる暇なんかない。でも読んだって読まなくたって同じ。書き出しを見ればなにが書かれているかはわかるんだ。みんな出来合いの言葉と出来合いの論理構成だから。斜め読みして持ち上げる。きれいごとを言うやつにはきれいごとで返して、きれいごとを言わないやつとは付き合わない。そうやって条件反射みたいに生活していくうち、いかに立ち回るか、自分にとって得か損か、関心事はそれだけになっていった。

秋月は犯罪者をたくさん見てきたからわかる。長谷川翼は頭の回転が速く、不誠実で、プライドが高く、心に痛みを感じない人間だ。おそらく、犯罪者の中で最も「かわいげがない」。彼のような人間は人に信用されず、最後は一人になる。その結果、野川愛里や山東海人などをマンションに引き込む羽目に陥ったのだろう。

自分の損得以外に興味がない男。

しかしこのタイプの人間にとって一番大切なものは自分であり、だから彼のような男は決して、自滅的なことはしない。ちょうどサンエイの工場を苛める程度のことだ。殺人はパッションだ。この小心者に、殺人が犯せるのか。

翼は理路整然として多弁だった。

人からの受け売りを、あたかも自分の考えや発想のようにして発信していると、自分の頭で何かを考える暇がなくなる。情報を咀嚼《そしゃく》するという習慣を失った長谷川翼は、毎日がお祭り騒ぎのようになり、ギャンブルにのめりこんでいった。

就職の内定が決まっていて、身綺麗《みぎれい》にしないとヤバいと気がついた。身辺調査で内定取り消しになるケースもあるという話が学内に流れていたからだ。

両親は医師。妹も真面目《まじめ》で頭がよい。だが翼は知力も誠実さも受け継がなかった。飽き性で、ものに情が湧《わ》かない。子犬の時はかわいくて撫《な》で回すが、成犬になると興味を失う。妹や両親が老犬になっても変わらず愛着を持ちかわいがり続けている、その感情がわからない。

そこで「明るく振る舞う」ことを身につけた。親はそれが演技であることに気付かなかった。子供が偽りの人格を演じて家族をやり過ごすなんてことは考えもしなかったんだろう。

そんなことを翼は臆面《おくめん》もなく話し続けた。

しかしそれは、犯罪者が観念してする自供とはまるで違う。秋月は彼の話を遮ることなく、話したいだけ話させた。

——妹はそもそも俺という人間に興味を持たなかった。俺を嫌っていたと思う。妹は俺に冷やかだった。だから妹を誘拐するっていうのを思いついたときには、なんだか身体がぞわっとした。

次には、行きずりの女の子を拉致《らち》監禁して、その子の家に二億円を要求することを夢想した。そんな金は当然払えないわけで、そこで「ソフトバンクに泣きつけ」とか「グーグルに泣きつけ」って言って、日頃きれいごとばかり言って金稼いでいるやつらに代りに払わせるのだ。

なんだかおもしろそうな気がした。

でも取り立て屋のやつらは、俺にそんなことができるはずがないとバカにして、いいから親に泣きついて金払えともぐさを持って追いかけ回しやがった。俺は捕まって押さえつけられて、背中に大きな灸《きゅう》をすえられた。骨まで震えるほど痛かった。

押さえつけられるってあんなに屈辱的なことだとは思わなかった。解放されたあとも俺は悔しくて腹が立って。あいつら薄ら笑いを浮かべて俺が泣き叫ぶのを見てやがった。

それで、俺にもできるということをみせないといけなかった。

愛里の髪を切ったのも、裸にして写真を撮ったのも、動画を撮ったのも俺。愛里は自分を、仲間だと思っていたから、あんな風に蹴り回されるとは思わなかったんだろ、本気でわめきやがった。おかげで臨場感が出たよ。

愛里は薄のろで小汚い。あいつはバカだから、俺にみっともないところを見られても平気だった。だれもあいつのことなんか信用しないし、なにより、あいつは俺のことをバカにしない。どんな無茶を言っても無茶を言われているとは気付かない。だから役に立つ猿がいる感じ。あいつのかあちゃんの弁当屋にクレームつけて金を脅し取るのを五十万円分ぐらいやって、まだ利用価値があるんじゃないかと思って、マンションに出入りさせたんだ。

笑えるのは、あの女は俺に相手にして欲しがっていたことだ。俺に「ただでいいよ」って言いやがった。女なんかコンパで「慶應《けいおう》です」って言ったら房についたブドウの実みたいにぞろぞろついて来るのに、なんで愛里なんか相手にするかっての。

あの女は役に立つ猿ってだけで十分。なにに役立つかと言えば、あいつはバカだから、口座を使わせたってことだ。そのころ俺は、愛里の口座を手放せなくなっていた。

なんかあっても半殺しの目にあうのはあの女だし。

それから、翼ははっきりと言った。

「でも刑事さん。俺は中野の二人殺しには係わっていない。それだけははっきりさせる。そのために洗いざらい話したんだ。二人を殺したのは、あの末男だ」

そう言って、じっと刑事を見つめた。餓鬼の目——もう逃げるところがない獰猛《どうもう》な目。

「もしあんたが二人の女を殺すとしたら、野川愛里みたいなバカ女と組みますか？二人殺して捕まったら死刑でしょう。確かに俺にはいろいろ問題はあった。追い詰められてもいた。でも人を二人も殺すようなことはしない。愛里なんかを抱えたまま二人殺したらそれは」そういうと、餓鬼の目で刑事を見据えた。

「自殺行為ですよ」

それから翼は、殺人事件が起きた、七月十五日から十六日にかけてのことを供述した。

——心臓病のガキに二億の寄付を募っていたのを覚えてる。夕方、末男が俺に暴力を振るった。俺はその日朝方まで街金の取り立て屋にいいようになぶられていたから。その上末男に殴り飛ばされて、ふらふらだった。末男はその俺の襟首を摑んで、俺の車の鍵《かぎ》を握ると、俺を助手席に放り込みやがった。

吉沢末男が運転をした。細い一般道を走って、挙げ句板橋に入り込んだ。水道タンクが見えたから間違いないんだ。どこかのアパートの前で車が停まり、あいつはそのアパートに入っていった。出てきたあと、俺を運転席に座らせて、俺の言う通りに行けって言いやがった。そのときやっと目を覚ました。寝てたんだよ。前日からほとんど眠らずに殴られ続けていたらそうなるんだよ。時計を見て、一時間経《た》ってるんだって思ったことを覚えているだけだ。言われた通り走って、着いた先はなんのことはない、柏木だった。俺はそこでアパートの前に車を停めて待っていたんだ。末男は二十分ほどで戻ってくると、すぐに車を出せって言った。それで渋谷の駅前まで行って。あいつの指示でマークシティ沿いの道に車を停めた。末男は路上を人待ち顔で眺めて。通りはいつもと同じ。汚くてごった返していた。安っぽい服を着て、安っぽい色に髪を染めて、ほんとに安っぽい人形みたいな女たちがぞろぞろと切れ目なく歩いていく。男も女も薄汚い。でき損ないばかりが谷の底にかき集められたみたいにさ。いまからどいつが身体売るんだろう——どいつでも不思議はないよな。股《また》の間が臭そうな女ばかりだ。

時間潰《つぶ》しにスマホを見ていた。それで、柏木で女が殺されたのを知ったんだ。柏木を出るときに、すれ違うようにパトカーが何台も、猛烈な勢いで走って行ったのを思い出した。それで、「女が拳銃で頭ぶち抜かれたってよ。さっきのあたりだ」——俺は末男にそう言った。そしたら末男がシャツを捲《まく》り上げて。腹とベルトの間にはピストルが挟んであったんだ。

そのとき初めて、あいつがやったことに気がついた。

あいつは「相手を本気にさせるんだ」と言った。それからあいつは車から降りるとハチ公前まで歩いて行ったよ。ぶらぶらと、何かを探しているみたいに。

末男がどういうやつだか、知らなかった。愛里が連れ込んだ男だったから。でもそれからは、あいつの仕事は早かった。翌十六日も俺に車を出させて、車を降りると一時間ほどで戻ってきて、助手席で、腹の拳銃をまた見せた。俺にどうしようがあるって言うんですか。俺はまだ、ちゃんと就職するつもりでいたんだ。人殺しなんか真っ平御免だ。でも面倒に巻きこまれるのはわかっていた。わかるだろ。俺だって、うまく金がもらえるんなら、街金の借金が返せると思った。

「でも、共犯っていうのは絶対に違う。俺は、あの日、あいつが人を殺すつもりだとは知らなかったんだから」

翼は、森村由南が殺された翌日の十六日、午後二時ごろ車を出して、末男に言われた通りに車を停め、一時間ほど待ったという。

三時ごろに停まったというその場所について、翼はよく覚えていなかった。翼の車はオレンジのプリウスで、ちょうど翼が言う時間帯に、座間聖羅のアパートの近くにある駐車場の防犯カメラに、走り去るオレンジ色のプリウスが映っている。捜査員は車を停めて待ったという場所を特定するために、そのあたりに長谷川翼を連れて行った。長谷川翼が「このあたり」と言ったのは幹線道路沿いのラーメン屋とネットカフェのそばで、「車から大きめの街路樹が見えた」と証言し、「でも断定は出来ない。ぼんやりしていたから」と付け足した。

ぼんやりしていたというのは、その日、帰ったのが午前四時だったからだという。十五日午後五時半ごろ、末男に激しく殴られて、車を運転させられ、一旦《いったん》帰ったあと、翼は一人で出て行っている。結局戻ったのは翌日早朝、四時だったというのが翼の供述だ。そして昼前に末男に叩き起こされた。その前から、翼は金融会社の取り立てに遭い、ほぼ連日暴力を受けていた。「ぼんやりしていた」という言葉に信憑性《しんぴょうせい》がないとは言えない。

しかし翼は、十六日の深夜零時から明け方四時の間の行動について言葉を濁している。それは山東海人が殺された時間でもある。

捜査員は、翼が示したラーメン屋とネットカフェが並んだ通りの左前方に、大きなポプラの街路樹を見つけた。翼は「街路樹なんかどれも同じように見える」と言い、結局車を停めた場所については断定しなかったが、その木の向かいのコンビニエンスストアの防犯カメラに、停車する車の、タイヤを含む角が映り込んでいた。映り込み始めた時間と、それが移動して消えた時間が、長谷川翼の言う、停車していた時間とほぼ一致した。

吉沢末男は痩《や》せた男だった。病的なほど暗い、粘着質な目をしている。彼は中野事件についてはなにも語らなかった。それ以外についても、ほぼなにも語らなかった。彼の沈黙は反抗、保身の類《たぐい》でなく、エネルギーの出力を絞った感じだ。

この男についてはそもそも情報がなかった。

秋月は嫌な予感がした。それは初めてこの男を見た時からつきまとっている。この目は奥になにを抱えているのか、想像がつかない目だ。深海のように深く静かな世界の奥に、死体を三つほど抱えていたって不思議じゃないし、ただ正直で繊細なだけかもしれない。

ただ一つ言えるのは、この男はなにか深い傷を持っているということだ。そして本来の自分を何層もの布で包み込んで、その端さえ見えないようにしまい込んでいる。

秋月は考える。この男からは人を殺すような獰猛さを感じない。

なんのオーラもない。

まるで無力な羊だ。

「亀一製菓およびテレビ局に電話したのはお前だよね。声紋がすべて一致したから」

秋月は資料を広げると、十歳の時から始まった商店街での万引、自転車泥棒、連続強盗、暴力団関係犯罪加担――板橋署から取り寄せた情報の一つひとつを丹念に読み上げた。

「お前は金がなくなったら事件を起こす。いままでずっとそうやってきた。今回も借金が膨らんだんだよな。だから金がいったんだよな」

末男は俯いたまま、黙っていた。

「金のためにはどんなことでもしてきたよね。借金が膨らむたび、金が入り用になるたび、犯罪に手を染めた。それがお前の生き方だ。でも千二百万の借金ともなれば手慣れたお前でもなかなか返せないよな」

検察官は主犯を吉沢末男と読んでいた。根拠は、犯歴のないものに、ピストルの入手から始まる二つの射殺事件は起こせないというものだ。事件は亀一脅迫において転機を迎えている。それを、主犯が代わったからだと考えると、野川愛里が、二か月前に吉沢末男をマンションに連れ帰ったという話と符合する。売春する女を激しく憎むその心理も、吉沢末男の家庭環境を考えると、整合性がある。

対して捜査一課は、主犯は吉沢末男という読みにまだ振り切れなかった。

長谷川翼は極めて自己中心的で、人間にあるべき情愛がなく、かつ、マンネリズムの中に自己が埋没する恐怖を潜在的に抱えている。その傾向は彼の供述にも明らかに出ている。その上、彼はかなり追いつめられていた。取り立て行為で受けた暴行は断続的で、それにより精神に異常をきたしていても不思議ではない。「秋葉原に車を突っ込んだり、刃物で手当たり次第切りつけた者のほとんどは犯罪に関わりのない生活をしていた。小心者だからこそ、後先考えずに決行するということもあるんじゃないか」――それが早乙女警部の意見だ。

吉沢末男は、エネルギーをゼロに落として俯いている。それはまるで、燃え尽きたボクサーがリングの端に腰掛けているみたいだ。

秋月は聞いた。

「ピストルはどこで手に入れたのかな」

末男はやっぱり黙っていた。

秋月は早乙女警部に、事件の実行犯についてあなたはどう思うかと聞かれたことがある。それに対して秋月は、見当がつかないと答えた。早乙女警部を前に「証拠に聞くしかない」なんてことをいうのは、釈迦《しやか》に説法というもの。それより秋月は木部美智子に聞いてみたいと思う。

八月一日、三人がサンエイ食品工場の恐喝容疑で逮捕された。そのときまでノーマークだったサンエイ恐喝がライトを浴びた瞬間だった。

逮捕から十日後、店頭に並んだフロンティアは飛ぶように売れた。

野川愛里の母親のインタビューを皮切りに、フロンティアは、サンエイ事件を、発端となったコンビニ店長の告白から掘り起こし、野川愛里の生きざまを友人のインタビューで構成した。誌面を飾ったのは野川愛里の半裸の二枚の写真、脅迫文、ガラス片をねじ込んだ鮭《さけ》弁当の写真、ATMの取引明細に記載された「ノガワアイリ」の文字。

サンエイ事件は木部美智子が持ち込んだもので、そもそもフロンティアには、載せきれないほどの情報があったわけだ。

サンエイ事件自体は軽犯罪で、いわばどこにでもある小さな穴にすぎない。その穴を踏み抜くと奥に大きな空間が広がっているとは誰も思わない。そこには蠢《うごめ》くように暮らす人たちがいて、彼らはあたかもそこに一つの生態系を持つように生活し、その様子は同質的で緊密で、蟻《あり》の巣を思わせる。下町の弁当工場の恐喝というありがちな犯罪が一か月で連続殺人へと駆け上がるその臨場感は、読む人を魅了した。

そのときまで、ジャーナリストというものは、障子に穴を空け壁に耳をそばだてて、人の醜聞を摑み、警察や同業者と駆け引きすることで成り立っているものだと思っていた秋月は、認識を新たにした。木部美智子は、自らの耳と足で稼いだものでそこにあるものの形を紡《つむ》ぎだしていた。

彼女の記事はサンエイに終始している。もっといえば、野川愛里という女を軸にした世界に限定していた。こちらの要請に沿い、彼女は山東海人の名を伏せ、さらに長谷川翼、吉沢末男については言及を避けている。それはたぶん、それ以上を書けば、想像になるからだ。

ほとんどのライターが事件を興味本位に書くときに、想像と妄想に踏み込まない記事を書けるということが、彼女の価値なんだろう。そして、だからこそ雑誌フロンティアは、発売日に重版がかかるほど売れるのだ。

美智子は人が見向きもしない、日常に散見される犯罪——迫力も魅力も特殊性もない恐喝を、その嗅覚《きゅうかく》を頼りに追跡した。

あの、木偶《でく》の坊を装《よそお》った女。木部美智子は、あたしには自我も欲望もありませんとでも言いたげだ。でも自我も欲望もない人間に、嗅覚の利《き》くはずもない。人間は、人を自分に重ねるしか、人を理解する術《すべ》がない。自分が貧弱であれば、人はみな貧弱にしか見えない。

——あの女は木偶の坊を装った食わせ者だ。たぶん自分が、木偶の坊を装った食わせ者だとばれていることも知っている。知っていながらお木偶の坊を装う、面《つら》の皮の厚さを併せ持っている。

彼女が中野連続殺人を書くとき、犯人を誰だと想定するだろうか。

容疑者が逮捕されてから、彼女はどういうわけか、われわれの捜査に関心を示さなくなった。あの女は決して興味を失うということはない。彼女がわき目も振らずに板橋に通いつめるのはなぜだろうか。

彼女にカメラとマイクをつけてみたいと秋月は思う。そうしたらどこでなにを収集しているのかわかるというものを——。

秋月は目の前に座る吉沢末男を見つめた。

「十七の時に、空き巣をやったよな。窓を叩き割り目につくものをかっさらって逃げる。事務所か、年寄りの独り暮らしの戸建てを狙《ねら》った。あの時はつらつらと喋《しゃべ》ったそうじゃないか。歳《とし》も歳だし、協力的だし、それでお前だけ保護観察だったんだよな。捕まったやつらは、空き巣で得た金で歓楽街で豪遊していた。風俗に行って女を買って。お前はそんなこともしなかった」

秋月は挑発した。

「あのとき喋ったのは、自分が主犯じゃないことを理解していたからだ。お前は仲間の名前を挙げて、自分だけ逃れた」

吉沢末男が仲間の名を挙げたのは事実だが、それにより罪を軽減されたわけではない。彼は高校に休まず通っていた。彼だけが髪を染めておらず、被害者の中に髪の黒いのに怒鳴られたり暴力を振るわれたという人間はいなかった。捕まったとき犯人グループの逃走車は吉沢末男が運転しており、車は歩行者を回避するためにハンドルを切って、結果逃走が継続不能になった。吉沢末男の行動により、彼ら犯罪グループは死亡者を出すという最悪の事態を免れた。高校の担任が頭を床に擦りつけんばかりにして頼み込んだのも大きく働いた。「吉沢末男が悪いことをしたのはわかっているが、吉沢の家は彼で持ちこたえている」担任は警察に通いつめ、彼がどのように母と妹を支えているかを訴えた。「三人を助けると思ってなんとか末男を卒業させてやってくれ」――そういう支援者がいたからこそ、彼は保護観察処分で済んだのだ。

吉沢末男はその挑発にまったく乗らなかった。しかたなく秋月は続けた。

「じゃ、なんで今回は黙っているんだ？」

もう一度挑発。

「逃げられないことをしたからだろ」

空振り。

吉沢末男はその後無事高校を卒業し、金属加工工場に就職したが、半年後、そこで手提げ金庫がなくなるという事件が起き、工場に来なくなった。

「恩を仇《あだ》で返すよね、お前も。担任の先生も泣けてきたと思うよ」

末男はぴくりとも表情を動かさない。まるで海に沈んだ貝のようだ。

八月十四日、尋問は秋月から別の取調官に委《ゆだ》ねられた。新しい取調官は、吉沢末男こそがホンボシだと信じて疑わない男だった。

「お前は母親を憎んでいた。家で客をとる母親を、心底汚らしいと思っていたんだろ。妹も結局キャバクラに勤めて、挙げ句お前に借金を被《かぶ》せて逃げた。女なんか信用ならないって憎悪《ぞうお》を募らせても、不思議じゃないよな」

しかし吉沢末男は無反応を貫いた。

その二日前、黙秘に徹していた長谷川翼が、森村由南が殺された七月十五日の夜の供述を始めていた。それにより現場検証が行なわれ、供述にほぼ破綻《はたん》がないことが証明された。

取調官は吉沢末男にその事実を告げた。

「喋らないのは、喋れることがないからだ。嘘《うそ》を積み上げたら、どこかで破綻する。そういうことを知っている人間が黙秘する。取り調べに慣れているんだろ。そういうことを知っているってことだよな。長谷川翼は洗いざらい喋っているんだよ」

吉沢末男は、長谷川翼が何を喋っているかにさえ、興味がないようだった。半眼のまま、銅像のように動かない。

「相手を本気にさせるんだ」——長谷川翼が言う、吉沢末男が犯行の動機として語ったその言葉に、事件の全《すべ》てが集約されているようにも思う。しかし、誰にも相手にされずに頭に血を上らせ続けていたのは長谷川翼であり、吉沢末男ではない。

長谷川翼は、山東海人について「ずっと会っていない」としか語っていない。最後に山東海人に会った日付について、七月の初めあたりだと思うと曖昧《あいまい》に供述した。

「山東海人はバカで、その上見た目もいかにもワルぶっていて、サンエイから大きな金をふんだくろうってときには目立ちすぎた。だからぷっつり縁を切りたかったが、あいつの白ロムが手放せなかった」——これが山東海人に対する長谷川翼の供述だ。

殺人罪での逮捕時には、野川愛里は切り離さなければならないかもしれないという見立てが上がっていた。秋月も早乙女警部も野川愛里を殺人容疑から切り離すことには異論はないが、長谷川翼と吉沢末男については、いまだ主犯を選別できない。

それは犯罪の構造がみえないということの裏返しでもあり、このままで起訴に持ち込むのは「ひどく難しい」というのが検察官の考えだった。

八月十六日、秋月に取り調べが戻ってきた。

取り調べの机の前におとなしく座る吉沢末男の姿は、初めて彼が取調室に連れてこられたときから変わらない。秋月は、どうせこいつは喋らんのだと決めてかかっていたものだから、末男が口を開いたときには夢かと思うほど驚いた。

それは話がピストルに及んだときだった。

「ピストルは山東海人から手に入れたんじゃないかと思う。詳しいことは知らない」

吉沢末男は背中を丸めたいつもの姿勢のまま、そう言った。

秋月薫だけではない。書記官、同席刑事も息を飲んだ瞬間だった。

三人の中から、山東海人について話が出たのも初めてだった。

七月十五日、森村由南の遺体が発見された三十二分後、長谷川翼の携帯から山東海人の白ロムに電話がかけられている。通話時間は約五分。山東海人側はそれが最後の通話になっている。長谷川翼はその電話について覚えがないと言い、「吉沢末男が俺の携帯を勝手に使ったんじゃないか」と言っている。

秋月は内心、末男の言葉に食らいついていたが、慎重に言葉を選んだ。

「他のことはなんで黙っているんだ?」

「俺の話を信用する刑事はいないから」

秋月は、そんなことはない、話してみろと言った。

末男は俯いたまま話し始めた。

——初めから、発覚したらお前が主犯になると言われてきた。あいつとは経歴が違うからそれは仕方がないことだ。亀一に電話をしたのは俺だし。でも二人の女を殺したのは俺じゃない。あれはテレビで頭のおかしな男が十九人を殺したって言っていた日でした。被害者の名前が放送されなくて、死んだ人の無念と生きている人の都合だったら、そりゃ生きている人の都合の方が大事なんだろうなって、そんなことを考えてた——あの日の夕方、俺は翼を殴った。それから翼を部屋から引き出した。半殺しに殴ってやるつもりだった。そうしたら翼が、良い考えがあるんだって言ったんだ。座間聖羅と森村由南のことは以前に話したことがある。住所もあいつは知っていた。その女に会いに行こうって。俺はもうどうだってよかった。翼のマンションはまともな神経じゃいられない場所で、だからって他に行くところもない。黙って車を出した。柏木の、森村由南のアパートのそばで車を停めた。車を降りた翼は二十分ほどしたら戻ってきた。それからあいつは渋谷の駅前まで行って、路上の女を物色するような目で見ていた。外国人が集団で歩いていて、そういえばこの街は、廃墟《はいきょ》を再生した近未来都市みたいだから、まるで映画のセットに入ったような気がするんだろうと思った。

歩いているやつもどこかイカれてるし——そんなことを考えていたら、柏木で女が殺されたというSNSを翼が俺に読み上げた。

末男はそこでぷつと黙り込んだ。

「その夜のことをもう少し思い出してくれるか」

「戻ったあと、俺はマンションの部屋の角《すみ》で座っていた。愛里はいつものようにテレビを見ていた。夜中の十二時ごろ、翼は一人で出て行った。理由は知らない。帰った時間も知らない」

座間聖羅が殺されたのは翌日だ。

「翌日は」

「車を出せと言われて、午後二時ごろ東中野まで行った。車を停めたのは三時前後だったと思う。翼は一時間ほど戻ってこなかった。戻ってくると前日と同じ、車をすぐに出せと言った」

秋月は胸の内で唸《うな》った。

吉沢末男の証言は、長谷川翼の証言とぴったりと一致した。それは、その事実が現実にあったということであり、創造部分がないからどこからも崩せないということでもある。そしてお互いに、自分は車を運転しただけで、やったのはあいつだと言っているのだ。

長谷川翼は、殺害以外の犯罪について、洗いざらい認めた。そして殺害の一点について、自分ではないと言っている。就職先まで決まっていた自分が、極刑覚悟の殺人事件を起こす理由はない。金なら、本当に困ったら親が払う——その言い分はもっともだ。金に困った吉沢末男が、育ちのいい男を利用して賭《か》けに出たというシナリオは、充分に説得力がある。

しかし、野川愛里は、全てを主導していたのは長谷川翼だと証言し、吉沢末男は「初めから、発覚したらお前が主犯になると言われてきた」と言っている。また、長谷川翼は「お前なんか手を使うのも勿体《もったい》ない」と野川愛里を足で蹴り回している。野川愛里の体毛を少しずつ剃り、最後は頭髪以外を全て剃るという行為も、常人にはない残虐性《ざんぎゃくせい》と慢心を表している。長谷川翼は自分を信頼する未成年女子を風俗店に送り込むという女衒《ぜげん》のような仕事をして取り立てを逃れており、そこには女に対する情は一片もない。「あんな女はゴミ。動物以下」という感覚は長谷川翼の中にも確実にある。

もし彼がやったのだとすれば、初めから全ての罪を吉沢末男に押しつけるつもりだったからと解釈することができるのだ。

仮に長谷川翼が言うように、親に出してもらう選択が可能なのであれば、押さえつけられて灸をすえられた時点で親に泣きついているはずだ。また、自分に借金があると知られた瞬間黙秘に転じ、「協力しないと、家族や仲間に危害を加える」と吉沢末男に脅されていたという前言をあっけなく作り話だと認めた、その機転——ある種の小利口さは特記すべきことだった。

吉沢末男の犯罪歴を逆手に取って、長谷川翼が仕組んだのかもしれない。

どちらにしろ、ここまで一致すると、二人がこの犯罪にあたり、二人の女を殺害するという共通の目的を持っていたとさえ考えにくかった。すなわち共謀共同正犯が成立しないということだ。

野川愛里によれば二人が会話をしたことはほとんどない。翼が末男を相手に自慢話をするだけ。野川愛里は「翼は末男の名前も知らないと思う」と言い、実際、身柄を確保した当初、長谷川翼は吉沢末男について「スエオ」としか知らず、漢字も書けなかったのだ。

秋月は吉沢末男を見つめた。

「十五日、心臓病の子供の寄付のニュースが流れていた時間、お前は長谷川翼を殴ったんだよな。半殺しにしてやろうと思った。——なぜ、そう思ったんだ」

吉沢末男は暫《しばら》く間を置いた。それから瞬《まばた》き一つせずに答えた。

「翼は女を罵《のの》しりながら殴ったり蹴ったりした。俺だって行き場がないから翼のマンションにいたけど――女を壁際まで追いつめて蹴っている翼を見ているうち、手が動いたんです」

「野川愛里をかわいそうに思ったのか」

吉沢末男はほんの少し、笑った。

「そんなんじゃないんです。あんただってあの場にいたら、同じことをしますよ」

微笑《ほほえ》みの表情を見せたのは一瞬で、あとは海の底に沈んだ貝のような様子に戻っていた。

八月十八日、秋月は、中野で女を殺したのは吉沢末男だと言っていると、長谷川翼の主張を、吉沢末男にぶつけた。

しかしそれに対しても末男は黙っていた。

「黙っていたら君の不利になるよ」

末男からはなんの反応もない。

「では認めるのか」

末男は無言を貫いた。

「一度、おれたちを信用して話してみないと事は始まらんと思うんだがな」

八月二十日。

吉沢末男は重い口を開いた。

――翼が本当に女を二人殺しているとは思わなかった。翼は中野事件を利用して犯人に成り済まし、「三人目」という言葉で亀一に吹っ掛けようとしているのだと思っていた。うまくいくとは思わなかったが、ここまできたらどうだってよかった。刑事さんが言う通り、俺は母や妹や、身持ちの悪い女に本当に苦労して、ああいう女たちを心底憎んでいた。だから亀一やテレビ局に言ったことは本心だ。座間聖羅の髪があの脅迫状に入っていたとニュースで流れて、翼は誇らしげに言った。「本気にさせてやったんだ」と。それからあいつは「全てお前がしたことになる。お前は育ちが悪いから」と俺に言った。「世間は俺とお前の、どっちの言い分を信じると思う？　俺に疑いの目が向くことはないんだよ。もし疑われるとしたら、お前。だからヘマしないようにしてね」――考えたってしかたがなかった。翼は、山東海人は消しておかないといけないと言っていました。あいつから足がつくから、と。だから拳銃は山東海人から手に入れたんだと思った。捕まったら俺に罪をなすり付けるつもりなのは初めからわかっていた。そのために俺を車に乗せたんだと思う。

秋月は、「本気にさせる」という言葉が、確実に二人のどちらかから発せられた言葉だと確信した。

どちらかが真実を言い、どちらかがそれを利用している。

「ここまできたら——とは？」

「俺も借金があった。あのマンションに二か月いて、サンエイの脅迫も知っていたし、愛里を殴る長谷川翼のことも見ていた。あいつはピストルで人を殺して、俺もその車に乗っている。どうやったら自分の身が守れるのかまるでわからない。自分には社会的な信用がないのもわかっていた。あそこで逃げても、俺は関係者として追われる。そしてあいつのいう通り、俺が主犯になって、それが嘘だとか本当だとか、誰も本気で考えない。俺が生き残る道はもうどこにもない。そういう意味です」

末男はぼんやりと話した。

「翼は取り立て屋にずっと殴られていました。日に日に痩せて、電話の音に震えるんです。彼は愛里には手を上げないやつだったんだけど、事件の前十日ほどは別人みたいになっていました」

「座間聖羅と森村由南はお前の知り合いだったんだよな」

吉沢末男は銅像のように動かない。

「そうです。この前言ったように、座間聖羅と森村由南のことは俺が翼に話しました。あいつが、薄汚い売春女知らないかって言ったから。そんな女いくらでもいる。そう言うと、そうじゃないんだ、なんかこう、苛々する、あいつみたいなゴミみたいなやつだよって、寝ている愛里をあごでしゃくった。そのときにいろんな女のことを話した。池袋で客ひいてるやつ。板橋でスナックの客に胸をはだけて家に呼び込むやつ。そのときに、座間聖羅と森村由南のことも話しました」

座間聖羅は妹の知り合いだった。事件の十日ほど前、渋谷の通りであったとき、送ってくれって言われて送った。そのときアパートを知った。森村由南は子供の頃からの知り合いで、アパートは前から知っていた。ああいう商売女を見かけたら、つけて、家を確認しておくのは、この辺りをシマにする組織と仕事するときには役に立つから。

秋月は、山東海人について消息を知らないかとたずねた。

そうして息を詰めて反応を見た。

吉沢末男は、疲れたような、生きるのに飽きたような様子のまま、答えた。

「知らないです」

「山東海人は、みんなにどう思われていた?」

「馬鹿にされていたと思います。野川愛里は山東海人のことを、タコと呼んでいました。背が低くて、歯が揃《そろ》っていなくて、言葉がはっきりしない男で、タコっていうのは、頭が大きく形が歪《いびつ》だったからだと思います。でも数回しか顔を合わせたことはないし、直接話したこともない」

「山東海人と長谷川翼の関係はどう見えた？」

吉沢末男は首を振った。

「山東海人のことはあのマンションに出入りしていた男としかわからない。野川愛里は山東海人をタコと呼んだけど、翼は、それさえ呼ばなかった。翼は、山東海人のことを、内心では怖がっていたと思う。後ろ楯《だて》がヤクザだから。だから山東海人がいないときにタコ呼ばわりしていた。でも山東海人は翼に従順で。そんな感じしかわからないです」

「山東海人に最後に会ったのはいつだ」

――野川愛里は、いつから山東海人を見ていないかと聞かれて、よく覚えていないと言った。

サンエイの弁当のクレームの頃は見かけたけど、身代金辺りからあんまり出入りしなくなった。だから四週間ほどは見ていないと思う。それが野川愛里の証言だ。

吉沢末男は暫く黙っていた。

いです」

「サンエイに野川愛里の写真を送ったときより前だけど、何日ぐらい前だか覚えてな

「一枚目は七月八日に送られている。その前ってことだな」

吉沢末男は「はい」と頷《うなず》いた。

八月二十二日、捜査本部はサンエイ食品の恐喝についての勾留《こうりゅう》期限を迎え、秋月たち一課は、亀一製菓への恐喝容疑で再度、三人の逮捕状を請求した。

陽炎《かげろう》がたつ夏の日だった。

雑誌、新聞は三人の生い立ちから生活までを洗いざらい載せた。

浜口が仕事を受けているキー局のプロデューサーは、それに物語を被《かぶ》せた。

——売春業の母親に育てられ、父親がわからない男は、幼い時から母親が部屋に男を連れ込むたびに外に追い出された。子供の時から万引、窃盗、強盗と繰り返し、男を支えようとする人々の恩をことごとく仇で返した。その借金は一千万円以上と言われる。暗い目をした神経質な男。執念深く、感情を内に溜《た》め込む性情を持ち、ヘビのように心が冷たい。

医師を両親に持ち、中高一貫校を経て有名私立大学で学ぶ二十二歳の長谷川翼は恵

まれた自分の境遇から、恵まれない少女たちに興味を持ち、彼女たちに教育の機会を与えようと活動していた。そこには少女売春の現実が広がっていた。彼はマンションを困った少女たちに提供し、そこはアジトと化した。救いの手を差し伸べようとして踏み込みすぎた青年はその闇《やみ》に呑《の》まれていく。

野川愛里は男を痴漢呼ばわりして金を巻き上げる、道義心というものが欠けた存在で、出会い系掲示板で客を探す売春婦だ。誘拐されたと狂言をうち、それでも相手にされず、やがて男に利用されつくす。彼女は殴られても蹴られてもアジトに居つづけた。

懸命に生きるシングルマザーたちを「クソ」と言い放ち、まるで野良猫でも処分するように殺していった三人は、残忍な化け物なのか社会の申し子なのか――。

プロデューサーは、すばらしいじゃないか、まるで映画か何かの予告のようだと呟《つぶや》いた。

そしてこの筋書きに沿って制作するようにと上意下達が行なわれた。

浜口の制作会社の取材班は吉沢末男の地元、板橋に入り、おもしろいほど証言を取ることができた。今はきれいに建て替えられた地にあったかつての家並みは、もう写真の中にしかない。迷路のような路地と、大人の肩幅ほどしかない角度の急な階段。

その外形は町には喜ばしい記憶ではなかった。対岸の火事という言葉があるが、かつてはそこに住んだであろう人たちでさえ、昔から対岸に身を置いていたように、卑《いや》しんだ。

人々は森村由南とその母親のことをひそひそと話し、侮蔑《ぶべつ》の表情を隠そうとはしなかった。我が身に火の粉がかからないところにいる人は辛辣《しんらつ》なものだ。取材班はその様子を見て、吉沢末男のことについても「なまの凶暴性」をインタビューできるものと信じて疑わなかった。ところが、こと吉沢末男に関しては、彼が凶暴な男だという証言が出ない。

吉沢末男について、人々はその母親のことを話して聞かせた。劣悪な環境は耳を疑うものではあったが、それだけでは吉沢末男を極悪人にするには不十分だ。取材班は商店街、中学、高校の教師、学校の友人など、手当たり次第聞き込んだが、吉沢末男の評判は、キー局プロデューサーが求めたものに合わなかった。

野川愛里を知る人々は、彼女が加害者であったために隠し立てする必要がなく、だから絵に描いたような証言が——想像の上を行く証言が、網を投げ入れるたびにずっしりとついてきた。長谷川翼について聞かれた友人は「明るい人」「正義感に燃えた人」「ムードメーカー」と口を揃え、ボランティア仲間だという学生は「飲み会で誰かが酔っぱらったら最後まで送っていくし、イベントでは後始末まで手伝ってくれました」と語り、沈痛な声色で「長谷川先輩がこんなことになるなんて信じられません。なにかの間違いだと思います」と続けた。しかし概して長谷川翼の友人たちは彼を語るとき、まるで昨今の政治事情を聞かれているみたいに棒読みだったのに対して、吉沢末男のインタビューに答えようとするものは、その顔に困惑と葛藤《かっとう》を浮かべた。

部下たちから逐次そうした連絡を受け取る浜口には、それがなぜなのか、何を意味するのかまったくわからなかった。このままでは吉沢末男について流すものがない。

浜口は自身で現場に乗り込んだ。

テレビ機材を持って歩くと、ネタを探しているライターたちが付いてくる。焼鳥屋の「源一」にはすでにレポーターがいて、そこに浜口のクルーと、それに付いてきたライターたちが合流した。うだるような暑さの中、集まった報道陣を前に、源一の店主は苛立《いらだ》ちとも困惑ともつかぬ顔で立っていた。

そして「スエは真面目なんだよ」と呟いた。

彼が言ったのはそれだけだ。

二十年以上この畑で食べている浜口はなりふり構わず片っ端から取材をかけて、帰る車中から木部美智子に電話をかけたのだ。

浜口の呼び出しを受けて美智子が制作会社に寄ったとき、浜口は悄然《しょうぜん》としていた。

「なんにも出ない」

それから美智子を恨めしそうに見た。

「吉沢末男は母親に内緒で高校に進学したそうだ。末男がどうやってその金を工面したかは中学の担任も知らない。最後に風の噂《うわさ》で聞いたのは、就職したネジ工場の金庫が消えて、末男が辞めたことだと。ちょうどそのころ母親が借金を作って蒸発している。まあ、吉沢末男が盗んだなって思うよね。それで工場の社長に当たったんだ」

浜口はじっと美智子を見つめている。

「でも社長はそうは言わない。俺を応接室に入れてくれてね。古めかしい、上等だけどすっかり年季が入っちまった応接セットだったよ。俺の顔を見てにこやかにね、吉沢くんは、物覚えのいい、よく仕事のできる子で、口数は少ないけれど、誠実な男だと言った」

それから浜口はちょっと考えた。

「商店街の人たちも、中学、高校の担任も、末男を信じていた。商店街では万引をして、中学では窃盗をして、高校では逮捕までされた。でもみんな、末男を信じているんだ。俺は思ったよ。末男の何を信じるんだ？　実際ずっと悪さをしてるんだよ。それでも彼らは言うんだ。吉沢末男はやりたくてやっているんじゃない。生きるためにやっているだけで、末男に他にどんな選択肢があるんだって」

美智子は浜口の言葉を息を詰めて聞いていた。

「金庫がなくなったのは、吉沢末男が辞める二週間ほど前のことだったそうだ。金庫がなくなると社内で、吉沢末男は前科者だとか、鑑別所帰りだとか、何度も万引で捕まっていたんだって囁《ささや》かれ始めた。翌月からぷっつりと来なくなった。そのまま、二度と現れなかったそうだ。

高校の担任が奔走してやっと決めた職場を、礼の一つも言わずに辞めた。そんな男をなんで誠実な男だと言うのかって、俺は社長に聞いたんだ。ほんとに不思議だったから。そうしたら社長はこう言ったんだ。辞める前の月に、できることはなにもかも済ませて、こっそり引き継ぎもして、先輩の従業員に借りていた六千円も返して、ありがとうございましたと頭を下げたそうだ。その先輩は、たった六千円にえらい丁寧なことをするんだなと思った。でもあれは『いままでありがとうございました』という意味だったんじゃないかって、社長に話した。金盗んで、それがばれて消えるような子が、そんな律儀なことはしないですよ、と社長は言った。彼は、ここでの仕事にちゃんと愛着を持ってくれていたとぼくは思うって」

浜口は目の前に置いた資料を、見るともなく広げた。

「末男が万引するに至る過程はちょっと泣かせるよ。吉沢末男の母親はスナックに勤めていたそうだ。あのあたりには企業の研究所が結構あって、そういうところに勤める男は風俗なんかにはいかない。水商売の女と懇《ねんご》ろになって小遣いを渡す。そういう、馴染《なじ》みを相手にするような女だった。子供が家にいられる環境じゃないから。だから、本当に小さいころから商店街を遊び場にしていたのが末男だった。人懐《なつ》っこい、おとなしい子だったそうだ。そこに二人目が生まれた。母親に分別がないもので、歳とって客も減るし、女手一つで末男だけでも大変なのに、また赤ん坊を抱えたわけだ」

「吉沢末男の家は困窮した」

「そう。スナックの女は商店街のお得意だからな。みんな事情を知ってる。紙おむつを買いにくるのも末男。ここいらのおばさんに粥《かゆ》の作り方を聞いて作って食わせて。末男はもう七つになっていたから。そんな風だったから妹も兄ちゃんを頼りにして、物心がつくと兄ちゃんが学校から帰ってくるまで商店街の店先で待っていた」

それでも商店街の人々は、積極的に手を差し伸べたわけではなかった。末男の母親が商店街の女たちから疎《うと》まれていたからだ。

「男をたぶらかすんだから。商店街の男たちだって母親のスナックに行くときはあわよくばって思っているわけで。暗くなっても帰らない吉沢兄妹に、昔の浮浪児を思い出すって年寄りは言ったそうだ。売れ残りをやるから居つくんだと、兄妹に親切にする商店主たちに当てつけをいう店主もいた。母親が家に男を連れ込むから入れないんだ」

浜口はそこで美智子に目を上げた。

「木部ちゃん、知っていたんだろ。そういう吉沢末男のことを。俺に、高校の担任と就職先の社長を当たってみろって言ったのはあんただもんな」

美智子はあの商店街を思い出す。南国のような色とりどりの、店主が鋭く目を光らせている、そこを自転車が光の矢のように通りすぎる商店街だ。そしてまるで、人の身体《からだ》に分け入るような町。迷路のような道はあたかも血管のようだった。

「妹の担任にも話を聞きに行ったよ。担任も、吉沢末男という男に対する信頼は厚くてな。それは、妹が兄をどれほど信頼していたかがわかっていたからだそうだ」

利かん気でわがままなところもあったが、裏表のない子——学童の指導員は芽衣のことをそう言った。愛嬌《あいきょう》のある明るい顔をした女だ。

「芽衣は地域のワルどもには目の敵にされていたらしい。高校のときにはいろんな嫌がらせを受けている。でも芽衣は相手にしなかった。芽衣に嫌がらせをした中に、森村由南がいるんだよ」

美智子は浜口を見つめた。

「――それは知らなかった」

浜口は笑った。

「ひでぇよな。ほんと。俺を顎《あご》で使うのは木部ちゃんくらいだよ」

「教えてよ」

「わかってるよ」そういうと、浜口はわずかに身を乗り出した。

「学校帰りの吉沢芽衣を三人の男が襲った。暴行目的だった。芽衣は暴れて叫んで通行人が駆けつけて、男の一人が捕まった。そいつが、森村由南にそそのかされたって自供した。これは吉沢芽衣の高校の担任から聞いた話だ。なんで森村由南が芽衣を敵視したのかはわからんと言っていたけど」

「学童よ」

「学童？」

「森村由南の妹と吉沢芽衣は半年間、同じ学童保育に通っていた。吉沢末男はずっと芽衣を迎えに行った」

「うん。それは俺も聞いた」

美智子は頷いた。

「ずっと兄に守られる芽衣という女を、森村由南が憎く思うっていうのはあると思う」

浜口は美智子を見据えた。「そんなもんか」

「愛されている女が憎いのは、愛されていない女の常よ。森村由南と吉沢末男は母親が同じような仕事をしている。森村由南は、そういう家の女はそうなるものだと、自分の人生に彼女なりの見切りをつけていた――それが無意識であってもね。ところが芽衣はそうじゃない。まともな親もいない、金もないのに、きちんと高校に通い、健全な友だちがいる。森村由南はそれが我慢ならなかった。彼女はそのころには子供を抱えていたはずだから。でもやっと、森村由南をターゲットにカウントした理由がわかった」

浜口はその言葉をゆっくりと咀嚼《そしゃく》した。

「末男が殺したっていうのか」

美智子は黙った。だが浜口は、美智子の思考の端を摑《つか》んだまま離さなかった。

「なんで末男なんだよ」

「吉沢末男を犯人にした画で放送するんでしょ？」

「いいかい、白黒ついたらまたシナリオは書き直されるのさ。俺は悪魔に魂売ってるから、悪者を善人にして、善玉を悪人にして放送することなんか屁《へ》とも思わない。だっていつだって掌《てのひら》を返せるんだから。俺たちはそういう仕事をしているんだから。見る方だって一時馬鹿騒ぎを楽しみたいだけ。刺激が欲しいだけなのさ。俺は視聴者の脳に酒を流し込んでいるんだ。犯人は、吉沢末男か長谷川翼のどちらかだ。どちらかが芝居を打っている。そして逃げ損ねた方は死刑なんだよ」

美智子は浜口の顔を見つめて、ゆっくりと言った。

「浜口さんは、吉沢末男に生き残ってほしいのね」

浜口の顔にぐっと力が入った。

「翼の話が本当なら、あの日車は一旦《いったん》板橋に向かっている。そのどこかで、翼の車はNシステムにひっかかっているはずだ。当然警察はそれを調べているだろう。ひっかかってないから、警察には決め手がないんだ」

吉沢末男は長谷川翼に連れられて柏木に行ったと言っている。長谷川翼は末男に連れられて、まず板橋に行ったと言っている。

「でも板橋でオレンジのプリウスの目撃証言はある。吉沢末男のアパートの近くに、見慣れないオレンジのプリウスが停まっているのを見たっていう話よ」

「うん。オレンジは白よりは少ないよな。でもその話、日付が曖昧だよな。時間だって七時から九時のいつだかはっきりしない」

「Nシステムの話、確かなの」

「板橋に向かう幹線道路には少なくとも三か所、Nシステムが設置してある」

美智子は考え込んだ。

「野川愛里の動画を見ただろ。あんな風に女をなぶりものにできる男は、ガキの頭に熱湯でもかけられるのさ」

そう、浜口は荒い口調で言い捨てた。

真鍋もそうだが浜口も、なにか美智子にはない動揺がある。浜口や真鍋の世代は、女の権利を、義務や建前でなく、本気で尊重しようとしたフェミニズム文化に浸った世代だ。意地も建前もかなぐり捨てたような今の「女性の貧困」は、彼らの若き日の理想や理念を激しく傷つける。真鍋でさえ、「文字にしてしまったらおしまいなんだ」とあとずさる。男が子供を虐待していたら、多分真鍋は「かまうことない。とことん書け」と号令をかけたと思う。女が退行していくことへの悲しみは、自分たちが慈《いつく》しんだ時代への郷愁なんじゃないのか。

強く明るい女性と、強く優しい男性が、手に手を取って未来を切り開く——それが彼らの時代の青春だったから。

そしてそんな時代の終わりに生まれた吉沢末男は、板橋の片隅で生きるためにもがき続けた。

どんなにがんばってもクズから抜け出せない。

「浜口さん。翼は板橋に行くとき、車は細い一般道を走ったって言ってる。もし末男がNシステムの場所を把握していて、それを避けていたとしたら、翼の話があながち嘘とも言えない」

「俺、わかんないんだけどさ。今回の一連の事件、いったいなんのために発生したのかってことだよ」

「事件がいつも、なにかのために起きるわけじゃないでしょ」

浜口はじっと美智子を見据えた。美智子の心の中を見透かそうとするように。

「そんなことはわかっているさ。だけどさっき言ったように、犯人は二人、動物でも殺すみたいに殺している。それは、捕まったら自分の命も取られるってことなんだよ。長谷川翼には女を二人殺すのはあまりに失うものが多い。でも睡眠不足とストレスで疲労の極にあった。口だけだろうとバカにされて腹も立てていた。翼は、バカにされると逆上する性質がある。サンエイに相手にされなかったときには、野川愛里の裸の写真を送りつけている。性情としては加虐性《かぎゃくせい》は高い。一方吉沢末男は、犯罪慣れした男で失うものは何もない。しかし突発的に何かをするってタイプじゃない。必要に迫られたときに、計画的にこなす。

俺は考えるんだ。森村由南は路上で殺された。だれが来るともわからない路上で、至近距離から一発だよな。その男はバカにされて金が返せなくて、殴られて逃げ回って自暴自棄になった翼なのか、薄汚い女たちへの憎しみと抜け出せない運命に自暴自棄になった末男なのか。風呂場《ふろば》で裸の女を見据えてその額に一発撃ち込んだ男は、どっちなんだってさ」

「——どちらの後ろ姿が見えるの」

浜口は美智子を見つめた。

「俺には、自暴自棄になった末男が見える」

それから一息置いた。

「吉沢末男が、妹とその彼氏の所在を探していたって話なんだ。母親は九年前、多額の借金を残して失踪《しっそう》してる。その借金も妹の学費も、一切を吉沢末男が賄《まかな》った。吉沢末男はもうずっと長い間、家の家計を背負っていたんだ。その果てに妹は借金を末男に押しつけてホストと飛んだ。最後の最後に、妹は兄をいとも簡単に裏切ったんだ。その絶望は十分に、商売女を殺してやろうっていう動機になる」

「じゃあプロデューサーの描いた通りでいいんじゃないの」

「理由が違う」

「結果は同じよね」それから美智子は浜口をじっと見つめた。

「浜口さんは、やったのは翼だと言いたいんでしょ。でも、聞いてると、犯人は末男だと思っている。ということは、本当は末男だと思っているけど、末男には生き残ってほしい。そういうことよね」

浜口はぐっと黙り込んだが、次の瞬間、鉛筆を机に放り出した。

「わからないの。俺には。でももうこれで犯行は起きないわけで、どちらかが犯人で終わり。あとはお遊びタイムなのよ。結果を出すのは警察で検察で裁判所で。俺たちはひとときのお話を作る。どちらかが殺人に関しては無罪で出てくるよね。その場合、長谷川翼を犯人のように作り上げて、翼が犯人でなかったら、あそこの父親が黙っちゃいない。訴えられる。そんな勢いだから。今でこそ協力しているけど、蒲田署が調べに入ったときには弁護士を立てるといったそうだ。末男を叩《たた》いてもだれもなんにも言ってこない。人権派弁護士が多少騒ぐぐらいのもんだろう。そこまで読んで、あのプロデューサーは末男を犯人とした話を組み立てていると思う」

それから浜口は、美智子に視線を戻した。

「犯行の直前に、末男が翼をめちゃくちゃに殴ったことは確かなんだ。野川愛里が苛《いじ》められているのを見て、翼を殴った。殴って殴って殴り倒した。それから翼の襟首を摑んで外に出た。写真にしろ、動画にしろ、それまでの翼の、野川愛里の扱いを腹に据えかねていた。そう読み解ける。でも殺害したのが末男なら、野川愛里のために翼を殴った男が、数時間後に、野川愛里のような立場の女をさっくりと殺害したことになる。そこに感情の繫《つな》がりを見いだすのが難しい」

浜口は言葉を続けた。

「ただ吉沢末男というのは、やるときには大きなことをやる。吹っ切ったように大きなことをするのよ。それが自暴自棄かっていうと、そうじゃない。目的のためになにかに取り組むようにも見える。するとそこには、犯罪に慣れているというより、彼をよく知る人間たちがいう、生真面目《きまじめ》という言葉がはまってくる。そういう生真面目な男だから、キレると怖いんじゃないのか。ヤワで弱いもの苛めしかできない大学生とはキレるレベルが違う」

でもねと浜口は続けた。

「森村由南は路上で殺された。ビビリもせずにさ。で、犯人が銃に慣れているかといえば、そうじゃない。使い方をネットで引いてる。恐怖を感じないっていうのは、ある意味非常識なんだ。自分の大学での課題をそのまま、汚れた金儲《もう》けに平然と利用できる、そういう厚顔さ、世間のなめっぷりは、非常識さでもあるよな。それは裏を返せば路上で一発撃てる度胸とも言える」

浜口の迷走は、一課を含めたあらゆる関係者の迷走でもある。

2

板橋はJR埼京線で、池袋を過ぎるとすぐだ。すっかり見慣れた商店街を北へ北へと歩くと、踏み切りを渡ると商店街に繋がる。それでも安っぽい商店は途切れることなく続き、アーケードから路地へと出る道が現れる。そのビルの前で、美智子は立ち止まった。

三階に「遠藤守夫《えんどうもりお》法律事務所」の文字がある。

エレベーターの前には「修理中」の貼《は》り紙があった。脇《わき》に幅の狭い階段があったのでそれを上がった。粘土の紐《ひも》を張り付けて伸ばしたような細い階段で、非常出口は見当たらない。廊下と階段には段ボールや古い椅子《いす》が置かれていた。

三階の一室に「遠藤守夫法律事務所」とプレートがかかった一室があり、ドアはすりガラスで、中に人がいるのが透けて見えた。

美智子はノックした。

すりガラスの向こうで、男が顔を上げるのがわかった。

やがてドアが開くと、そこには硬い顔をした男が立っていた。

遠藤弁護士は机の上に名刺を置くと、それをしげしげと眺めた。

『フロンティア　記者　木部美智子』と書かれている。

「お電話で予約を取らなかった非礼はお詫びいたします」

「はぁ」

古い映画に出て来る小学校教員のようだ。どちらかと言えば無防備。飾ったところのない、強いて言えば無骨者。

事務所は一人で切り盛りしているか、いても手伝いが一人程度だろう。

弁護士には守秘義務がある。未成年の事件に関する事項ならなおさら、彼らの口は固い。

「十年前、板橋で少年を含む四人組の連続窃盗事件があったと思います」

遠藤弁護士の目がぴたりと美智子に止まった。

「最年少の犯人である吉沢末男の少年審判に付添人として立ち会われましたね」

遠藤弁護士は、身じろぎもせずに美智子を見ている。

「連続窃盗事件で、総額八百万円相当の被害があった事件です。吉沢末男はこの事件で保護観察処分で終わっています。当時のことをうかがいたく、お訪ねしました」

遠藤弁護士はやっと、ほおっと胸の奥から息を吐いた。

「さすがに、フロンティアさんの記者さんともなれば、独特の迫力がありますなぁ」

関西のアクセントがある。

「お宅ですな、この記事を書いたんは」

そういうと、遠藤弁護士は、引き出しからフロンティア九月号を取り出して机の上に置いた。

「ええ。わたしです」

遠藤弁護士は感心したように首を振ると、安物らしい湯呑茶碗《ゆのみぢゃわん》に緑茶のティーバッグを入れ、ポットのボタンを押して湯を注いだ。

ティーバッグの糸がぶら下がった湯呑茶碗が二つ、ステンレスの盆で運ばれて、そのままコトンと机の上に置かれた。

「吉沢末男のことが知りたい——と電話したら、断られるのは目に見えてるから、直接乗り込んだと。なかなか度胸がある。そやけど、そんな話、できるわけがないでしょう」

「このあたりの商店街を歩き回って、彼のことを調べました。母親は売春業、父親は不明。いまでいう育児放棄で、万引、自転車泥棒などでなんども補導されたそうですね。先生の感触では、吉沢末男が二人の女を、報道されているように、売春婦憎しで殺したと思われますか？」

それから遠藤弁護士に目を向けた。

「メモは取りません。先生から聞いたとも言いません。ここで聞いたことを記事にも反映させません」

美智子がそう言うと、遠藤弁護士は怪訝《けげん》な顔をした。

「じゃ、なんのために聞くんですか」

「吉沢末男のことを知りたいんです」

少年審判は、罪を問うものではなく、その子供がどうしてそうなったのかを詰めるものだ。そこで行なわれるのは、成育状況を含めその少年の人生を箱を引っくり返すようにして並べたてる作業だ。そうして末男は保護観察処分になった。その過程を、この弁護士は全て見てきたはずだ。

遠藤弁護士は美智子を見つめた。それから時計に目を上げ、立ち上がると、机に戻り、ノートを広げた。

「三時にもう一度来てもらえませんか。昼から二時まで約束があって、戻ってくるのが三時なんです。日本橋まで出るものでね」

それから美智子に顔を上げた。

「その代わり、捜査状況について、知っていることを教えてください」

待つ間、美智子はあたりを歩き回った。もしかしたら三時までの数時間で遠藤守夫の気が変わるかもしれない。しかし美智子には確信があった。

彼はフロンティアの美智子の記事をよく覚えていた。そして、フロンティアを卓上に出し、事件に興味があることを示した上で、改めて三時に約束を取りつけ、交換条件を提示した。

彼は情報を欲しているのだ。

三時に再び訪れたとき、部屋には遠藤弁護士の他にもう一人、手伝いらしき若い女性がいて、彼女は帰り支度をしていた。彼女は帰り際《ぎわ》に、美智子の前に、竹で編んだ茶托《ちゃたく》に載せた、冷たい麦茶を置いて行った。雇い主が自分のいない間に、この暑いのに熱い緑茶を、それも安物のティーバッグのものを出したことに、もしかしたら小言の一つも言ったかもしれない。

遠藤弁護士はそうやって人払いが済むと、ソファに向かいあって美智子と対峙《たいじ》した。

「ご存じだと思いますが、守秘義務というのは、弁護士という立場上知り得たことは話してはいけないということであります。吉沢末男がわたしだけに打ち明けたこと、裁判の中だけで語られた真実などがそれに当たります。でもここでお断りしておきたいのは、吉沢末男は自身に都合の悪いことを隠し立てすることはありませんでした。はやい話が、ぼくだけに打ち明けた真実はないんです。しかしだからと言って、だれにでも話すということはない」

それから、卓上にフロンティアの記事を広げた。

そこには半裸の野川愛里の写真が二枚掲載されている。

「あなたはこの記事で、こういう子供たちをことさら醜悪に取り上げていない。だからお話しするんです」

美智子は一見《いちげん》の記者に対する常識的な前置きとして、神妙にその言葉を聞き届けた。

「あのとき、ぼくは吉沢末男の高校の担任に雇われました。高校の担任は島田《しまだ》先生といって、先生がぼくに言ったのは、吉沢末男に前科をつけないでくれという一点でした。ここに来たのは商店街の焼鳥屋の前田《まえだ》源一さんと、島田先生の二人ですが、金を出したのは連名で五、六人います。中学の担任も含まれていました。ぼくにはどういうことだかわからなくてね。親じゃなかったんです。頭を下げたのも、奔走したのも」

遠藤弁護士は言葉を切ると、美智子を見つめた。

「母親はあの事件のとき、三十四歳でした。妹が一人いて、十歳です。母親は色の白い大層きれいな女性でした。彼女はことの大きさがまるでわかっていなかった。だから末男が罪を犯し警察沙汰《ざた》になっているというのに、おろおろとする風もない。まるで、何事もない日常が明日には戻ってくると信じきっているようでした。罪とか、犯罪ということを理解していなかったんです」

「十七歳の時の子供ですか」

「そういう計算になりますね。ご存じの通り、その日暮らしの売春業です。合わせて月九万円ほど行政の補助を受けていましたが、家賃や光熱費などで消えてしまいます。

それどころか、四か月に一度まとめて入るので、母親やその男が使い込むこともあったようです。生活保護を受けさせようと、商店街の人が動いたが、母親は保護の窓口で働けますかと聞かれると、働けますと答える。いま仕事はありますとも言う。それで生活保護も受けられない。吉沢末男が万引を繰り返したのは、妹が三歳から五歳のときです。妹が腹を空かせてるのをほっとけなかった。自転車泥棒は母親についた男に強要された。そういうことをいままで人に言ったことはなかったそうです。あのとき、彼には、なんとかこの窮地をしのいで家に帰るという強い決意がありました。ぼくにどうしたら家に帰れますかと聞きました。ぼくは彼に、包み隠さず本当のことを言うようにと言った。それで初めて、いろんなことが語られました」

話し始めから、遠藤弁護士は、聞いたことを惜しげもなく披露していた。

彼は前かがみで、美智子をまっすぐに見つめている。

そのとき美智子は、遠藤弁護士がいまでも吉沢末男を弁護しているのだと気がついた。彼は、かつて吉沢末男を弁護した人間として、いまも吉沢末男を弁護するためにあたしという記者の取材を受け、そして弁護士の義務に違反するという危険も厭《いと》わずに話している。

「担任の島田先生は、そういうことを知っていて、吉沢末男のことをなんとかしたいと考えていたということですか」

遠藤弁護士は頷いた。

「島田先生が吉沢末男の家庭環境に気付いたのは、彼が決まった時間に帰ることをなにより優先したからです。聞けば、妹を学童保育に迎えに行くためだという。母親と二人にはできない。出入りの男と母親の関係を見せたくないということでした。普通なら人に話したくない事情でしょう。でも協力を取り付けるためには、そんな恥も厭わなかった。その執念というか、目的意識というか。島田先生は圧倒された。当時、通帳に確実に入っているのが児童手当の類《たぐい》と末男の新聞配達の収入でした。末男は、母親が使い込むことがないように母親の財布から金を抜いて、財布の中がいつも一定程度になるようにして、集めた金を銀行口座に入金したり借金の返済にあてたりしていた。あれは、そうやって、まだ学生の彼がどうにかやり繰りして、あと一年しのげば就職して自分で稼げるようになる、そういう時に起きた事件でした」

「その一年が待てない事情があったんですか」

「特には。実際、そんな金で親子三人生きてはいけないわけですから。中学時代の知り合いに声を掛けられて、吉沢末男は話に乗ったんです。担任は三十歳前の男の先生で、それまでは非行とか貧困には無縁の高校にいた人でした。それで吉沢末男の状況にショックを受けたようです」

「それで奔走した」

遠藤は頷いた。

「保護観察処分というのは、判断としては異例だったと思います。吉沢末男に問題があったのではなく、この状況に子供を置いた行政と社会の責任だという判断でした」

「家庭環境ですね」

遠藤弁護士はまた、頷いた。

「母親は子供を虐待していたわけではない。少なくとも本人にはそのつもりはありませんでした。しかし当時、彼女は、例えば金をもらって女の子を男の膝《ひざ》の上に座らせるということに、なんの問題があるのかわかっていなかった。娘が嫌がることをしてはいけないとはわかっている。でも男の膝に座ることを、娘は嫌がらないと思うと言いました。十歳の女の子には、自由意志というのはあるようでない。母親が白と言えば、嫌でも従う。それを親は、嫌がっていないからいいんだと解釈する。母親に、子供の環境を考えるだけの知恵がなかったんです」

「座らせていたんですか」

「いいえ。どう思うか聞いただけです」

美智子が頷くと、遠藤は続けた。

「窃盗された金のほとんどは、他のメンバーが風俗などで使い果たしていた。吉沢末男はそういうことにも一切参加していません。他のメンバーは、吉沢末男にいくら分け前を渡したか、それどころか、総額いくら盗んだかも把握していなかった。一方で吉沢末男の滞納していた学費は完済されていました。あとから聞いた話ですが、街金の借金も返済されたようです。グループは盗んだ金を金庫と呼んだ鍵《かぎ》のついた箱の中に入れていたから、中から抜くことは可能だったでしょう。でもそのことに気付いたのは、ぼくも随分あとでした」

吉沢末男は目的を達していたということだ。

「前田源一さんというのは、初めて万引で通報した店のご主人ですね」

「結果から言えばそういうことになります。子供のころは野球の試合に連れて行ったりしたそうです」

「なぜ、源一の主人はそんなに可愛《かわい》がっていた吉沢末男を通報したんですか」

「きちんと表沙汰にしないと、癖《くせ》になると読んだ」

美智子は一瞬、ぼんやりとした。

「親心ですか」

「そうです。そんなことではなにも変わらなかったわけですけどね」

客の話に相槌《あいづち》を打つ、人の良さそうな男の顔が浮んだ。

「吉沢末男の会話力については、どう感じられましたか？」

遠藤は怪訝な顔をした。

「というと？」

「学童保育の指導員は、これといって特徴のない無口な子と言っています。でも一方で、街金の男は、吉沢末男が金を貸した人間は自分から返しに来たと言っています。情に触れる所があったと」

遠藤弁護士が考え込んだ。

「口のうまい男じゃないです。ただ、相手の話を真摯《しんし》に聞くという印象はありますね。話を親身に聞くというのかな」

「——相手の話に親身になる」

「考え深いというのか。ぼんやりしているようにも見える。ぼくが会ったのは犯罪を犯している状態ですから、普段の彼とは違ったかもしれないですが」

「父親についてはわからないんですか」

「当時あのあたりに生物学系の研究所があったそうで、そこに短期赴任していた若い研究員じゃないかっていうことです。母親は、その男を客だとは思っていなかった。そう、当時のスナックのママが言っていました」

「客だと思っていなかったというのはどういうことですか」

「恋ですよ。優しい、年上の男性との恋愛」

浜口は、研究所などに勤める男たちは、女を買いに行くということはせず、水商売の女と懇《ねんご》ろになるのだと言った。確かに十六歳の女にすれば、それは恋だったかもしれない。

「妹ももしかして同じ父親ですか」

「そこまではわかりません。同じ男かもしれないし、違うかもしれない」

「先生は、吉沢末男が、売春業の女を憎んでいたと思いますか」

遠藤弁護士は暫《しばら》く考えた。

「十七歳の時点では、母親思いの子供でした。それ以上のことはわかりません」

それから一息置いて言い足した。

「ただ、身近にいる破廉恥《はれんち》な女たちを嫌悪《けんお》していたのは事実でしょうね。それは、妹を絶対にそんな女にはしないという強い決心からもうかがえます。そして社会的には、自分の母親がその破廉恥の代表格なわけで」

「妹が、吉沢末男に借金を被せて逃げたんです。そのことに関してどう思われますか」

「どうといっても」と遠藤弁護士は美智子を見返している。

「ぼくが見たのは十歳の彼女ですからね。でも母親よりは、ずっと兄の状況を理解していましたよ。その思い詰めた表情は、いまでも記憶にあります」

その妹は十年後、後足で砂をかけた。

――焼けるような日が照ってるのにさ、そっちに向かってまっすぐ歩くんだ。男の手を引いてさ。幸せそうだったかって末男が聞くから、おれにはそう見えたって言ったさ。

タケを見ていると、兄ちゃんを見ているみたいな気がすると芽衣は言ったという。愛する対象が兄から別の男に移っていくのは、年頃の娘にはごく自然なことだ。愛する男ができれば兄と二人きりの生活から抜け出したいと思うのもまた、本能かもしれない。吉沢芽衣が兄に千二百万円の借金を被せたのは、兄との決別の仕方の一つだったのかもしれない。

今度は遠藤弁護士が美智子に聞いた。

「彼が二人の女を殺したんですか」

「否認をしているという話です。一緒に捕まった長谷川翼と真っ向から話が衝突している」

「衝突というのは」

「わたしも詳しくはわからないんです。二人は長谷川翼の車で、殺害現場近くまで行ったことは認めているそうです。吉沢末男は、自分は同乗していただけで、車を降りたのは長谷川翼だと言っています。長谷川翼もまったく同じ、自分は同乗していただけで、車を降りたのは吉沢末男だと。そして、戻ってきた末男が、おれがやったとばかりにピストルを見せたということです」

「ピストルの入手先は」

「それも、お互いが、相手が持っていたと言っているそうです」

美智子は問われるままに、知っていることを教えた。遠藤弁護士は、食い入るようにして美智子の話を聞いていた。

窓の外では商店街に一斉に灯がついた。

「末男の知能は高いと感じましたか」

「少年審判を受けるにあたり、法律の本を三冊ほど読んできていました。その本をぼくの前に置いたので、知識のほどがわかり、とても話が早かった。なぜそんなことを?」

「人物像が摑めないんです」

遠藤弁護士は頷いた。

「弁護に先立ち、彼の部屋を見せてもらいました。印象的だったのは本があることでした。中学の教師や、高校の教師がやったもの、古本屋でただ同然で売ってもらったものということでしたが、古くて汚れた本を安い本箱にきちんと並べていました」

「成育環境で人は出来上がる。どんなに聡明《そうめい》な要素を持った子供でも、例えば教育を与えられなければ、その聡明さは引き出されない。そうお考えではないですか?」

「吉沢末男は、小学生のとき、公園のベンチで勉強していたそうです。当時の交番勤務の警察官の話です。何をしているのかと声を掛けると、ここがわからないと見せたそうです。分数同士の割り算で、少し教えた。何年か経《た》って、やっぱり公園で勉強している吉沢末男を見つけた。制服を着た中学生です。声を掛けると、またわからないと言った。見ると、平方根だったそうです。これは困ったと、あとで交番に来るように言った。交番に、エリート警察官が研修で来ていたから。で、末男は交番を訪れて、その問題を教えてもらった。それからその大学出が交番を去るまで、吉沢末男はなんども交番を訪れては、問題集を差し出した。ぼくは、その交番勤務の、頭の悪い方にそのときの話を聞きに行き、検察官にその話をしたんです。エリート警察官は、交番を去るとき、吉沢末男に参考書を一式プレゼントしたそうです。がんばるんだよと言葉を添えて。その問題集と参考書が、吉沢末男の本棚にはまだありました」

遠藤弁護士の中には、当時の吉沢末男がまだ生々しく生きている。

「聡明さは、条件を与えられなくても、中から芽吹くものだろうと、そう思ってお話ししました。能力は、眠っていることを嫌うんじゃないでしょうか」

「その能力を活《い》かす場所を得られなければ？」

遠藤弁護士の言葉が止まった。

美智子を見つめ、ゆっくりと言った。

「どこかで爆発するでしょう」

それから暫く考え込むと、仕切り直すように言葉を紡《つむ》いだ。

「吉沢末男は妹を学童に入れるのに、申請用紙と必要書類を源一さんの所に持って行った。どうやったらここに入れられるのと聞いたそうです。末男の思い詰めた顔をみて、源一さんは学童の係に掛け合った。それで妹は学童保育に通うことになったんです」

それから遠藤弁護士は美智子の顔をじっと見つめた。

「ぼくはね、吉沢末男は、人の懐《ふところ》に飛び込む力を持っているんだと思う。それは、人を信じる力と言い換えてもいい。それが転じて、人を信じさせる力にもなる」

「遠藤弁護士は、吉沢末男が二人の女を殺したと思われますか」

彼はまるで将棋の駒《こま》でもすすめるように、すっと言葉を置いた。

「なんとも。犯罪は、ああいう境遇の子供たちには、われわれが考える交通事故程度に身近なものです。あなたがぼくに聞いたのはちょうど、彼は交通事故にあったと思いますかというほど、つかみ所がない。あるともないとも」

「状況によっては人を殺すと？」

「殺すような子でないのは間違いありません。でも、事故というのは、向こうからあたってくるというケースもある。さきほどの交番の警察官に、吉沢末男が木槌《きづち》でガラスを叩《たた》き割り、窃盗を繰り返すと思うか、と聞いていれば、彼は間違いなく、あの子はそんなことはしないと答えたでしょう。だから、なんともいえないとしか言えないんですよ」

長谷川透のクリニックでは、患者が待合室で診察を待っていた。長椅子が三つ、壁にそって並んでいて、壁に掛けた大きなテレビは世界の風景を映した録画を流している。駐車場は四台分で、そこにいつも停まっている国産のセダンが院長の車だ。

長谷川透は体格のいい男だった。患者の評判もよく、浮いた噂もない。

美智子は中川と、車の中で長谷川透が医院を出てくるのを待った。

カメラを抱えた人間が駐車場の周りをうろついていた。

長谷川透は当初、三百万円の振込について事情を語ろうとせず、弁護士を立てると息巻いたという。翼の自供を受けてやっと、野川愛里の口座に振りこんだ三百万円は娘の身代金だったことを認めた。そして供述を拒んだのは「終わったことを蒸し返されるのが怖かった」からであり、息子が係わっているとは思っていなかったと言った。

午後三時過ぎ、長谷川透が裏口から出てきた。カメラマンが彼に向けてシャッターを切った。

透は車のトランクを開けて紙袋を中に置くと、トンと軽い音を立ててトランクを閉めた。紙袋を置いた時、車体がバウンドするように一瞬、沈んだ。

それからゆっくりとした足取りで動いて運転席のドアを開ける。木部美智子はそのタイヤの沈みを凝視した。透は運転席に座ると、シートベルトをしてドアミラーを開き、発進した。

車を見送った美智子に、中川が怪訝そうに聞いた。

「話を聞きに行くんじゃなかったんですか」

「──そのつもりだった」

美智子の携帯が鳴ったのはそのときだ。軽やかな呼び出し音が、美智子を現実に引き戻した。

電話は真鍋からだった。一課が三人に、神崎玉緒宅への住居侵入で三度目の逮捕をかけたと言った。

秋月にはたっぷりと貸しがあった。しかし彼はそれを忘れているようだった。いや、忘れた振りをしているだけかもしれないし、「恩義」という言葉をどこかに置き忘れることにしたのかもしれない。

それとも、もしかしたら美智子の要求が無謀だったのかもしれない。

山東海人の死亡について、それぞれなんと供述しているのかと聞くと、秋月警部補は、そんなことは教えられないと言った。

「なんでおれがきみにそういうことを話すかね」

「話すと思っているわけじゃない。話して欲しいとお願いしているのよ」

「なにか摑んだのか」

「どうかしら。摑んだら話してあげたいと思うけど」

美智子は思い出すのだ。記事を書くために、秋月に連絡をした。すると秋月は、山東海人のことだけには、触れるなと言った。触れてくれるなではなく、触れるなと言ったのだ。

「あたしがサンエイの情報を渡したことで随分時間を短縮できたんじゃありませんか?」

「そういうことを取引に持ち出すのはみっちゃんらしくないな」

「記事を書くときにも、秋月警部補に許可を取りましたよね」

「取ってもらったよ」

「なんの許可も取らないで書くこともできるんですよ。書けばうちの独占記事だから」

「こちらとしては書かないでくれとお願いするまでだよ」

「拘束力のないお願いよね」

「そうだ」

「そして、その、なんの拘束力もないことを、あたしはいつも聞いている」

秋月は黙った。美智子は続けた。

「だから、なんのメリットもなくても、あたしは秋月さんの要望を入れてきたってことを認めるのよね」

まだ、秋月は黙っていた。

「長谷川翼と、吉沢末男の両人に、決め手がない。でもグルでの起訴では公判が維持できない。いまそういう状況なんでしょ」

「──誰から聞いた」

「ちょっと考えたらわかることよ」

そろそろ殺人罪で逮捕すべきときに、住居侵入という微罪での再逮捕は、殺人罪での逮捕の前にまだ時間がほしいということだ。犯罪の構造が決まらなければ公判は維持できない。公判が維持できないものは検察が起訴しない。すなわちこの二十三日で、捜査本部は二人の役割を確定しなければならない。どちらを殺人の実行者と判断するかは、公判が維持できるだけの説得力のある証拠、証言をどちらに対して積み上げられるかということでもある。それが、人間が人間を裁くときの合理的な方法だ。しかしいまだ、二人のどちらが実行者かを選択するに足る証拠に辿《たど》り着けない──そういうことだ。

美智子は手帳のページを捲《めく》った。小さな字でびっしりとかき込んだ備忘録だ──

課が吉沢末男の存在に気がついたのは逮捕直前だ。そこから慌《あわ》てて聞き込みをかけている。吉沢末男と殺された二人の女が、末男の妹を介して繋がっていたことを、秋月はどこまで摑んでいるだろうか。吉沢末男はおそらく、妹に目が行くようなことはできるだけ喋《しゃべ》らない。

「座間聖羅は吉沢末男の妹の知り合いで、妹はいつも迷惑をかけられていた。妹は彼女と揉《も》めるたびに兄を呼びつけ、それで吉沢末男は座間聖羅のことをよく知っていたのよ。子供がいることも、友だちの家を泊まり歩いていたことも、その友だちの家で客を取ることも、たぶん全部」

目をぎょろつかせている秋月の顔がそこに見えるようだった。

「フラワーって店に行って、すみれの兄ちゃんが怒鳴り込んだ話を聞かせてほしいと言えば、座間聖羅と吉沢末男のことが聞ける。近くのこぶらというキャバクラに行けば吉沢末男の妹のことがわかる」

「――フラワーは調査済みだ」

秋月の歯切れは悪かった。少なくとも、偽《にせ》の写真のせいで男が怒鳴り込んできた話は知らないはずだ。二年近く前の話を、いま勤めている女たちが話せるはずがないのだから。

「もう一回行く価値はあるかも。あのあたりでは、おまわりさんには聞かれたことしか話さないと言っていたから。山東海人が死亡した日の行動について、二人はなんて言ってるの」

しばしの沈黙があった。美智子は畳みかけた。

「かおなしとして持て余されていた山東海人が、亀一にかかってきた白ロムの使用者であるというのも、あたしが教えたのよね。工場長に、その死体の写真を見せてとも言った」

秋月が語調を切り換えてサラリと言った。

「吉沢末男は野川愛里と一緒に、長谷川翼のマンションにいた。野川愛里の証言も取れている」

「殺害時刻に？」

「そうだ」

しかし秋月はそこで言葉を切ると、あとを続ける気配がなかった。

「森村由南と吉沢末男には同学年という以外に接点がないでしょ。二人にはないのよ。あるのは二人の妹。それが縁で森村由南は吉沢末男の妹に何かにつけて嫌がらせをして、末男は森村由南の存在を知った。板橋西町の区民会館にもう一度人をやってみればいい。妹の高校の教師を当たれば嫌がらせの裏は取れる。翼はその時間について、なんて言っているの」

「出ていたと言っている。出たのは十二時。戻ったのは朝方の四時」

「どこへなにをしに行ったって」

「供述を二転三転させている」

「どう二転三転しているの」

美智子にはもう話せることはない。

「あたしに情報を流したって、それは壁に話しているのと同じ。秋月さんには、倫理上の葛藤《かっとう》はあるでしょうけど、なんの実害もない」

秋月が一息、間を置いた。

「一回しか言わない。——吉沢末男に、山東海人の白ロムが必要だから、山東海人を呼び出せと言われて、電話をかけた。その電話で山東海人に、六郷の河原にいるようにと、場所と時間を指示した。その場所と時間は言えない。それから、また末男に言われた。車をある所に置いて、三時に取りに行けと。翼は、吉沢末男に言われた通り動いたと言っている」

## 3

兄によって誘拐《ゆうかい》された長谷川透の娘は長谷川理央《りお》といった。美智子はレンタサイクル店で自転車を借りると、長谷川透の自宅を張り込み、早朝、まだ日が昇ったばかりの時間に、理央が自転車で出て行くのを見定めると、自転車にまたがってあとを追った。

理央は力一杯ペダルを踏んで、まだ明けきらぬ町を走る。理央の自転車のバックライトだけを見つめて、美智子は見失わないように尻《しり》を上げて懸命について走った。

理央は駅二つ分を走って、三つ目の駅前で自転車を降りた。

美智子も自転車を停める。

理央のあとを追って電車に乗り込んだ。

尾行なんて何年ぶりだろう。

早朝に出るのも、駅を二つやり過ごすのもマスコミ対策だろう。医大に通う彼女はそう簡単に休めないだろうから。

大学に着いたのは七時前だ。理央は大学の門を潜《くぐ》ると、まっすぐに図書室に向かった。

美智子は少し急いで理央に追いついた。それから「長谷川さん」と呼びかけた。

理央は振り返り、美智子を見たが、大学の関係者だと思ったのだろう、不審がる風もなかった。

美智子は名刺を差し出した。

フロンティアは一般には三流の雑誌とは認識されていない。サンエイ食品の記事で、株価が上がるように、とくにいま認知度が高くなった。

しかし相手は加害者の関係者だ。雑誌記者を嫌うだろう。

「少しお話を聞かせていただけませんか」

美智子はいろんなことを計算する。例えば、二十歳そこそこの女の子に自分がどのように映るかというようなことを。紺のスラックスに低いヒールの黒い靴。大きなトートバッグは軽いナイロンの黒で、目障《めざわ》りでない程度のロゴ入りの白いコットンTシャツを着てきた。押し並べて女性に信用されるには、自己主張の少ない服装を心がけることだ。

初秋の早朝を風を切って走った若い女。美智子は尻を上げて懸命に理央の後ろ姿を追いかけながら、その足元を軽やかだと思った。事件、災難にもかかわらず、若者に本来あるべき軽やかさを理央は失っていない。それは生きる力であり、幸せになる力のようなものだ。美智子には、それが板橋の街金の男が見た吉沢芽衣の姿に重なる。理央は吉沢芽衣と同じ二十歳だ。二十歳の娘は幸せになろうとする。

理央は初めこそ驚き、警戒したが、とくに大きな動揺はなかった。そして困った顔をした。

「九時から授業なんです」

美智子の名刺をしげしげと眺めて、理央は学内で早朝から開いている喫茶室に案内した。

そこは校庭の芝生が見渡せる喫茶室だった。

美智子は、兄によって仕組まれた誘拐事件について聞きたいと切り出した。父親は事件後も警察に通報していない。そのことについて、不安はなかったのか。

それに対して理央は、父親が約束してくれたから、終わったことだと割り切ったと言った。

「今度のことは忘れるように。向こうは二度と、お前に手出しはしない。それだけは確かだから——父はそう言ったんです」

理央はその日のことを語った。

大学の帰り道に、理央は見知らぬ男に呼び止められた。その男は、「貧困ぼくめつNPO」の活動をしている長谷川翼の妹であることを確認して、無料塾に通っていた女の子が風俗に舞い戻り、なんとか塾に引き戻したいが、自分たち貧困ぼくめつNPOのメンバーは顔を知られているから、警戒されて話ができない。店に行って呼び出してほしい。詳しいことはお兄さんと相談してくれ、というようなことを言った。

「なんのことかわからなかったけど、兄の活動には賛同していましたから、言われた通り車に乗りました。夜の七時ごろのことです。車は軽井沢まで走って、どこかの家の車庫に入りました。真っ暗になりました。男は、待っていてくれと言って、ガレージから出て行き、シャッターを閉じた。するとと待ち構えたようにさっきの男が現れて、わたしは両親に事情を伝えようとスマホを取り出した。すると待ち構えたようにさっきの男が現れて、スマホを取り上げたんです。

そのとき初めて、大変なことになったと気がつきました」

男はどこかに行き、理央は手さぐりでガレージから屋内に進み入った。

「室内は電気も通っていたし、食料もあり、トイレも使える。でもドアはどれも開かず、外に出ることはできませんでした。電話は、電話線が抜かれていたんでしょう、繋がらなかった。外は真っ暗でした。ベッドもあり、テレビもつく。わたしはそこで一晩過ごしました」

翌日の午前十時ごろ、外に人の気配がして、玄関の鍵が開けられる音がした。逃げる場所もない。理央はとっさにベッドの下に隠れた。でもそれきり、誰も部屋には入ってこなかった。ベッドの下から這《は》い出して、そっとドアを押すと、ドアが音もなく開き、前にある古い木製のベンチの上に携帯電話が置かれているのを見つけた。

「わたしはそれでタクシーを呼んで、タクシーの中から家に電話をしました」

そのタクシーのドライバーが、理央を乗せた場所を覚えていて、今回警察が捜査した。長い間買い手のつかない別荘で、鍵は壊されており、外から鎖と南京錠《ナンキン》を使って閉じ込めたのだろうということだ。ガレージのシャッターも開かないように、外からなんらかの細工をしたのだろう。

食券で買った卵サンドとアイスコーヒーが卓上にある。そしてその横には、会話を録音しているスマホが、理央にも見えるように置かれている。

「お前に手出しはしない。それだけは確かだから。そう、お父さんは言ったんですね」

「はい。話は付けたと言いました」

「事件のあと、お兄さんが家に戻ってきたのはいつですか」

「次の土曜日でした。母が久しぶりに手料理を振る舞ってくれました」

「お父さんとお兄さんはどんな会話をしたか、覚えていますか」

理央はわずかに俯《うつむ》いた。

「兄はいつもと全く変わりませんでした。料理を写真に撮りました。インスタグラムに上げて自慢するんだと言いました」

「お父さんは」

「覚えていません。わたしたち三人とも疲れていました。兄だけが浮いていました。色っぽくなったねと兄がわたしに言った。わたしはなんだか恐ろしくて、フォークを落としました。父がそれをじっと見つめて——母もじっと見つめて——」

理央は息を止めた。過去の時間に身を置くように。

それから、ゆっくりと続けた。

「母が新しいフォークを取ってきてくれました。わたしは何か、ものすごく怖くなって、それで自分の部屋に上がりました」

それから顔を上げた。

「兄がしたんじゃないかと思ったこともありました。でも父がそれに気づいていたということはないと思います。だって食事をしたのは事件の三日後だったんですから」

思い詰めた顔だった。

理央は大学の帰り道で呼び止められたときや、携帯を奪い取られた瞬間に見た男の顔を、なんども思い出すのだと言った。

「待ち伏せしていて、車に乗せた男と、ドアのところに来た人影は別の男ですか?」

「同じ男だと思います。わたしに声をかけた時も、少しおかしいなとは思ったんです。ろれつが回らないというか、たどたどしいというか、覚えてきた台本を読むように、一言一言丁寧に喋っていました」

小柄な男で、キャップを深く被《かぶ》っていた。暗かったからあんまりよくわからなかったが、あまり柄のいい感じではなかった。ただ兄の活動にはそういう人たちもいると聞くので、気にしないようにして車に乗ったと理央は言った。

「携帯を取り上げられるとき、その男の顔が目の前に来たのですが、前歯が一本なかったんです。それが恐ろしかった」

――間違いない、山東海人だ。

「いままでにお兄さんのことで気になることはありませんでしたか?」

「もともとそんなに仲は良くなかったんです。いつも一人だけハイテンションで、一緒にいると気持ちが落ち着かなくなるんです。兄はいろんな話をするけど、一貫性がなくて。ときどき小さな嘘《うそ》をつかれました。ここ数年は話をすることもありませんでした」

「どんな嘘を？」

理央は考えた。

「例えば、叔父が父に、理央ちゃんを甘やかすからあんな子になったんだって言ってたとか。気になって父に聞いたら、なんの話だって聞き返されました」

「叔父さんがお父さんに『あんな子になった』と言った事実はないということですか」

理央は頷《うなず》いた。

「父のことを、大学病院で居場所がなくなってしかたなく開業したんだとか」

悪意のある嘘だ。印象操作をする。離間する。そして最後はバレる、身を危うくする嘘だ。

理央の授業が始まる時間が来ていた。

「お父さんにお話は聞けないでしょうか」

理央は、ちょっと笑った。

「頼んでみます。父はフロンティアをいつも読んでいますから」

それから理央は自分の携帯の番号を走り書きした。

「お父さんは大きな方ですね」

理央はやっと、照れたような笑みを浮かべた。

「学生時代は砲丸投げをしていたそうです」

「厳しいお父さまですか？」

「普通だと思います」

「お母さまは？」

「父より厳格で、口うるさいところもありましたが、最後はわがままを通してくれます」

「お兄さんとお父さんの関係はどうでしたか」

理央は眉根《まゆね》に皺《しわ》を寄せて考えた。

「兄はお喋りで、でもあまり会話にならない。父はいつも聞き役でした」

「お兄さんを責めるとか叱《しか》るということはありませんでしたか」

「とくになかったと思います。父はクリニックを開くまで忙しくて、大体家の事に係わっていませんでしたから」

「お友だちは今までどおり、話をしてくれますか？」

その瞬間、理央の目元が赤くなった。それから大きく頷いた。そして立ち上がると、その気遣いに感謝するように何度も頭を下げて、理央は出て行った。

最後の言葉は計算ではない。

美智子は夜明けから何も口に入れていないことを思い出し、乾いた卵サンドを頬張った。


そのころ長谷川翼は連日の取り調べに、疲労を滲《にじ》ませていた。逮捕から五十日が経過していた。

——吉沢末男のこと、いろいろ知っているよね。知らないっていうのは嘘だよね。

秋月の言葉に、翼は黙った。

——彼が窃盗や強盗を繰り返して来たのを、知っていたでしょ。山東海人に調べさせたよね。

「意地の悪い言い方をしますよね、刑事さん。おれが調べさせたんじゃないですよ。あいつが勝手に調べたんです。あいつは末男の事を気味悪がっていた。蛇の道は蛇で、虫の知らせってやつでしょう」

——君は賢いよね。始めは全面否定しようと思ったが、こちらが借金について把握していると知ると、黙秘に転じた。末男に殴られたと口走りさえしなければ、いまでも君は、自分は利用されただけだと言い張っていたんだろうな。二人が口裏を合わせて嘘をついているんだと。ところが滑り出しで、君は安易に嘘をつき、身動きできなくなった。そこで君はどこまでバレるだろう、どこから隠せるだろうと計算した。街金に聞けば、少なくとも君が金を作ることにノイローゼになっていたことまでは、あっと言う間に明らかになる。それで一気に真実を語った。

とても賢明な判断だ。

亀一の件もサンエイの件も、大した罪に問われないこともよくわかっているよね。肝心なのは中野の二人殺し。だからそれ以外の細かいことは全部認めていこうというわけだ。

それで、君と吉沢末男の意見が真っ向から対立している。これも計算に入っていると思う。犯人は多分、極刑になるから。どちらも簡単には認めないよね。

二人とも、一緒に車で被害者のアパートの前まで行ったことは一致しているんだ。違うのは、どちらが車をおりて拳銃《けんじゅう》を撃ったかという一点だ。

君たちのどちらかが真実を言い、どちらかが相手と自分を入れ換えて話している。あと十七日がんばればいいと思っているかもしれないけど、野川愛里の暴行容疑に切り替えて再逮捕する手もある。いくらでも再逮捕要件はあるんだ。わかっていると思うけど、森村由南、座間聖羅の殺人容疑はこれからだしね。

翼はじっとり汗をかいていた。

——吉沢末男は事実関係を話すとあとは黙り込んでいる。彼には話せることが少なそうなんだ。

山東海人が捕まっていないのを知っているよね。

「あいつが捕まったって、なんにも知っていることはない。サンエイの初期と、妹の誘拐を手伝っただけだから」

——彼は正確には、もうこちらに身柄があるんだ。

翼の頬の肉がピクリと動いた。それからしばらく間が空いた。

「あいつはなんて言っているんですか」

秋月はそう言った翼を慎重に観察した。

「彼はなんにも言わない」

翼は秋月をじっと見据えた。

同じことを、一課は吉沢末男にも聞いていた。

——肝心の中野の二人殺しについて、長谷川翼と主張が全く逆なんだ。二人のうちのどちらかが殺人罪になるから、そういうことになるんだろう。

君と長谷川翼の主張は、一緒に車で被害者のアパートの前まで行った件までは、時間も見たものも全《すべ》てが一致しているんだ。そしてお互いが、自分は車に残ったと言っている。

末男は俯いて聞いている。

「山東海人のことは知っているか」

黙っていた。

「彼の身柄はこちらにあるんだ」

末男はずっと俯いたままだ。

「彼が今回のことをどこまで知っていると思う？」

「ぼくは彼と口を利《き》いたことはありません」

末男が答えたのはそれだけだ。

六郷の河原は上を走る国道十五号線から広く見渡すことができる。川の両岸には不法居住者が多くいて、彼らの間では縄張り争いで小さな喧嘩《けんか》が絶えない。しかし彼らは警察には反感を持っていて、よほどさし迫ったことがなければ警察にものを言わない。

山東海人の死体を発見したのは、犬の散歩をしていた河原の住人で、シマジと呼ばれている男だ。彼が死体を発見したのは午前四時頃だが、その三時間ほど前、午前一時頃に物音を聞いていた。犬が吠《ほ》えたので気がついたのだ。

床で寝ていた犬が短く吠えたので、見ると、犬は立ち上がって扉の隙間《すきま》から外をじっと見据えていた。そこで外の様子をうかがうと、物音が数回した。

その三時間後に死体を発見したのである。

事件の朝は、警察官が来て、若いおまわりにしつこく尋ねられ、シマジは大変迷惑した。

今はビーグル犬を飼っているが、その前は猫を二匹飼っていた。一匹は誰かに猫いらずを盛られて死んだ。また一匹は、小屋の前に死体で置かれていた。ボヤもしょっちゅう起きている。住民同士が殺し合いのような殴り合いをしているのを見たこともある。河原に作った畑の場所を巡って、死に物狂いの喧嘩を始めたのだ。どっちかがいなくなったから、死んだのかもしれない。

物騒な河原だったが、それでも顔面が潰《つぶ》された死体を見たのは初めてだった。人の顔を石で潰して殺すような輩《やから》がうろうろしていると思うと気持ちが落ち着かない。そいつが猟奇的で、ホームレスばかりを殺す嗜好《しこう》の持ち主だったら、おれたちが猫みたいに殺されてしまうじゃないか。

それで辺りを聞き歩いて、自分と同じように、午前一時ごろ物音を聞いたという初老の男に行き当たった。その男は、蛍光塗料を塗りたくったようなてかてか光る黄色い靴を履いていた。彼が物音を聞いたのは、死体が発見された場所の近くだ。

「夜釣りをしていたのさ。そうしたら車の音がしたんだ。でもその車の音はすぐ止まった」

男は車の音がした方を見たそうだ。すると向こうに車のヘッドライトが見えたという。

「それがすぐに消えてさ。消える前に、ヘッドライトの先に男が見えたんだよ。そこにいたのは丸坊主の男だったよ。ライトが消えたら、また真っ暗。そのあと車のドアが開く音がしてさ」

それで男は耳を澄ましていたのだという。

「真っ暗たって、なんかちらちら光が動いてるのが見えてさ」

でも結局、男にはあたりの状況はわからなかった。

「ガツンと大きな音が一回したな。で、バタンと音がして、ドンと音がして、慌ただしくバタンバタンと音がした。で、ライトがついて、ブーンと車がゆっくりいなくなったのさ。二人は一言も喋らなかったよ」

おれは絶対警察なんかには言わないとじいさんが言ったので、シマジはそれがいいと応じた。

「おまわりのやつら、おれらをいやったらしい目で見やがってさ」

「そうさ。おれたちホームレスを狙《ねら》ったんじゃないんだったら、かまうもんか」

「それが不思議なんだけどもよ。そいつ頭に懐中電灯をつけてやがった」

だったらそれが、ちらちらと動いていた光の正体だ、とシマジは思った。

事件から二か月ほどあと、女が訪ねてきた。女はフロンティアの記者だと名乗り、木部美智子という名刺をくれた。草をかき分けてやって来て、名刺を丁寧に差し出してくれたので、シマジは男の話を、その女記者にしてやった。音を聞いた所から車が出て行く所まで。

「ああいうのは学のない男だから懐中電灯って言ったけど、おれにはそいつがヘッドライトをつけていたんだってピンと来た。それであとから来た刑事にもその話をしてやったのさ。岩みたいな顔の、目ばっかりがぎょろっとした、背の高い痩《や》せた刑事だった。蒲田署のやつらも何度も来たけど、あいつらには喋んない。でも岩みたいな顔をした刑事は、おれに敬語で話すんで、協力してやろうと思ったのさ」

それからシマジは、記者の足元にじゃれついて離れようとしないビーグル犬を見た。

「こいつに餌《えさ》持ってきてくれたしね」

美智子は、実際その音を聞き、光を見たという、黄色い靴を履いた男を探すのに七日間、河原に通いつめた。やっと見つけたのは九月二十六日だ。男は、川崎側の岸壁で釣りをしていた。美智子は、物音を聞いたのと同じ時間、深夜一時に、現場で会う約束を取り付けた。

美智子は浜口に、「口の固い人じゃないと頼めないことを頼みたい」と持ちかけた。

「嘘つけ。口が固いだけなら、おたくの中川くんを使うよな」

美智子は「そうね」と答えたが、それ以上説明しなかった。

美智子はその夜、浜口とともに六郷の河原に車で入り込んだ。時間は午前一時だ。浜口の車は社用車のワゴンで、問題の場所まで入り込む間に、車体のあちこちを木の枝でこすった。確かに真っ暗だ。現場に居合わせたという男は、美智子たちに「ここだ」と言った。

「おれは死体は見てないんだ。だって人が殺されたとは思わなかったんだから。あの夜はあちこち場所を変えて釣りをしていたんだけど、明け方に警察のやつがぞろぞろやってきたから川崎側に移動したんだ。警察のやつらと面《つら》を合わせてろくなことはないからな。だからこの話をするのは、ビーグル犬の飼い主とあんたらだけさ」

それから男は、この辺りの治安の悪さをひとしきり喋った。

「あの木に、白いハンカチが見えるだろ。おれの領域は、あの白いハンカチのあるところから、この木の下までなんだ。でも誰も守りやがらねぇ。だからおれは腹を立てているんだ。あの目印があるんだから、おれの領分ははっきりしているってのにな」

彼は、目印を立てて自分のものだと宣言すれば自分のものになると思っているみたいだった。

男の指さす方を懐中電灯で照らすと、木々の中に白い布切れが見えた。

そのハンカチは木に結びつけてあるらしく、大人二人分ほどの高さの木の、真ん中より少し上のあたりに浮んでいる。

そこは山東海人の死体発見現場だった。山東海人の死体を捜査していた捜査員が顔を上げれば、あのハンカチが見えただろう。

「で、その夜、白いハンカチがちらちら見えてさ。このあたりに誰かがいるってことだろ。だから気が気じゃなかったのさ」

あたりは真っ暗だから、ヘッドライトをつけた男が頭を動かすたびに、そこだけ鮮明に明るくなったことだろう。そのライトが、何度か白いハンカチを照らしだしたということだ。

美智子はハンカチの位置を見た。

少し見上げる位置にある。小柄なその男が、自分のテリトリーを主張するためにハンカチを木に結びつけるには、腕をうんと伸ばしたことだろう。

「男は、あの木のすぐそばにいたんだぜ。ずっと下を向いてさ」

「下を向いていたとは？」

「光がさ、下に広がってたんだよ。おれはずっと見てたんだ。うろうろとサーチライトみたいに照らすのを。っていっても、五分もいなかったけどな」

「ずっと下を？」

それから美智子は、男の顔を見つめた。

「どうして下を向いていたってわかるんですか？」

「だって上向きに光が広がったら、下から光が出てるってことだし、下向きに広がったら上から出てるってことだろ？　男は一回も上なんか向かなかったさ」

「木のすぐそばにいて、上を向かないのに、あのハンカチが見えた？」

「そうとも。見えたさ！」

薄汚れた黄色い靴を履いた男は、なんだか誇らしげにそう言った。

美智子は一瞬、思考が止まった。

「そのハンカチの話、目のぎょろっとした刑事さんにも話しましたか」

「シマジが話したさ。そう言っていたもの」

「上を向かないのにハンカチが見えたって話したんですか？」

「シマジはそんなことまで知っちゃいない。だっておれ、いま思い出したんだもの」

浜口がそのハンカチに近寄って懐中電灯の光を当てた。懐中電灯の光が上を向いて広がった。

浜口はその薄汚いハンカチを、しげしげと眺めていた。

勾留《こうりゅう》期限まであと二日に迫った十月四日、明け方。

美智子は、秋月から電話を受けた。

「決め手がない。今日、最後の札を切るよ」

そうして電話は切れた。

美智子はその日、長谷川透のクリニックを訪ねた。

午前の診療時間の最後まで待って、看護師に、院長にお会いしたいと告げた。

壁に掛けられた大型テレビには相変わらず世界の名所旧跡を案内する映像が流れている。テレビに並ぶように、大型デジタル時計のようなものが掛けられていて、そこには数字が点灯していた。ときどき患者が手許《てもと》の紙と見比べているので、数字は診察番号なのだろう。自由に使えるようにウォーターサーバーが置いてある。設備の整った、管理の行き届いたクリニックだ。

やがて最後の患者が診察室に入り、待合室に人がいなくなると、受付の女性が寄ってきた。

「向かいのスーパーの三軒となりに、ファミリーレストランがあります。そこでお待ちくださいということです」

言われた通り、スーパーの向こうには駐車場を完備したファミリーレストランがあった。広くて、客が少ない上、規則的に背凭《せもた》れの高いソファを配置してあり、それが衝立《ついたて》代わりになって、隣の客が見えなくなっている。

一番奥の席に座ると、ウェイトレスが注文を聞きに来た。アイスコーヒーを注文するときっちりと復唱してから戻っていった。

長谷川透から連絡が来たのは二日前だ。記事にしないという条件で、三十分ほどな
ら、午前診療のあとに取材に応じると書かれていた。
娘の手前、断れなかったのかもしれない。取材を受けて、やましい所がないことを
アピールしたかったのかもしれない。どうせしつこく言ってくるだろうから、さっさ
と片づけた方が早いと思ったのかもしれない。
三十分ほどして長谷川透が現れた。
透は落ち着いた男だった。ウェイトレスが透の着席とほぼ同時に注文を聞きに来て、
透は一瞬迷ったが、美智子の卓上のアイスコーヒーを見たあと、「アイスコーヒー」
と頼んだ。その所作と声色、視線の動かし方の全てが、物静かで控えめだ。ただ歳《とし》よ
り少し、老《ふ》けて見えた。
美智子は名刺をテーブルの上に置くと、相手の前に丁寧に押し出した。
「お時間をいただきありがとうございます」
透はその字を見つめて、軽く頷いた。
「理央さんとお話をさせていただきました。いいお嬢さんですね」
表情は胸のうちを語る。ずっと表情を変えないことでさえ、その心根を語っている。
当初、美智子に対座した透は無表情で、心に動きが起きていないものだった。記者の

存在が彼の何かを脅《おびや》かすものではないという事実がそこにあった。しかし理央の名前を出したとき、ふっと顎《あご》に力が入った。それは無意識の反応だっただろうが、透に見えた動揺を、美智子は見逃さなかった。

透のコーヒーが運ばれて来て、ウェイトレスが立ち去った。それを見送って、美智子は静かに続けた。

「三百万円を要求されたとき、なぜ警察に通報しなかったんですか」

「事件にすると娘に傷がつくようで怖かったんです」

「あなたは娘さんに『話は付けた』とおっしゃった。どんなやりとりをしたのですか」

「今度やったら警察に言う。そう言いました」

透は一息置いて繰り返した。

「わたしは、犯人に、ただ、今度やったら警察に通報すると、そう言ったんです」

長谷川透の顔つきは変わり、目には激しい怒りを持っていた。

「犯人と電話で話したんですね」

「頭の悪そうな女でした」透は吐き捨てるようにそう言った。

彼の中にあるのは怒りより嫌悪《けんお》だ。美智子は、強いておだやかな口調で続けた。

「男は電話口に出なかったんですか」

「ええ、ずっと女でした」

「若い女ですか」

「そうです。頭の悪そうな――若い女です」

当時のことを思い出すと激しい感情が甦《よみがえ》るようだった。そこにあるのは嫌悪、憎悪、困惑と怒りと――怯《おび》えだ。

「野川愛里にお会いになったことはありますか？」

「いいえ。金を振りこむように指定された口座の名義人として名前を知っているだけです」

「息子さんが高校のときに、苛《いじ》めに加担していたことを知っていますか」

透はうつむくと、押し殺したような声で答えた。

「――いえ」

「被害者は屋上から飛び下りて自殺したようです」

透は知っていたのだと思う。顔を上げることなく黙り込んでいた。

「息子さんに中野殺人の容疑が掛かっています」

美智子はそう言うと、じっと透を見つめた。

透はひどく重い、苦しげな口調で答えた。

「息子はわたしに、就職までしばらく放浪すると言いました。広い世間を見てくると。クリニックは理央が継いでくれるから、やっと安心したと、息子は言いました」

「土曜の食事会のあとですか？」

父親は美智子を見つめた。その目は怒りよりむしろ恐怖を強く表していた。

娘の誘拐についてこの父親はいま、強い感情を、それも怒りより恐怖を感じている。

「今回の逮捕を受ける前から、理央さんを誘拐した犯人が息子さんだと知っていたんですね」

――今度やったら警察に言うというのは、お前を警察に告発するという意味だったのだ。身代金の受け渡しに口座振込を指定する脇《わき》の甘さ、身代金としてはひどく低い金額。もしかしたら理央が帰ってくるまでは疑惑だったかもしれない。戻ってきた理央の話を聞き、その手口に、疑惑は確信に変わったのだと思う。

翼は――今度やったら警察に言う。その言葉に、父親が、自分の関与を知っていることに確信を持ったと美智子は思う。なぜならそれは、親が子供を叱るときの言葉だからだ。今度やったら部活を辞めさせる。今度やったらスマホを取り上げる――子供が聞き慣れた、親の最後通告だ。その言葉を使ったとき、透は電話口の向こうに、息子を見ていたのだと美智子は思う。話したのは愛里だとしても、翼はその場で一緒に通話を聞いていただろう。翼は電話の向こうから聞こえる言葉に、親の怒りを感じただろう。そして翼は、誘拐事件を全く知らない風《ふう》を装《よそお》った。三日後、食事会が行なわれた長谷川家のリビングでは、それぞれがそれぞれの思いを胸に秘めていて、だから異様な緊張に包まれていた。理央は、それが自分の疲労からくるものだと思っていた。

美智子は理央から話を聞いた時、彼女のショックが癒《い》えていないときに手作りのパーティを開くことに違和感を覚えた。でもそうじゃない、その夕食会自体が、両親から息子への警告だった。そして息子は「しばらく放浪する」と言った。それは、もう家族には近づかないという、父親に対する一つの回答だったのではないか。

彼は明るい好青年を演じていた。しかし両親が翼の笑顔に騙《だま》されていなかったとしたら。

息子の犯罪性を親が見逃していなかったとしたら。

理央は「色っぽくなったね」という翼の言葉にフォークを落とした。その場で家族が凍りついた――。

「あのとき警察に通報していれば、今回の事件は起きなかったかもしれないと思われませんか」

「そうかもしれませんね」

透はまた、表情を失った。聞き流した——いなした——心を閉じた。もしくはその事について考える気がない。見放した、突き放した、思考を閉じた。

美智子は透の顔から読み取れる感情をひたすら並べた。そして、思考を閉じた——美智子の連想はそこで止まった。

透が思考を閉じて、美智子の質問に惑わされることがなくなった。だから彼の顔から表情が失せたのだと、美智子は思った。

「どんな息子さんでしたか」

「普通の——お喋りな息子でした」

それから顔を上げた。

「親ですから、できる限りのことはしたいと思っています」

遠藤弁護士の、守秘義務に抵触することは話せないという講釈を聞くようだ。ごく常識的、かつ良識的な前置き。

「お会いになったらなんて言いますか」

父親はしばらく黙った。それからゆっくりと口を開いた。

「わたしたちはどんな子供を授かっても大切に育てるつもりでいました。でもその、

『どんな子供』というのは、世間でいう、障害があるというようなことでした。逃れられないなにかというのは、そういうものしかないと思っていた。大切に育てれば——自分を尊ぶ心が強ければ短所は受け入れられるものだし、短所もまた、その人間の個性です。わたしも妻も、子供が好きでした」

美智子は直感した。彼は、息子が二度とこの世間の中に出てくることはないと確信している。そしてそれを、苦しいとは思っていない。

彼が見放し、突き放したのは息子の存在ではないのか。

そしていま、一つの物語を終えたように、父親には達成感と恍惚《こうこつ》がある。

フロンティアの記者はもはや、そのエンドロールに出てくる名前の一つに過ぎない。

二人のテーブルの上で、一度も口を付けられなかったアイスコーヒーのグラスがびっしりと汗をかき、どちらかの氷が溶けて、カランと涼やかな音がした。

そのころ、秋月たち捜査本部はある事実を懐《ふところ》に入れて、取調室に長谷川翼を呼び出していた。

「山東海人は、七月十六日午前四時三十五分、六郷の河原で殺されているのが発見された。森村由南が殺された翌未明のことだ」

それまで長谷川翼は、山東海人に関して、「あいつに聞いても大したことはわからない」という言い方に終始していた。山東海人が殺害されていることを知らないのか、知らない振りをしているのか。

捜査員が翼に、山東海人の死について話したのは初めてだ。

翼が色を失った。

そして獰猛《どうもう》な目で秋月を見つめた。秋月はその目をまっすぐに見つめ返して、言った。

「あんた、殺したんだよね」

そのとき翼は、髪を逆立てたような憤怒《ふんぬ》をあらわにした。

「俺は殺したりしていない」

「ではもう一回、十五日深夜の行動について説明してほしい」

それから秋月は翼の答えを待たずに畳みかけた。

「『部屋に戻ったあと、車を川崎の南河原公園の公衆トイレの前に置いてこいと末男に言われた。末男は車を山東海人に使わせると言った。山東海人には、元の場所に戻しておくように言ってあるから、どこかで時間を潰して、午前三時きっかりに取りに行って、乗って戻って来いと言われた。なんの用かも聞かずに言われた通りにした』

そうだったな」

　翼は苛立《いらだ》ちを隠さなかった。

「この背中を見ただろう。その前日に朝方まで灸《きゅう》をすえられた。帰ったら末男に殴られて、車でぐるぐる連れ回され、その上事件は殺人にまでなっていた。もう何を考えることもできなかった。三時には車は元通り置いてあったし、それを運転して帰ったら、もう立っていることもできないほど疲れていましたよ。愛里のバカはずっとテレビをつけてて、暗闇《くらやみ》の中の猫みたいに目が光った男の映像がずっと流れてて」

「山東海人を呼び出したのは君だよね。午後十時十五分に君からの通信記録が、山東海人の携帯に残っている」

「その話はもうしたでしょう。末男が一人目を殺害したあと、渋谷のマークシティの前で停まっている時、末男に言われたんだ。十二時に六郷の河原に山東海人を呼んでおいてくれって」

　それから翼ははっとした。

「六郷の河原――」

「そう。君が呼び出したところで死んでいた。顔を石のようなもので潰されていたよ」

それから刑事はじっと翼を見据えた。

「山東海人がいたら、拳銃の入手経路を話されて、吉沢末男の犯罪にできないから。だから口封じをしたんじゃないのか」

翼はにんまりと笑った。

「だったら殺したのは末男だよ。あいつが俺の罪にするために、そういう話にするために、俺の罪にするために」

「その時間、吉沢末男は、君のマンションにずっといたんだよ」

翼の口がぽかんと開いた。死にかけて表面に浮いて来た金魚のように。

「人を二人も殺そうという時に、バカと組んでいたくはないでしょう――君がここで話した言葉だよね」

翼は秋月を見つめて、大きく息を吸いこんだ。

「俺は事実を話している。車を置いてこいと言われて車を出した。川崎の方向は不慣れだったから、カーナビを入れた。

遠くで花火の音がしていた。なんと言われたか、正確には覚えていない。ここが大事なんだとあいつは言った。背中の骨がきしむように痛かった。言われたようにキーをつけたまま車を置いた。盗まれようがどうだってよかった。だれにも見られないようにしろと言われた。車から離れていろとも言われた。理由を話そうかと言ったので、明日でいいと俺は断った。もう新しいことなんか一つだって頭に入らなかったから。

女を一人、するっと殺したあの男に畏怖《いふ》のようなものを感じていたと思う。言われた通り、公園のベンチで時間まで過ごした。設計図のようなきちっとしたプランがあり、あいつがそれに添って指示しているような気がしたから、下手に狂わしたらいけないんだと、そんな感じがしたから。三時にスマホのアラームをかけた。そのまま、ずっと座っていた。来年の四月のことを考えて。新しい人生のスタートを——新しい人間関係と、仕事と。それには金を返すんだと、ずっと考えた。金を返せばゲームはリセットされる。柏木ですれ違ったパトカーのけたたましいサイレンの音と、末男の腹の上の拳銃と——そして本気にさせるんだという末男の言葉と。そうやってぼんやりしていたら、アラームが鳴って」

それから翼はぐっと顔を上げた。

「三時に、車を停めた場所に戻った。車は停めたときのまま、そこにあったんです。乗ってみたら、ハンドルがぎゅっと曲がっていたから、やっぱり誰か使ったんだなと思った」

秋月は顔色一つ変えなかった。作り話を我慢して聞いてやっているよと言わんばかりに。

　翼は脂汗《あぶらあせ》をかいた。

「あの時の俺になってみろ。あんただって同じことをするから」

　秋月は噛《か》んで含めるように言葉を繰り出した。

「追い詰められたおまえは二人の女を殺して『相手を本気にさせよう』と思った。そのために山東海人に拳銃を都合させ、おまえが拳銃を手に入れたという証言ができる唯一《ゆいいつ》の証人である山東海人を殺害した。それから『緻密《ちみつ》な設計図』を描き、いまその設計図通りに証言している。全てを吉沢末男という、素行の悪い男のせいにするものだ。それが野川愛里の証言とも一致することなんだよ」

　翼は破顔した。

「愛里のいうことなんかを真に受けているんですか」

　翼は汚い油のようなぬらぬらした笑いを顔に張り付けた。

「刑事っていうのは、バカなんだよ。それくらい知っていたよ。化石みたいな頭で、結論ありきで動くんだよ。いま、末男にも、末男を犯人にした同じような筋書きを喋っているんだろう。知っているよ。末男は筋金入りのワルだから、折れないよ。でも俺はやってないから折れないんだ。勾留期限まであと二日ですよね、刑事さん。どっちも折れなきゃ、どうするんですか」

そう言うと、翼は笑った。

「あんたたち、本物のバカなんだな」

秋月警部補は落ち着いていた。

「山東海人を殺害した凶器が見つかっていないんだがね、君の車のハッチバックから、土と石のかけらが出ている。犯人は、凶器の石をトランクに積んだのち、どこかで破棄したと推測している。その時間、現場で音を聞いていた男がいる」

秋月はじっと長谷川翼を見据えた。

「その男はこう言った。ガツンと大きな音が一回した。それからバタンと音がして、ドンと音がして、あとはバタンバタンと続けざまに音がした。それから車が走り去った——と」

それから秋月は、まっすぐに顔を上げた。

「初めのガツンは、山東海人の顔に石をぶつけた時の音。次のバタンはハッチバックを開けた音。ドンというのは、凶器の石を積み込んだ音。あとのバタンバタンはハッチバックを閉めたり、ドアを開けて車に乗り込んだりした音だ」

翼に不安がゆっくりと広がっていくのが見える。それでも翼は言い放った。

「石のかけらが載ってたからって俺が犯人だって言うのか」

「刑事は確かに賢くはない。自覚はあるよ。でも石のかけらで人を殺人犯呼ばわりするほど馬鹿《ばか》じゃない。起訴しても公判は維持できないしな」

公判維持という言葉に、翼の顔が強張《こわば》った。

「君は山東海人の殺害に関係ないと言ったが、吉沢末男に彼は殺せないんだ。何度も言うようだが、その時間、彼は君のマンションにいた。そして君の車のハッチバックから、血液反応が出ている」

「血？」

「お前の車から、山東海人の血が出ていたんだ」

秋月は慎重に、長谷川翼の顔を見ていた。それは見納めになる男の顔を見るようだった。

翼が息を飲んだ。

長谷川翼の車から石の粉が発見されたのは八月十五日のことだ。血液反応は、それとは別に、ハッチバックに敷かれたシートの奥から微量に検出された。

ハッチバックに残っていた微量の血が山東海人のものと一致。石は六郷の河原にあるものと成分が一致した。車には小枝で引っかいたような細かな傷がいくつかついており、木の葉の樹液も微量に採取されている。車が六郷の河原に乗り込んだのは間違いないと思われた。山東海人の血液がどのような経緯でハッチバックについたのかについて慎重に調べられた。そしてとうとう、血がついていたカーペット部分に、重いものを載せたあとがあり、そのへこみの中に、石のかけらと石についていた砂を発見した。それが九月十一日だ。

その間、長谷川翼は山東海人が殺害された時間の行動について曖昧《あいまい》にしてきた。山東海人を呼び出した電話については、一度は、自分はかけていない、吉沢末男がかけたんじゃないかと供述を動かしてもいる。

検察は、山東海人殺害容疑での起訴が何を意味するかをよく心得ていて、その石と血の存在一つで長谷川翼を山東海人殺害で起訴できるかについて、できれば座間聖羅、森村由南の殺害に関する合理的な証拠、証言も求めたいと早乙女警部に申し入れていた。早乙女警部もまた、人間の生命を、ただ一つ、その証拠のみによって、生き死にに直結させる事態を憂慮していた。

九月十四日の、住居侵入での再逮捕は「もう一つの証拠」を捜すラストチャンスだった。その「もう一つの証拠」には、長谷川翼が犯人であることを補強するもの、否定するもの、吉沢末男が殺した可能性を匂《にお》わすものの全てが範疇《はんちゅう》に入っていた。

しかしそれからの二十三日間に、新たな証拠は見いだせなかった。そして一方で、捜査本部は、長谷川翼が三人を殺害したという筋立ての場合に発生する齟齬《そご》について、検討を始めていた。

亀一を選んだのは、ごみ箱の横に落ちていた菓子袋が亀一製菓のものだったから。「もう金なんかいらねぇ、死んだ女のことをちゃんと報道しろ」と言ったのは吉沢末男で、翼にはなんの相談もなかったこと。テレビ番組のスタジオに電話を繋《つな》いだのも吉沢末男の独断であったこと。そう考えると、吉沢末男がしていることは、金を取るという当初の予定から逸脱することばかりだった。吉沢末男は自身の証言通り、「もうどうだっていい」と思っていたと考えられる。

長谷川翼が、どうして女二人を殺害することで金が取れると考えたかについては、「不可思議」という言葉が使われたが、サンエイ食品の恐喝そのものが、子供の遊びのような不可思議さを持っており、亀一恐喝の脇の甘さは、サンエイの恐喝に共通するものがある。また、なにより長谷川翼を犯人と考えるとき、その行動の破綻《はたん》を説明するものは、彼が受けてきた暴力だった。暴力行為を受けて、長谷川翼は電話の音にも怯えるようになっていた。もう一点挙げられるのは、反社会性——彼は、手許《てもと》に吉沢末男という身許の怪しい男を囲っている限り、彼を生贄《いけにえ》として差し出せば、世間はそれで納得するものと本気で考えていた。そうやって潰して行くと、そこには齟齬が現れなかったのである。

秋月はゆっくりと言った。

「夜十時十五分に山東海人に電話をして、六郷の河原に呼び出し、石で山東海人を殺害、その石を車に載せて、途中でどこかに遺棄し、四時に帰って来た。それ以外、君の車に山東海人の血が残っていることに説明が付かない。君が乗っていた車に山東海人の殺害に使われた凶器が積まれていたことは、紛れもない事実なんだ」

翼は顔を真っ赤にし、椅子《いす》を蹴《け》って立ち上がった。

そうして、刑事に取り押さえられた。

長谷川翼は山東海人の殺人罪で再逮捕された。検事は裁判所に、続けて二件の起訴を予定していると告げた。

「三件の殺人罪ということですね」

「そうです」

「単独ですね」

「ええそうです。あとの二件は、森村由南、座間聖羅の殺害容疑。全て単独の殺人罪です。そのつもりで公判前整理手続きの進行をお願いします」

野川愛里はサンエイ食品に対する恐喝罪で、吉沢末男は、亀一製菓への威力業務妨害並びに恐喝未遂で、それぞれ起訴された。

十月六日のことだった。

4

中野連続殺害事件のピークは逮捕から二週間だった。

それは、十九人が殺された事件が、逮捕から十日余りで、人が、そんな事件があったことさえ忘れたことに似ていた。

虐待《ぎやくたい》事件は相変わらず起きていて、木部美智子でさえ、どれがどの事件だか、親の特徴と手口と被害者の年齢がわからなくなる。

吉沢末男と長谷川翼が逮捕されて二週間後、成人女性が親により十七年間監禁されて衰弱死した姿で発見された。二か月間行方不明だった幼児が発見され、猛暑の影響で野菜が値上がりし、豪雨で川が氾濫《はんらん》して、家が何軒か流された。政治家が不適切な発言をしてSNSが炎上し、続けて思い出したように外交問題が取り上げられた。浜口の抱える情報番組では、笑顔に厭味《いやみ》がないことだけが取り柄の青いキャスターが、一時間半を外交問題に、残りの三十分を野菜の価格高騰《こうとう》に費やした。

東中野で女が二人殺された事件は濁流のように流れ込む情報に押し流されて、人の記憶に上ることもない。

誰にも愛されない二人の女が額を撃ち抜かれて死亡し、それに伴い、仲間からタコと呼ばれていた男が殺された。

そんな事件は、代謝された細胞みたいなものだ。

その三人の人間の生命を奪ったのは真実誰だったかということもまた、何の興味も持たれない。

安全な社会に住む人間には、事件は、誰かが逮捕されたときがピークなんだと美智子は思う。動機なんて、個々が適当に想像するのと、週刊誌が頼りない情報で書き立てたことが、違っていたって同じだって、それはただそれだけのこと。

――中野の事件、あれ絶対連続殺人だよねぇ。

――拳銃だもんねぇ。物騒だよねぇ。

そう言って歩いていた新橋の二人連れは、約束の時間に間に合うかを心配していた。

美智子はあのときの光景を思い出す。

サンエイの総務部長は、三人目の犠牲者を出したくなければ二千万円を用意しろという要求に対してたった一言で拒絶した。

「ばかじゃないのか、お前は」

あれは本当に核心を突いた一言だった。

「クソみたいな女」の命ごときでガタガタするのは、ばかだ。

でも美智子は思うのだ。

二人の女が最後にその網膜に刻んだ姿は、誰だったのかと。

拳銃を目の高さまで持ち上げて、狙いを定めて引き金を引く。その向こうにいるのは、茫然《ぼうぜん》として目を見張る女だ。

死の恐怖を感じる暇もない。無念を思う間もない。そして痛みもない。

雪が溶けるように、音も痕跡《こんせき》も怨念《おんねん》も無念もなく、ただ消えた二人の女。

美智子はあの日河原で犯人の背中を見た。

早乙女警部は、一つの証拠を生かすのも握り潰すのも——その証拠を生かすためにことを歪《ゆが》めるのも、握り潰すためにことを歪めるのも同じことだと言ったそうだ。

だから、美智子は自分の見た真実を、生かすことにも、握り潰すことにも、大義はないと思っている。

だけど見たものを、美智子は心の中から消すことはできない。

浜口は勘がよかった。

あの日、美智子は、中川を呼ばずに浜口を呼んだ。浜口は、「口が固いだけなら、おたくの中川くんを使うよな」とひとこと言った。

中川があの場にいたら、彼は真鍋に黙っているという背信行為をしなければならない。

もし真鍋が知れば、それこそ道徳観も社会正義もあったものではない、報道人の疼《うず》く欲望のままに発表しろといっただろう。

なぜそれをためらうのか。

自分の幸せのために無理やり深い谷を渡った、そしてどんな不幸にもめげずに力一杯自転車を漕《こ》いだ、若い二人の女を、そして美智子の顔に長いエンドロールを見るように座っていた、壮年の男を思う。

長谷川翼は極刑を言い渡されるだろう。

彼が冤罪《えんざい》なら、黒は吉沢末男だった。

野川愛里は、保釈されて実家に戻った。母親は、あの娘を、間違いなく裁判に出廷させるだろう。野川愛里には執行猶予《ゆうよ》はつかない。彼女は万引、暴行をはじめとする軽犯罪を多数犯している。五年以下の罪に問われて、服役するだろう。出てきたあと、また街角に立つのだろうか。

野川愛里の母親の姿が脳裏に甦《よみがえ》る。

疲れた女が、外灯の下で、ビニールの買い物袋を持ち直す。

疲れたような顔——鬼のような顔。

そんなものはだれにも助けられない。

——そう。だれにも助けられないのだ。

多くの人間が、幼い吉沢末男をかわいそうだと思った。

力になってやりたいと思った。

事実、交番の警官は勉強を教え、商店街の源一は野球に連れて行き、女連中は彼のために体操服にゼッケンをつけた。高校の担任は彼の少年審判の弁護士費用のためのカンパを集めた。

それでも結局、吉沢末男は救われなかった。

あれほど慎重で、鉄のような意志をもった男が、結局本人と周りの望む、平穏で安泰な生活を手に入れることはできなかったのだ。

いま、ネジ工場の社長は、吉沢末男の身元引受人を申し出ている。中に立ったのは遠藤守夫弁護士だ。保釈金もネジ工場の社長が出すのだという。

吉沢末男は当初、身元引受人になるという社長の申し出を断った。

遠藤守夫弁護士は、面会に彼を訪ねて、執行猶予はつかないと考えるように伝えた。

「容疑は亀一製菓の恐喝未遂です。しかし君の場合はグレーな社会に半分足を突っ込んでいるから、執行猶予がつく可能性は低い。二年ぐらいは刑務所に入ると考えておいたほうがいいです」

それから遠藤弁護士は、ネジ工場の社長が気にしていると伝えた。

「もし、うちで仕事を続けていれば、今回のことは起きなかっただろうに、島田先生にあんなに頼まれたのに無責任なことをしたと、社長は悔やんでいます。ここは社長の厚意に甘えて、保釈を受け入れてはどうですか」

吉沢末男は、それでも一時は、迷惑をかけることになっては困るからと保釈の申請を断った。

美智子はあの、粘土を張り付けて伸ばしたような細い階段を上がって遠藤弁護士の元を訪れてその話を聞いた。

吉沢末男の妹、芽衣から遠藤弁護士に連絡があったという。

吉沢芽衣は、テレビから流れる声が兄のものであると確信して、息を潜めて成り行きを見ていた。そして保釈には同居する家族が必要だと思うから、もし役に立てることがあればと、連絡先を残したという。吉沢末男は、そのメモの写しを眺めたあと、遠藤弁護士の前で二回やぶり、借金取りが金を返せと言いに来るだけだ、どうせ二か月で刑務所にいくんだから、いらないことをするなとの伝言を頼んだ。

美智子は、サンエイの記事が載ったフロンティア九月号を、吉沢末男に渡してほしいと伝えた。

吉沢末男の母は結婚していた。旅館の仲居をしていて、客に見初められたという。相手は建築設計士で、いまは富山の山の中で暮らしている。母親は中野署で事情聴取に答えたあと、刑事の勧めで富山に帰った。

いまだに透けるような肌をしていたと秋月は言った。

そのとき美智子は初めて、末男の母親の名を知った。

末《すえ》という。

そして末という娘は生まれたわが子に末男と名付けたのだ。

十七歳で子を産み母となった女の、無垢《むく》な決心がそこに見えるようだと美智子は思った。

結局吉沢末男は保釈を申請し、受理された。

もう秋になっていた。

屍肉《しにく》の臭《にお》いが充満した夏。それでも太陽高度が低くなると秋は来る。明けない夜がないように、終わらない夏はない。

美智子は何度も板橋に足を運び、兄妹を知る人をたずね歩き、二人が暮らしたアパートを訪れた。

アパートの前には小さな公園がある。色の剝《は》げた遊具が寂しく並ぶ、小さな公園で、兄と妹はそこで部屋から客が帰るのを待った。

鎖の錆《さ》びたブランコと、バネがついた動物の乗り物と、一本の外灯と、砂場と、象の滑り台。そしてベンチ。

その小さな場所と、見上げたところにある部屋と、ここからしばらく行くとはじまる商店街と。

いまはない猥雑《わいざつ》な家々と、そこをぐねぐねと走る隘路《あいろ》と。

広かったと思っていた小学校の校庭が、大人になってひどく小さく感じるように、幼い吉沢末男には、ここは一つの世界のように広かったのだろうと美智子は思う。

美智子は公園の前で待っていた。

午後六時、アパートから若い男が降りて来た。

線の細い男——一番目の印象は、するりとどこにでも入り込んでしまいそうな身の軽さだった。

それが階段を降りて、美智子に気付いて少し歩を緩めたときには、身の軽さではなくある種の俊敏さなのだと気がついた。

動きに音がない。

「吉沢末男さんですか」と声をかけた。

吉沢末男は美智子に目を合わせた。

「座間聖羅、森村由南を殺害したのはあなたですよね」

吉沢末男はピタリと足を止めた。

「わたしはフロンティアの記者、木部美智子です。お読みになったサンエイの記事を書きました」

吉沢末男は美智子に視線を合わせたまま、動かなくなった。

「わたしずっと考えていたんです。どうしてあなたが二人の女を殺したのか、その理由をね。いまさら真実を振り回したりしませんよ。警察はあなたを殺人罪で起訴することができなかったんですから。でも」

美智子は続けた。

「なんの証拠もなく、この結論に辿《たど》り着いたわけじゃないんです。たった一つの証拠で捜査本部を長谷川翼へ向かわせたあなたには、その意味がおわかりだと思います」

――この男にどれほどの勝算があったのか。

「いろんな偶然が結果を分けることは織り込み済みだったでしょう。もしかしたら新規のNシステムにひっかかったかもしれない。もしかしたら板橋に停まっていたオレンジ色のプリウスが、なにかの間違いで防犯カメラに映りこんでいたかもしれない。いろんな可能性を振り切ってあなたは勝負をかけた。偶然が身を滅ぼす証拠になる確率はひどく低い。運命を分けるのは物的証拠だということを、あなたはたぶん、十七歳のときの取り調べで感覚的に理解した。公判維持というものが、何によってなされるかを習得したと言ってもいいです。そしてたくさんの偶然はあなたの側を避けたけど、あなたの側に落ちた偶然がある。偶然が二つ重なったらそれは偶然ではなく、必然です。中野殺害事件には実は偶然が二つ重なった。でもあなたはそれを知らない」

吉沢末男はじっと聞き届けた。

それからすぐそこにある遊具に座った。

それはバネのついたパンダの乗り物で、目の周りの黒の色が褪《さ》めてやつれた白熊のようだった。

古びた遊具の上に座る吉沢末男は、想像していたよりずっと若い。そして妹の写真から感じるような明るさや躍動感はない。その目はじっと美智子を見据えていた。決して戦闘的ではない。しかし今にも目の奥から手が伸びて、美智子の心の中に手を突っ込もうとするようだ。

「わたしはある時からずっと、吉沢末男という男はあんな風に人を殺したりしないと確信を持っていました。あなたが殺人犯になってしまったら、芽衣さんは殺人犯の妹として生きていかなければならなくなる。だからあなたは、不用意に人なんか殺さないはずなんです。

でも森村由南と座間聖羅を殺して長谷川翼になんのメリットがあるのか。二人殺したからといって亀一から金が取れるわけでなし。

サンエイに二百万円の金を要求して無視されて取り立て屋に殴られて——そこまでは長谷川翼の話には一定の理解ができる。でも、そのあと女を二人殺害するのと並行して山東海人を殺害して拳銃の入手先をわからなくして、あとはどんどんとことを大きくしつづけた。野川愛里は、一連のことは長谷川翼の主導で行なわれたと言っています。でも野川愛里は事件の全貌《ぜんぼう》を摑《つか》んでいたわけではない。彼女にわかることは、自分が見たことと聞いたことだけです」

すぐそこに、兄妹のアパートが見える。古びた、もう半世紀も経《た》っていそうなアパートだ。

「この公園ですよね。あなたと芽衣さんが時間を潰《つぶ》したのは」

末男は微動だにしない。

彼は自分の犯罪がどのように露呈して、そしてそれがどの程度危険なのか――あたしの言う「二つの偶然」を値踏みしたいのだ。

「芽衣さんが産まれる前から、あなたはこの公園の片隅でいろんなことに耐えてきた。カエルの子はカエルと近所の女性は言いました。家庭環境の悪い家で育った子は自分の家庭も崩壊させる。母親が売春業で学も常識もなく育った娘は売春に手を染める。それは多分、個人の問題でなく――個人の選択ではなく、逃れられない道のようなものだった。あなたがその道に抗《あらが》うとき、わたしたちが思う以上の苦労があったでしょう。あなたは勉強して高校に入った。この道から抜け出すためには、勉強して学歴をつけ、就職して社会人に――社会のうわずみに滑り込むしかないと思っていたからじゃないでしょうか。途中で資金が尽きて、また犯罪に手を染めた。あなたは、生活資金がなくなると犯罪を犯した。言い換えれば、犯罪によって生存の危機を乗り越えて来た」

彼を取り巻く混沌《こんとん》から彼の心を救い出すものが学問だったんだと美智子は思う。筋道があり、結果があり、その結果は公平で、そして努力が報われる世界だ。

「島田先生は、吉沢を大学へ行かせたかった。でも吉沢にはまだ小学四年の妹がいた。そう、遠藤弁護士は言いました。そうしてあなたは窃盗に加わった。

島田先生は警察に通って情状酌量を頼み込んだ。遠藤弁護士はその時の島田先生の言葉を覚えています。吉沢はなにも言わなかったけど、大学へ行きたかったんだと思う。それであの犯行に加わったんだと思う——」

末男が美智子を見据えている。

「それでもあいつはくじけなかった。ぼくが探してきた金属加工工場に就職しました。補導歴があるから、そこしかなかった。あいつは頭を下げて、よろしくお願いしますと言った。あいつが工場を辞めてから、その工場で金庫が消えていたことを聞きました。絶対あいつじゃない。でも、噂《うわさ》には勝てない——島田先生はとても悔しがっていました。わたしは考えたんです。吉沢末男という人間は、いまさらそんなことで悔しく思うこともなかっただろうって。あなたが工場で金庫窃盗の嫌疑をかけられていたころ、母親が最後の借金をあなたに持ち込んだ。ふつうならもう、精根尽き果てているはずなんです。それでも潰れなかったのはまだ十一歳の妹がいたから。そんなあなたが、妹の将来を壊すようなことをするはずがない」

末男は不意に笑みを浮かべた。

「自分に庇護者《ひごしゃ》がいなかったから、妹の庇護者になろうとした」

末男は笑みを消した。

「今回、あなたは金を返さなければならなかった。それは妹を人質に取られた借金だったから。こぶらというキャバクラで教えてもらいました。どこに行こうと見つけ出すそうですね。だめなら妹が身体《からだ》を張って返すんですよ。店長がそう教えてくれました」

末男は美智子を見据えていた。

瞬《まばた》きするように点滅したあと、外灯に灯が点《とも》った。

「わたしはずっと不思議だったんです。二人の容疑者はともに心底金に困っている人間なんです。なのに犯人はことを大きくして、どうやって金を摑むんだろうって。案の定、最後には金はいらないと言った。それで思いついた。そもそもこの犯人には、別の目的があったんじゃないかとね」

吉沢末男は寡黙《かもく》な男だ。

その犯歴を書きつらねればどうしようもない男なのに、彼と対面した当事者は彼を悪く言わない。交番の巡査さえ末男を気にかけた。

美智子は社長の話を思い出すのだ。六千円を返して深く頭を下げた、その律儀さ。

「あなたがテレビの本番中に電話で言ったことは多分本心でしょう。それがすんなり聞こえた。それはあなた自身がそこに身を置いて、彼女たちに苦しめられてきたからだと思う。だけどそんな恨み言を言うのが目的でもなかった。

あなたは真面目《まじめ》に勉強して、結果と原因の因果関係を分析する能力を培《つちか》った。そして目的と手段を整理する技量も持っている。だから努力ができる。努力が実らなくても、努力は手段に過ぎないから、目的を持つ限り別の手段を講じる。だからあなたはどこまでもやっていける。妹を母の二の舞にしないように、中高生だったあなたが五年間学童に通い続けたことからも、目的とその手段という手順をよく理解していることがわかる。そしてそれを実行する根気に驚くんです。妹を守るには、悪い仲間に触れさせないようにするしかない。その際、母親にも迎えに来させなかった。森村由南の母親は、家に客を入れるうち、娘まで売るようになったようです。母に悪気はなくても二人きりにしたらそんな結果だって生まれる。——あなたにはそういう想像力もある」

　末男が口を開いた。

「ぼくを褒めに来たんですか」

　身の内がざわめいた。この声が、あの電話の男のものなのか。低く、しかし切れのある声だ。明瞭《めいりょう》に聞こえる声。

「あなたの行動には目的があると言いたいんです」

　末男がまた、黙り込んだ。

　寡黙であるというのは忍耐がいることだ。反論も同意も全《すべ》てを腹に溜《た》めておかないといけないのだから。

「野川愛里を前面に押し出して耳目を集める。到底金にならない脅迫をする。わたしたちは煽《あお》られた。本当に亀一から金を取りたいのなら、野川愛里の口座を指定することはなかったでしょう。亀一の社長は、金を用意する意思をもっていたそうです。でも犯人に、その金を手にする手段がない。野川愛里名義の口座を指定したときから、金は手に入らない。野川愛里を前面に押し出したのは、事件をサンエイと結びつけるためだった。二人殺して、三人目の脅迫状をマスコミと大手菓子メーカーに送りつけたら、サンエイの工場長が雑誌記者に話していなかったとしても、捜査本部はサンエイの恐喝を掘り出していた。野川愛里の口座にはサンエイの工場長からの振込が何件も記録されているからです」

捜査は必ず野川愛里と、彼女がねぐらにしていた部屋の持ち主、長谷川翼に辿り着く。一課なら、長谷川翼まで半日だ。工場長が美智子に話そうが話すまいが、ことは粛々と進むようになっていたのだ。

「――未遂にする。犯人の意図はそこにあったと考えれば、辻褄《つじつま》があう。初めから、亀一から金を取る気はなかったとすれば、筋が通るんです」

犯人はどうしようもなく社会を舐《な》めているか、こちらが辿り着いていない思惑を持っているかだと秋月は言った。ある意味で、その両方が当たっていたと言える。

世間が想像するのとは別の思惑を持ち、捜査の手を読んでいた。目的を誤認させれば、瞬《また》く間に捜査は行き詰まる。取材も、犯罪捜査も、想定した筋立てなくしては積み上がらないからだ。

「どうあっても芽衣さんだけは守る。そこには不屈の精神さえ感じる。高校を出た芽衣さんが最初にしたことは、一緒に兄の借金を返すことだった。それは幼かった芽衣さんが大人になった証《あかし》でもあったでしょう。その妹が、借金を自分に被《かぶ》せたとしても、その借金はそもそも自分から発生したもので、妹が作ったものじゃない。ホストの男と逃げたのは酷《ひど》いことでもあるけれど、それも元を辿ればキャバクラ勤めをさせた自分の責任でもある。大人になった妹が図らずも恋をした。あなたは考えたはずです。文句はあとから言えばいい。どうすれば妹を守れるのか。それは借金を返すこと。あなたの目的は借金を返すこと。

あなたはそれだけに目的を絞っていたはずです。その金をどこから得るか。

てめえ、誘拐だぞとどなったのは、長谷川翼でした。あなたが表に出たのは中野殺害事件のあとからだった。取り調べであなたは電話で話した言葉を本心だと言ったそうですが、電話のときのあの怒りは計算されたものだったんじゃないかと思う。あなたの『募金とかしたらどう？』という言葉は胸に突き刺さった。わたしのようなすれた人間さえ、あなたはうまく騙《だま》せた。感情を押し殺す術《すべ》を身につけていて、冷静に計算して動ける。いつも注意深く観察して、生き抜く」

末男が美智子を見た。

「翼はなぜ、親に借金の肩代わりを頼まなかったのか。翼の父親は、娘を誘拐して三百万円を要求したのが息子だと気付いていたと思います。父親は三百万円を払ってこれきりだと釘《くぎ》を刺した。それでも翼は顔色一つ変えなかった。わたしは今回の事件で一番得をしたのは誰かと考えたんです。座間聖羅の母親は涙ひとつ見せない。森村由南の母親には娘の死は迷惑だった。もし殺されたのが野川愛里なら、母親は一人密《ひそ》かに泣いたかもしれないけれど。

長谷川翼が俺じゃないと叫び続けているそうです。親は、彼が二千万円の借金のために犯罪に走ったことを聞いて、それくらいの金ならなんとか工面したのにと言っているそうです。大学でこそ評判はいいけど、高校時代の彼を知る人たちは彼を『嘘《うそ》つき』『不誠実』だと言います。一番得をしたのは、彼を抱えずにすんだ内定企業かもしれない——ちょっとそんな皮肉を考えました。でも——」と美智子は慎重に言葉を重ねた。

「翼の『俺じゃない』にはひどく切実なものがあるそうです」

末男は顔色を変えただろうか——光の加減かもしれないが、全くそのようには見えなかった。

「わたしは、このプランはあなたが長谷川翼の父親と共謀したものだと思っているんです」

末男はその時、はっきりと顔を上げた。目を逸らさず、まっすぐに美智子を見据えたのだ。

「二人を殺害すれば極刑でしょう。生命はだれのためにあるものでもない。本人のためにあるものです。生きる価値の問題ではなくて、生まれたものには生きる権利がある。その権利を二つ、自らの生命になんら危機のない状況でありながら奪ったら、その人間は社会に生きていてはいけない人間ということになる。そもそも命に価値なんかないんですよ。どんなクズにも保障されている権利なんです。

長谷川翼は起訴されるでしょう。警察は陰謀論には与《くみ》しない。立証できませんから。そして陰謀がなければ二人を殺害したのは翼。それは翼が山東海人を殺害しているからです。計画のために一人殺害した男が、『俺が殺人になんか手を染めるはずがないだろう』という理屈は通らない。

彼がどれほど幼稚な恐喝を繰り返し、人を食ったセリフをくりだしていたかはサンエイの工場長が語るところです。そしてどれほど追いつめられていたかは、街金の取り立て屋の証言と彼の身体に残った傷をみれば明白です。彼に基本的な道徳心がかけていることは、妹の誘拐と、『貧困ぼくめつＮＰＯ』の少女たちへの裏切りをみればわかる。秩序を重んじないことは、違法ギャンブルにどっぷりと嵌《は》まっていたことから窺《うかが》える。そして彼が、かっとなったら自分を制御できなくなるのは、野川愛里への暴行のみならず、高校の時に起きた苛《いじ》めの詳細を調べればわかる。

彼が拳銃を持っていれば、そして『クズを二人殺して社会に対して身代金を要求す

『』というプランを考えついていれば、自分の知っている少女を二人殺害していたかもしれない」

末男はぴたりと美智子に視線を合わせたまま、外さなかった。

「中野殺害について物証がないから彼は最後まで争うでしょう。仮に証拠不十分で無罪を勝ち取ったとしても、彼の家族には彼と縁を切るに十分な理由になる。二度と自分たちの近くに彼が来ることはない。この事件で本当の安堵《あんど》を得たのは、長谷川翼の家族だったということです」

末男はまるで銅像のようだ。口元を硬く結び、目はしっかりと美智子を見据えている。美智子には、そういう表情の一つひとつが解答でもある。

「まず森村由南を殺害し、深夜十二時に六郷に山東海人を呼び出すよう翼に指示、そのあと車を川崎の南河原公園の公衆トイレの前に置いてこいと翼に指示した。翼はその通りにして、四時に車に乗ってマンションに帰った。その間、あなたはずっと翼のマンションにいた。南河原公園に置かれた車は六郷の河原に現れて、運転者は山東海人を殺害し、凶器の石を車に載せて、どこかで廃棄し、すなわち石に付着した山東海人の血液が車から採取出来るようにして元の位置に返した——その運転者は翼の父親じゃないですか」

吉沢末男はただこちらの言葉だけを深いところに吸い込んでいく。

「父親が協力してあなたのアリバイを作った。山東海人は翼に言われた場所で待っていたんでしょう。その場合、車を運転してマンションに帰っただけという翼の供述は辻褄が合うんです」

末男が、ゆっくりと姿勢を変えた。

外灯の光が末男を浮かび上がらせた。

陰湿な目を持っていたはずの男は、解放されて覚醒《かくせい》すると、思った以上に力のある目をしていた。線の細さは妖艶《ようえん》でもある。

「でもこの話は採用されないでしょう。あなたと翼の父親には接点がありません。いつそんな打ち合わせをしたのかということになる。発覚すれば社会的生命どころか、本当に命に係わる決断です。反社会性のある子供を持ってしまった親の苦痛や苦悩を知らない人には、わが子を社会から抹殺《まっさつ》する決断は決して理解されないと思う。でも親は鬱積《うっせき》した思いを持っている。できることなら自分の手で殺してやりたいとさえ思っている。

長谷川翼の証言通りだと仮定します。森村由南を殺害する前に、あなたは板橋のアパートに寄っていますよね。あなたが戻ってきたのは一時間ほどあとだったと翼は証言しています。そして次に寄った柏木のコンビニ裏の路地であなたは拳銃を発砲した。だったら拳銃はアパートから持ち出されたのでしょう。でもあなたと妹さんが住んでいた小さなアパートはよく整理されていて、そこに一時間、なんの用事があったのか。縁の下があるわけでなく、屋根裏があるわけでもない。

あそこに見えるあの団地の足元には、いまでも公衆電話があります。あなたはそこから翼の父親と話をしていた。だから戻ってくるのに一時間かかったんだと思う。それでも――」と美智子は末男を見据えた。

「息子を殺す。ついては山東海人の殺害を分担してほしい――そんな話が一本の電話で済むものだろうか。それはいくらなんでも無理だ。そうやって、この仮定は即座に否定される」

美智子は末男を見つめた。

「でもそれも可能性はあるのです。それは事前に、父親に会っていた場合です。あなたがその目で――」

注意深く神経質な目だ。しかし決して陰険ではない。聡明《そうめい》で意志の強い目。

――ぼくはね、吉沢末男は、人の懐《ふところ》に飛び込む力を持っているんだと思う。それは、人を信じる力とも言い換えてもいい。それが転じて、人を信じさせる力にもなる。

遠藤弁護士はそう言った。

「父親に話を聞けば、父親は、あなたに本当のことを喋《しゃべ》ったんじゃないか。翼がこの先金に困ったら、もしかしたら両親を殺害して財産を手に入れようとするかもしれない。ついでに妹も殺害するかもしれない。家に火をつけるかもしれない。毒物を混ぜるかもしれない――妹を誘拐して、それがばれていることを知りながら平然と家に出入りする翼に、父親が怯《おび》え、そして娘を守りたいと考えたとしても、わたしにはそれほど突飛には思えないんですよ。わたしはその時、翼の父親があなたに、息子にこの世から消え去ってほしいという願望を切実に口にしたとしても、不思議ではないと思う」

末男の妹の芽衣は、そこまで自分を守ってくれた兄に全ての借金を被せて消えた。兄その身勝手さは残忍なほどだ。でもその行動の底には、兄への絶大な信頼がある。ちゃんなら最後はなんとかしてくれるという信頼だ。

そしてそんなマジックを、末男は翼の父親にかけた。

翼のマンションに住み着いて二か月だ。そのどこかで、末男は翼の不誠実さに気がついた。末男が翼のことを調べた痕跡は、闇金の男の記憶にある。それが彼の記憶では六月下旬。翼の父親は診療時間に縛られるので、自由に動けない。家族に不自然に思われることなく二、三時間動くとすれば、午後の診察が休診になる木曜日だ。六月下旬から事件が起きた七月十五日までの間の木曜日は六月二十八日、七月五日、七月十二日の三日。

可能性があるのは七月五日だけだった。

そして七月五日、学会が終わってから家に帰るまでの数時間、翼の父親の足どりがつかめない。学会の出席者たちは、「いつもなら一杯飲んで帰るのに、五日は用事があると先に出た」と答えている。

「彼はその時、車を動かさなかった。駐車場に停めたままでした。その辺りをしらみ潰しに当たれば、二十七歳程度の男と、五十過ぎの大柄な男が二人で話し込んでいたという目撃証言がとれるんじゃないでしょうか」

ファミレスやチェーンのコーヒーショップなどではない。監視カメラのない、個人経営の店だ。

末男の様子が変わった。

表情筋は相変わらず動かない。すべてを物語るのは目だ。

目が、過去でなく現実に戻ったのだ。

目の前の美智子に。

五日という日付に確信があったわけではない。五日に誘いを断ったのは事実だが、翼の父親は、いつも誘いに乗るわけではなく、だからそれを同僚は不審に思ってはいない。

――ほんとうに五日だったたんだ。

その日の末男の訪問は、翼の動向を知りたいと思っていた父親の思いとも呼応していた。末男は翼の状況を率直に話したんだろう。二千万円の借金、違法賭博《とばく》、ゼミの研究を隠れ蓑《みの》にした売春斡旋《あっせん》。激しい取り立てとサンエイへの恐喝――そして翼の家族に同情もしただろう。

「どうせ翼の借金に使われる二千万円。もしそれを自分にくれれば、翼が二度とあなたたちの前に現れることがないように考えてあげよう。あなたはそう申し出たんじゃないですか?」

美智子にはそれ以外、あの六郷の河原の木々の中に浜口より背の高い男がいたこと、山東海人が殺されていたという事実を解釈する方法がない。

「最後に、『女二人殺してんだ。こんなメス一匹、殺せるんだよ』――そう、亀一に電話をかけていますね。七月二十七日のことです。そこで初めて白ロムの番号が残り、山東海人が急浮上して、続けざまに長谷川翼の名が挙がって、ほんの三十六時間で事態は急展開しました。でもあの電話は何のためだったのか。前日二十六日の『とりあえず明日、またプレゼントするから』という言葉で、一課は準備を整えてあなたからの連絡を待ち構えた。あなたは二十六日の「明日プレゼントする」という電話で、亀一に刑事を張り込ませたんです。そこへ白ロムで電話をかけた。すなわちあなたは一課の通信機に白ロムの番号を残すために――一課に白ロムの番号をプレゼントするために、二本の電話をかけたんですよ」

翼を犯人にする仕掛けはもう十六日の時点で終わっていた。あとは事件を大きくして、警察が、真犯人を捕まえることより「犯人を捕まえること」に固執する状況を作り上げる。万民が納得する、後腐れのない幕切れだ。

二人のうちどちらが犯人であろうと、もう誰も興味がないのだから。

「あなたはあの日、板橋の部屋にある拳銃を手に取って、あの公衆電話から翼の父親に電話をしたんです。実行することにした。ついては一つ、手伝えと」

長谷川透の通信記録を洗えば、七月十五日午後八時ごろ、「公衆電話」から着信があるはずだ。公衆電話にも番号は割り振られている。一課が調べれば、長谷川透が、このすぐ向こうにある公衆電話から着信を受けて通話していることがわかるだろう。

「色の剝げたピンクのダイヤル式の公衆電話が、いくつもの十円玉を飲み込みながら、通話を繋いだ――たぶん、三十分程度。それを一課に話せば、すべてがひっくり返る」

末男は美智子を見据えて、ふっと微笑《ほほえ》んだ。

「ひっくり返ったりしませんよ。その電話をかけたという人物が現れて、長谷川翼の父親も、その人物と話をしていたと証言するでしょう。それが嘘であると証明することは不可能ですよ」

――板橋から電話をかけた相手ぐらい用意できるという意味だ。そして翼の父親は、末男のいうように口裏を合わせるということだ。

そしてそれは、美智子の仮定を認めたということでもある。

涼やかな夜気が公園を包んでいた。人一人いないうらぶれた公園。滑り台の色は落ちて、小さなブランコの座板は黒く、端が朽ちている。

「――一つ教えて欲しいんです。十五日、なぜあなたは突然翼を殴ったんですか」

美智子は吉沢末男を見据えた。

「犯行の直前にあなたは翼をひどく殴っている。心臓病の子供の手術に八千万円足らないとニュースが流れたのは五時二十分。翼はそのニュースに苛々《いらいら》していた。『おれが欲しいのは二千万円ぽっちなのによ』と。野川愛里の証言によればあなたが翼を殴ったのはそのあとです。あなたは翼の襟首を摑んで外に出た。野川愛里を殴る翼に腹を立てたと解釈することはできます。でもその数時間あとに野川愛里のような立場の女の眉間《みけん》に銃弾を撃ち込んでいる。ずっと引っかかるんです」

末男は、くつろいでいた。

「ぼくは、ぼくがしたことについては説明できます。ぼくは翼を殴った。しかし決して、野川愛里をかわいそうに思って殴ったんじゃない。野川愛里をかわいそうだと思ったことは一度もありません。

あの日、そう、確かに五時過ぎのことです。病気の子供に一億二千万もの金が集まるわけで、翼はそのニュースを悔しそうに爪《つめ》を噛《か》んで聞いていた。そして「お前んちはどうなんだよ」——突然、愛里の親が駄目ならぼくの親から取れないかって言いだした。すると殴られてへたり込んでいた愛里が、こいつんちに金なんかねぇよ。そう言ってぼくとぼくの家族を罵《ののし》ったんです。愛里はぼくのことを父親が誰だかわからない、店先の食べ物をかすめ取って走る、野良犬みたいなやつと言った。母親は字が読めない、妹は母親譲りの売女《ばいた》。そう言いました。

彼女は大口を開けて、げらげら笑いながらそう言ったんです。

ぼくは、喧嘩《けんか》を売られることも、蔑《さげす》まれることもなんとも思わない。だけど、愛里はひたすら翼に殴られて裸にされて小突かれて、人間扱いされていなかった。もし翼からそんな扱いを受けていることを彼女が悲しく悔しく思っていたら、同じような境遇の人間を、生まれながらに不利な人生を歩まざるを得なかった人間のことを、大口を開けて笑いながらバカにするでしょうか——ぼくが野良犬で母親が字が読めなくて妹が売春っていうのが事実かどうかは別として。

ぼくは、父親がいない、母親が男に身体を売って稼ぎを得る家に生まれました。大きくなって、自分と母と妹が暮らしていく苦しさを実感した。漁師には板子一枚下は地獄という言葉があるそうです。その気持ちがわかる。いま、暮らせているのは、偶然バランスが崩れていないからで、いつどんなふうに転覆するかわからない。そんな恐怖です。ぼくは一生懸命舵取《かじと》りをした。教師はぼくに、運命を切り開けと言いました。でも、底のないぬかるみを進むみたいなもので、日々の生活だけで消耗する。ぼくは人の愛情を受け、それを裏切り、性懲《しょうこ》りもなく信じてくれる人に助けられ、またそれを裏切る。裏切るたびに、自分の身を切っているみたいに辛《つら》い」

頭の上に幼い少女を載せて、膝《ひざ》まで沈むぬかるみを進む少年の姿が、美智子に見えた。

「みんなが当たり前のように歩いているあの日の当たる大地に辿り着きたい。そう思うのに、ぼくは転ぶ。それでも立ち上がるしかない。愛里は——ぼくのことをほとんど知らない愛里は、あのとき、ぼくを嘲笑《ちょうしょう》し、翼の側に立とうとした。翼の歓心を買いたい、翼と同じ側に立ちたい。そのためだったらなんでもできるし、どんなことだって言う。自分が言われてきた蔑みを、臆面《おくめん》もなく他人に向けられる。笑う愛里を見ているうちに怒りが湧《わ》いた。

愛里はすぐにまた、翼に蹴られ始めた。翼は愛里を罵倒《ばとう》しながら蹴るんです。『金がいるんだよ、この役立たずが』そういう自分の言葉に興奮して、猫でも蹴り倒すように愛里を蹴り、愛里は壁際《かべぎわ》に追いつめられながら、翼に一言の文句も言わない。愛里は翼に何をされても文句を言わないんです。裸になれと言われても写真を撮られても、反抗も羞恥《しゅうち》もない。

強いものに媚《こ》びへつらって、弱いものになんの同情も共感もない。

翼には殴る権利があり、愛里はそれに耐えなければならない——」

美智子に電話の声が甦った。

——こいつらは人間なんかじゃない。脳味噌《のうみそ》はウサギぐらいしかないんだ。

次々に、末男の言葉が再生されていく。

——こんな女の命、助けたって社会の足しになんないし。子供産んで虐待して、売春して、クレーム付けながら生きて、最後は生活保護受けて。ヤリたいだけヤって、子供ができて産んだら、死ねやって小突き回して育てるのさ。そういうのは恥ずかしいことじゃないんだろ、一生懸命働いている母親だっていうんだろ、悪いのは社会で、女じゃないんだろ。金もらって男の前で裸になれるゲスの売春婦は、金摑ませたら人さまの前で裸で泣くんだよ。本物のゲスだからな。

そして最後はいつも、同じ言葉に辿り着く。

――クソみたいな女でも、命は命なんだろ。救ってやれや。

末男はじっと美智子を見据えた。その目はもう、得体の知れないものではない。

「それで腹が立って殴ったんですよ」

「そこで決心がついたのね」

末男の目がキラリと光ったような気がした。

「いまいる場所から抜け出したい一心で二十七年間生きてきたあなたは、ここで諦《あきら》めるわけにはいかない」

末男が固唾《かたず》を呑《の》んで聞いている。彼の目が粘着質に美智子を見つめる間は、美智子の推理がその瞬間を正しく再現しているということだ。

「あなたは千二百万円の返済のことしか考えていなかった。七月五日、翼の父親との話の中で、ここで金を作れるかもしれないと直感した。借金を返すための請負仕事です。たぶんその時から、ずっと今回のことを考えていたんじゃないですか。どうやったら翼を叩《たた》き落とせるかということ。死体が見つからないように殺すか、正当防衛で殺すか。そうして、二人殺してその罪を翼に被せるという計画に辿り着いていた。サンエイ事件を利用して翼を罪に陥《おとしい》れる。彼らの恐喝のずさんさをよく理解していたから。でも決心がつかなかった。人間の生命を奪うというのは、当たり前の人間なら決心がつかないものです。その日愛里の言葉に、愛里のような人間は捻《ひね》り潰してもかまわないと腹が決まった。愛里のような人間とは、座間聖羅であり森村由南でもある」

二十七歳の男――力と行動力はピークだ。

「わたしたち雑誌記者はいろんな情報筋を持っているんです。末端の警察官には小遣い稼ぎをしたい人もいる――あなたの家の天袋の中に二つ、お菓子の缶が並んでいたそうですね。一つはディズニーランドのお菓子の缶で円柱型、もう一つはせんべいの缶で四角柱。ディズニーランドの缶の中には芽衣さんの写真や学生証や通知表が整理されて入っていて、せんべいの缶にはあなたの子供のころの写真や母子手帳などが入っていた。一歳で立った、母親の顔が認識できるようだ。そんなことが事細かに書かれていた。あとへその緒もね。芽衣さんの缶にはそういうものはないんです。そのあなたの缶の下の部分に、細工がしてあったそうですね。鑑識の調べでは補強したのは十年ほど昔。それを破って開けたのはつい最近——そう、教えてくれました。あなたは、見られたくない恥ずかしい写真を入れていたとでも言うのでしょうが、そこにはあのマカロフが入っていたのだと思います。十年前といえば十七歳、強盗をして回ったときですよね。群馬や茨城にも入り込んだというから、その時に手に入れたのかもしれないし、犯罪の逃走の運転手を請負仕事でしていたあなたには、逃げた犯人が残した拳銃ぐらい手にする機会があったかもしれない。あの日あなたはそれを取りに板橋に行った。自宅の近くの公衆電話で翼の父親に、覚悟はあるかと念を押した。そして手伝わせたんです。三十分の打ち合わせで。——この話を一課が呑まないのは、父親の長谷川透の共犯を証明することが極めて困難だからです」

秋月は、それでは起訴に持ち込めないと言った。——検察は当初、末男の犯罪だと考えていたが、いまや迷うべくもなく翼が実行犯だと確信している。それは、山東海人を殺した人間が二人の女を殺したのであり、吉沢末男には山東海人を殺すことができないからだ。あらゆる方向から検討して、管理官と検察が決めたことだ。合理的な証拠が必要なんだよ、みっちゃん。我々はそれを集めることができなかった。

——でももうこれで犯行は起きないわけで、どちらかが犯人で終わり。あとはお遊びタイムなのよ。

そう言ったのは浜口だ。

「あなたは暴力の力をよく知っていたと思う。母の内縁の男に殴られたこともあったでしょう。取り立て屋が振るう暴力も見たことがある。家を破壊する力とそれに怯える人間の顔。あなたには経験値があった。そして翼を間近で見続けてもいた。だから翼が、いま、暴力を振るった人間に従順になるということもわかっていた。翼が言う通りに動く間に、あなたは翼に指示を与え、数時間のうちに山東海人を殺害、翌日座間聖羅を殺して仕上げた。これが地味な事件なら警察はもっと慎重になれたかもしれない。でもあなたはどんどん事件を大きくして警察を追い立てた。捜査本部はへとへとになり、犯人逮捕の圧力が強まっていく。どこまで計算していたのかわからないけど、どちらにしろ、すべては長谷川翼を罠《わな》にかけるための犯行であって、あなたは最後にあなたが並べたドミノの端を突いた」

秋月は吉沢末男のことを、「エネルギーを絞っている」と言った。冬眠するように目を伏せて、息を潜めている。

——彼は待っていたのだ。

美智子は、この事件においてはすべてのことが、安全装置が外れた遊具に乗っているように唐突に結果が落ちてくると感じていた。そしていまその理由を理解した。彼は仕掛けをし、自分たちはその仕掛けが動くたびに、がらがらとおもちゃ箱がひっくり返るみたいに落ちてくるあらたな局面を浴びていたのだ。

そして彼は、最後の仕掛けが動くのを、息を潜めて――深海に眠るようにして待っていた。

美智子は、浜口が見上げた白いハンカチを思い出す。

薄汚れてちぎれかけたハンカチだ。

「山東海人を殺害したのは、彼が生きていたら、長谷川翼にピストルなんか都合していないと証言されるから。山東海人はピストルなど探していない。彼がピストルを探しているというのはガセで、その情報を流したのはあなただと思う」

翼の身長は、浜口と同じぐらいだ。浜口は、そのハンカチを確認するのに、わずかに顔を上げた。しかし犯人は、頭を上方に上げることなくハンカチをライトの中に映した。翼の身長ではどうしたってそれは不可能だ。

だからそこに立っていたのは、翼ではない。

翼の父親の身長は、浜口が撮った映像から知れる。クリニックのドアをくぐった彼の頭のてっぺんは、ドアの横にある開業時間のプレートの上の線の高さに一致している。プレートの上の線までの距離は百八十七センチだ。翼とは十五センチの差がある。

末男は静かに聞いていた。

美智子は何かを期待していたわけではない。強いて言えば、彼の反応だろうか。寡黙な末男にはふさわしい反応――。

鈴虫が切なく鳴き始めた。

「ぼくはね」と末男はゆっくりと口を開いた。

「これでも、二人の女の死について、世間はもう少し同情するものと思っていた。でも、サンエイの総務部長の口調には、二人の女の死が何か影を落とすということはまったくありませんでしたよ。二人の女が死んだあと、ぼくは決して事件を大きくする気なんかなかった。翼が愛里を平然と殴ったように、世間も愛里が殴られるのを平然と見るのか。ぼくは、それを知りたかったんです。見たかったといってもいいかもしれない。愛里がどんな目にあってもかわいそうじゃないのに、なぜ二人の女が殺されるのはかわいそうなんですか。二人の女には生きる権利があるとあなたは言った。それはあるでしょう。でも二人の女はその権利を尊重されていない。そして事件は、二人の女が殺されたことが問題なのでなく、人が殺されたという事実が問題なんですよ。人が殺されることは、自分たちの生きる権利の侵害と映るから。だからなんでもいいから犯人が捕まって、人に死をもたらした人間は罰せられるという原則が守られたら、それで満足するんです。求めるものは真実でも正義でもない。自分が生きていくのに安全な環境。ぼくの話、わかりますか」

末男はじっと美智子を見つめた。

「彼女たちは、死んで初めて、権利というものにありついたんです」

まるで糸が繋《つな》がれているように、ピタリと美智子の視線をつかんでいる。

「そんな物をぼくは権利とは思わない。彼女たちには権利はない。生きる権利がない。ぼくにも、ぼくの母にも。妹はまだ、生きているうちに人権というやつをもらえるかもしれない。ぼくは、妹にはそいつをやりたかった。人間として扱われる世界に押し込みたい。彼女たちを殺したものは酬《むく》いを受けるべきだとあなたは本気で考えていますか？　命には尊い命とそうでない命があって、彼女たちも、ぼくも、ぼくの母も、人間尊くない命なんです。否定したって無駄ですよ。殺されてやっと人権を叫ばれる人間は、カナリアと同じで、社会の歪《ひず》みを知らせるという意味でその死を問題にされるだけ。だから誰も彼女たちの真実には興味がなかった。人としては無視されたんです」

それから末男は、ゆっくりと言った。

「あんたたちは何をもって俺のやったことを糾弾できるんですか」

その言葉が涼やかな秋の夜の中に落ちた。

鈴虫が高く低く羽音をさせる。

末男は笑みを浮かべた。

「あんたはとことん死んだ女と野川愛里に食らいついたよな。木部美智子という名前を、フロンティアの記事で覚えていた。だからあんたの話を聞いたんだ。二人の女はどうしようもない女で。野川愛里も似たような女で。長谷川翼は害虫だったんだよ。でも大切なことはそんなことじゃなくて、金だった。あんたの言う通り。山東海人は拳銃を探したりしてなかったさ。そして俺はこれで千二百万円をもらう。でも俺の犯罪を立証することは不可能だと思います。金だって、絶対に足がつかない。翼の父親にタコを殺させたのは、あの医者を共犯にするためだ。心変わりして告発すれば、自らの犯罪も吐露しないといけなくなる。娘がかわいい彼にはそれはできない。だからあんたたちには崩せない。どっちにしろ警察はこれ以上深追いはしない。だって、俺か翼のどちらかが犯人なんだから、これで市民の安全な環境は保たれたわけで。あんたがどんな証拠を摑んだにしろ、だからもう、終わりなんです」

長谷川透は足のつかない千二百万円を用意するつもりなんだ。

末男の視線は冷たい刃《やいば》のようだ。

「いつから長谷川翼のことを調べ始めたときが事件の発端だ。

彼が長谷川翼のことを？」

末男は美智子を見据えていた。

――吉沢末男という男は決して視線を外さない。そこには貪欲なほどの集中力と、分析力があるのだと思う。音も息づかいも、相手の発汗さえ吉沢末男には言葉と変わらない情報を持つのだ。

その目で相手の内側に入り、相手が言葉にしていないことまで読み抜く。

末男はゆっくりと口を開いた。

「長谷川翼は、親に相談することを即座に拒否しました。そのときに、鼻先にふっと感じた。なにか正常じゃないもの――歪《いびつ》なものをね。それで調べた。

あの冷めた風を纏う翼が、取り立て屋が親の話を出すたびに、必ず金は作ると土下座する。親に言ったら店の入り口で首吊《つ》ってやるって開き直った。あいつのネックは親でした。親への執着が異常に強い。幼稚というより、粘着質というんでしょうか。愛着と憎悪《ぞうお》が入り乱れていて、基本にあるのは劣等感だと思う。街金の男は翼のことを、あの男はいつか犯罪者になると言いました。子殺しか、妻殺しか、恋人を殺すか、上司か部下を殺すって。確かに翼にはそういう匂《にお》いがあった。でもだからって、俺になにか考えがあったわけじゃない。ただ、翼のやることをじっと見ました。テープのように会話を聴き取り、ビデオのように一つひとつ目に刻んで。
俺は妹をそんなに大事に思っていたわけじゃない。あいつさえいなきゃどんなに楽だろうって思っていた。でも芽衣だって、こんな家庭に生まれたくて生まれたわけじゃない。俺たちはあの母親の腹から生まれた。それが変えられない以上、泣き言を言っても無駄なんだ。芽衣は俺のために就職を蹴った。あいつを病院の事務職に戻してやりたかった。あるべき人生に――」

あるべき人生――。

能力を活《い》かす場所を得られなければどうなるかと美智子が聞いたとき、どこかで爆発するでしょうと遠藤は言った。

「街金の男は、お前が払えなきゃこっちで芽衣を探すと言った。それはあんたの言う通り、芽衣に身体で千二百万円分稼がせるという意味だった」

やっぱり目的は妹が作った借金を返すという一点だったんだ。

「――あなたは笑う愛里を見ているうちに怒りが湧いた。翼は、愛里を罵倒しながら蹴っていた。『金がいるんだよ、この役立たずが』そう言いながら――その続きを聞かせてもらえませんか」

吉沢末男は黙った。美智子は続けた。

「父親も誰だかわからないし母親は字が読めない。店先の食べ物をかすめ取って走る、野良犬みたいなやつ。そう言って野川愛里があなたを笑った。あなたは立ち上がり、長谷川翼を殴った。翼には殴る権利があり、愛里はそれに耐えなければならない――あなたはその瞬間、クラッシュした」

吉沢末男の目に凄味《すごみ》が出た。憎しみ。怒り。そんな感情が吉沢末男の目に宿る。

「――愛里は俺の目を見てげらげら笑った。こんな瞬間を待っていたとでも言うように。翼のケリが入って愛里の言葉は途切れて。ギャーギャーうるせぇんだよと翼は本気で怒鳴っていました。俺はそのときまで、長谷川翼の父親の助けにはなれないと思っていた。長谷川翼のことをひどい人間だとは思っていたけど、長谷川の家をなんとかしてやりたいとは思ったけど、そんなことができるはずがない。

暑い夜で。翼の身体から汗のすえた匂いがしていた。

クズだ。

俺はどうしたってここから抜け出せない。

まるでクズの吹き溜まりに鎖で繋がれているみたいに」

吉沢末男が美智子の瞳《ひとみ》の奥を捉《とら》えている。

「高校の教師は運命と戦えと言うんです。俺はその教師と俺が、別の世界に住んでいることをまだ知らなかった。戦ったら、勝ち取ることができると思っていた。戦って勝ち取れる所にいるやつはご託を言う。俺は、そういう綺麗《きれい》なご託が言える人間に裁かれる。そいつらはまるっきり俺の世界を知らない。俺は後ろからあいつの肩を摑んだ。それから殴り飛ばしました。あいつは吹っ飛んで、本箱に当たって本箱から飾りや本が崩れ落ちた。絵も観葉植物もアロマオイルも」

末男は美智子から視線を外さなかった。

「窃盗に加わったとき、土足で家に踏み込み、じじい、火ぃつけるぞと声を荒らげる仲間の姿をこの目で見るまでは、金が出来たら大学に行けるかもしれないと漠然と思っていました。自分に足らないものは金だけだと。仲間は財布の中の二千円の金のために年寄りの女の顔を殴った。恐怖に引きつった人の目は、人間を見るものじゃなく、鬼を見ているようだった。その目を見たとき、自分はもう当たり前の人間には戻れないんだとわかった。それでもその金で高校を卒業し、母親の借金を返し、溜まった家賃を返済して、妹の学費を確保したんです。いまでも、誘ってくれたやつに感謝していますよ」

末男の目が美智子に挑みかかっている。

「暴力は嫌いなんです。母の男たちは妹に拳《こぶし》を上げたがっていた。小さな子供の腹を、拳で潰そうとするんですよ。だから拳に力を入れて何かを破壊するってことに生理的な嫌悪感があった。あんた、さっきクラッシュって言ったろ。いまあんたにこうして話している。これがほんとのクラッシュだと思う。いまと同じさ。たがが外れるってこんな感じなんだろうと思った。感情より力が先に突き上げて来る。腕が勝手に動く。脳がね」

末男は射るように美智子に視線を定めたままだ。

「たぶん脳が理性を通さずに言ってきたんだ。あいつらを破壊しろと。たぶんいま、脳が俺に直接言っているのさ。あんたに真実を告げてやれって」

吉沢末男の視線が美智子の中にそのまま射《さ》し込んでいた。

「俺に殴られて、翼はなんども床に転がった。俺はそのたびに襟首を摑んで引き上げた。翼の目がビー玉みたいにきらきらと光って、鼻から血を流していた。拳からあいつのあごへと力が抜けると、あいつの顔が遠くに飛ぶ。翼はなにかを言っていたかもしれない。でもなんにも聞こえなかった。悲鳴を上げる女の姿と鮮やかな血があるだけ。もしかしたら愛里も殴ったかもしれない。気がつくと痺《しび》れたように静まり返っていた。翼の鞄《かばん》はなにかのブランドものなんだ。それを摑むと、中から車のキーを摑み出した。台所に行って、百円で十枚入っているようなビニール手袋をポケットに突っ込み、翼の首根っこを摑んでマンションを出た。翼の車のドアを開けると、翼を助手席に放り込んだ」

美智子はたじろがなかった。彼がなにを計算しているのかまるでわからなかったが、いま、彼は警察で話したことから逸脱していない――ビニール手袋という言葉以外は。

吉沢末男は間を置かなかった。

「あんたは俺のことを『暴力の力を知っている』って言ったよな。屈辱的に殴られたやつのほとんどは戦意を喪失する。それも理性を飛び越えた脳の判断なんだろう。翼は助手席に放り込まれてもどこにいくんだとも聞かなかった。ときどき腹を抱えて咳《せき》をしたよ」

彼に計算なんかないことを、美智子はその瞬間に察知した。

「覚えているよ。幹線道路を避けて都道から板橋に入った。道はうねうねと曲がって、船に揺られているみたいなんだ」

美智子は末男が走っただろう板橋への道を、タクシーで二度なぞった。私道なのか公道なのか、進入可なのか不可なのかも判然としない道沿いの家には駐車場があり、車が停車している。木の枝や草の類《たぐい》はどこからともなく伸びてきて、全ての境を曖昧《あいまい》にしていく。

「俺には慣れた道だった。坂を上り、その先で直角に曲がりながら下りる。翼は助手席で意識を失ったように揺れ続けていたよ」

吉沢末男は、ためらうことがなかった。

「車を停めたのはこの反対側だよ。あんたの言う通り、チャカは天袋の中の缶の下に入れていた。

あのチャカは、仲間と空き巣をしていたころ、群馬の廃屋で見つけたんだ。つれに見つかったらあいつらなにに使うかわからない。それで持っていた袋に放り込んだ。手入れのされていないマカロフだった。弾は半分使われていて、弾倉には弾が四つ装塡《そうてん》されていた。缶を補強したように見せかけて二重底にして、その空間に隠していた。

それをベルトと腹の間に挟み込んだ。

それから柏木まで車を飛ばして、森村由南のアパートの前まで来たら由南がふらりと出てきた。あとをつけるとコンビニに入ったので、路地で待った。由南は十分ほどして出てきた。

由南はゴム製のサンダルの底をひきずりながらたらたらと歩いていた。俺は先回りして電信柱の陰で携帯を触る振りをして立っていた。二メートルほどまで近づいたとき、拳銃のスライドを引きながら由南の行く手を塞《ふさ》いだのさ」

吉沢末男には自覚はなかっただろう。そのとき彼の顔は歪んでいた。まるで顔面を撃たれた男が顔を苦痛に歪めたまま話を続けるように。

「スライドを引くとほんの短い音だが砂の中に足を踏み入れたような独特の音がした。人の気配というより反応したのはその音だったかもしれない。由南が顔を上げた」

美智子には、拳銃を正面に構える末男が見えた。

額の中央だ。二メートルからさらに近づいているはずだから、的を外すことはない。

「拳銃を発砲したことはなかった。引き金を引くと、由南の額が後ろに吹っ飛ぶのが見えた。目を見開き、凧《たこ》の骨組みのように大の字になって。拳銃をポケットに突っ込んで踵《きびす》を返した。一歩踏み出したあと、背中でバタンと音がした。たぶん由南が倒れた音だろう。拳銃からは温かみが伝わって、どこのだれが使ったかしれない古い拳銃がちゃんと機能したことに感慨を覚えたよ。車まで歩いて二分、騒ぎになるまでまだ三分。俺は翼に車を出させた。反対車線をけたたましいサイレンを鳴らしたパトカーが、ひっきりなしに走って行った。満足しましたか、記者さん」

末男の顔から歪みが消えた。

「いいえ。続きを聞かせて」

末男は澱《よど》みなかった。なんの迷いもないように。

「渋谷まで戻るとマークシティの角で車を停めさせた。あのネオンが渦巻く谷の底さ。翼がスマホをいじくりながら中野のどっかで若い女の死体が発見されたらしいって言った。由南の死体は写真がツイッターに上がったんだ。翼は、俺たちがさっきまでいたあたりだって興奮してた。——柏木の路地、通行人が銃声を聞くだってよ——翼はテンションがおかしいんだよ。わかるかい。そもそもあいつはおかしいんだ。——すごい数の警官が集まっているみたい。凶器は拳銃のようなもの——そう読み上げた」

熱気の渦巻く真夏の夜の渋谷に停まった一台の車の中で、翼は、自分に何が起きようとしているかを考えることもなく、上機嫌でSNSを読み上げる。その様子が見えるようだ。まるで映画の一コマのように。

「俺は腹に挟んだ拳銃を見せた。翼はまじまじとマカロフを見たさ。『サンエイがおまえの話を無視したのは本気にさせるものが足りなかったのさ。だから向こうに本気になってもらう』——俺はそう言った。

翼は街金連中を心の中では馬鹿《ばか》にしている。サンエイから二百万円を取ろうとするとき、翼はニヤニヤしながら大物ぶって金は返せると啖呵《たんか》を切った。それに失敗して、大口叩きやがってと男たちに、背中のもぐさに火をつけられたのは本人のいう通りだ。

骨に響くような熱と泣きわめきながら叫ぶ自分と。安っぽいプライドが憤怒で木の葉のようにぷるぷる震えたってわけ。だから俺が、向こうに本気になってもらうと言ったとき、あいつの目は輝いた」

「座間聖羅は」

「一人では騒ぎにならない。もう一人必要だったんだ。それでもあいつがあの日、あの時間にそこに立っていなければ、いまでも三十分五千円で身体《からだ》を売って歩いていたかもな。翼には、やるなら二人は必要だって言った。それでハチ公前で聖羅を探した。座間聖羅は俺のことを覚えていた。いまからどうだと言われたので、明日ならと答えた。連絡先を教えてと言うから、だったらもういいと言った。あいつはそのとき、ほんとは命拾いしていたんだ。なのにあいつは言ったのさ。家に来るかって。それで翌日あいつの家の近くで約束をした。話した時間は一分にも満たない。あの雑踏で、俺たちの姿はまるで点さ。それでもどこかでばれるかもしれないって思っていた。そのときはそのときだと思っていた」

すずやかな秋の夜だ。不思議なほど人通りのない公園。

「気が済んだだろ」

「なぜ風呂場《ふろば》だったの」

「部屋がきれいだったんだよ」

そこは神崎玉緒の部屋だった。座間聖羅に腹を立てながら、親切にした友人だ。

「小さな本箱には小説の文庫本が並んでいて、三段のカラーボックスには花柄のカーテンが掛かっていた。文庫本は古い作品が多くて、古い美容雑誌が立ててあって、安物の造花がコップに挿してあった。子供のころ、真夏に家にいるのが辛かった。それで工場の初任給で中古のエアコンをネットで買って、電気屋に勤めたことがある男に金をやって付けてもらった。まだ中学に上がる前だった芽衣は飛び上がって喜んで、一日一時間だけつけるんだったら風呂上がりがいいと叫んだ。そんなことを思い出した。

こんな女に親切にしてやるなんて、気のいい人間っているもんだ。それで聖羅に風呂に入れっていったんだ。部屋が血だらけになるから」

末男はじっと美智子を見つめた。

「運ってあるんですよ、記者さん。どんなに計算しても駄目なときは駄目さ。行くときは行く。座間聖羅は、もう死ぬことに決まっていたのさ。渋谷にあのときに立っていて、断ろうとしたら、家に来るかと誘ってきた、そのときにね。

カーテン越しに日が射し込んで、蒸し風呂みたいだった。聖羅は暑さなんか気にするふうもなく話し続けた。ネカフェも金がかかるから、ここだとゆっくり寝られるし。あたしのこと覚えていてくれたんだ——って。子供はいくつになったと聞いた。いくつだろ、考えたこともないと聖羅は答えた。

風呂に湯を張る音がして。聖羅は大きなリボンがついた安っぽい鞄を——薄汚れたピンクの鞄を、小さなテーブルの上に置いた。ベルトの下ではマカロフが硬く腹を押さえていた。聖羅はずっと何か喋っていた。

聖羅に手を上げたことは一回や二回じゃない。聖羅は借りたものを返さない。写真、服、指輪、鞄——暴力を使わないとあの女はものを返さない。あの女は俺が出向くと、ねっとりとまつわりつくような目で見た。本当はあいつのところにものを取りに行くのは苦痛だったんだ。

浴室から鼻唄《はなうた》が聞こえた。チャカを構えて、ドアの前に立って。子供はどうしているかと、もう一度ドアの前から聞いた。あいつは預けたって言った。俺は顔を見に行ってるかと聞いた。

あの女がときどきでも子供に会いに行っていたら、そのまま帰ったと思う。聖羅は返事の代わりに、ドアの向こうで笑ったんだ。その声はちょうど、前日聞いた愛里の声と同じ——子供を気にするなんてバカじゃないのかって、そう言いたげだった。

風呂場のドアを開けて。聖羅の正面に銃口を向けた。

聖羅は湯船に座ったまま、目を上げていた。引き金を引くと額に小さな穴があき、そこからスポイトを押した程度の血がぴゅっと飛び出した。ゴンと頭を壁に打ちつける音がして、後頭部が潰れてぼこぼこと血と肉が吹き出した」

それから、美智子をじっと見た。

「運があるんだ、記者さん。いつかは運に見放される。でも見放されるまでは生きていける。あんた、初めに言ったよな。二つの偶然が俺の犯罪を確信させたって。だったら仕方のないことだ。俺はこれ以上人は殺さない。でもあんたはそこにいて、俺はここにいて、長谷川翼は殺人罪で裁かれている。俺の運が尽きるかどうかは、焦《あせ》ったって怯えたって動かないんだ。座間聖羅が、三度もチャンスがあったのに、間違いなく死んで、森村由南が俺が行ったときに偶然一人でコンビニに買い物に行き、撃った瞬間に誰も俺たちを見ていなかった。母親が誰とやって俺が生まれたのか知らないけれど、長谷川翼がなんで一人だけあんなふうに生まれついたのか知らないけど、そんなこんなの中で、運の良し悪《あ》しまで計算しちゃいない。でもなんで、長谷川翼の親父を引き合いに出したんですか」

吉沢末男はまだ、山東海人のくだりだけ話していなかった。それは、山東海人の殺害の事実が運命を分けたことを知っているからだ。

いまの話は、全てを作り話だとすることはできる。

山東海人のトリックが崩れたら終わりなのだ。

でも吉沢末男の言う通り、秋月はこの話に乗らなかった。

河原の不法占拠をしている無職の男の、白いハンカチの位置と、男は上を向かなかったという証言で、公判を維持できるだけの新たな筋立てを積み上げることは無理だからだ。

「長谷川翼の父親は、蒲田署の調べに対してはひどく非協力的だった。彼は、誘拐犯は息子だと知っていたはずなんです。なぜ、サンエイの事件に対して長谷川透がそれほど非協力的だったのか。息子を守ろうとしたのかとも考えました。でも論理的に考えて、事件になり、口座を調べて野川愛里の名前が出てきたら、協力しないでは済まない。彼が、蒲田署に対して取った行動が解《げ》せなかった。わたしの知り合いは、長谷川透のことを、『もし息子を犯人扱いして、犯人でなかったら、訴えられる。そんな勢いだから』――そう言ったんです。それで気がついた。彼が頑《かたく》なに拒否したのは、怖がっていたからじゃないかって。警察が入って、息子の事件について話をすれば、そこからどんなボロが出ないとも限らない。だから彼は強硬に非協力を貫いた。自分の所からなにかが綻《ほころ》ぶのを恐れたんじゃないかって」

美智子は末男を見つめた。

「あなたは、山東海人の殺害に立ち会わなかった。殺害現場のそばにいた男が、音を聞いていた。山東海人を殺害した男は、闇《やみ》の中で石を持ち上げるのに両手が塞《ふさ》がるからでしょう、頭にライトをつけていた。実行に要した時間は三分ほどだったらしい。頭のライトが、木にくくりつけてあったハンカチを照らし出した。でも上を向かなかったと言った。下からの光ではなく、上からの光——。だから犯人は、そのハンカチより背が高いということになる。それだけの身長があるのは、長谷川翼の父親だけなのよ」

吉沢末男はぽっと口を開けた。

「その証言を、あの秋月警部補も現地で聞いている。ハンカチの話も。でもその男は、秋月警部補には『男は上を向かなかった』とは言わなかった。だから秋月警部補は、犯人の身長について情報を得ることはなかった。わたしは犯行のあった時間に行ったので、男が思い出したのよ」

短時間で、現場にあるものを使って、間違いなく山東海人を仕留めなければならなかった。正面から石を打ちつけたのは計算外だったのかもしれない。

末男はにこりともしなかった。

「その男は、次に聞いたら、顔を上げたかもしれないって言い出しますよ」

そうかもしれない。

「でもあんたが俺に目をつけた理由はよくわかりましたよ」

「人を二人殺して、島田先生や源一さんに申し訳ないとは思わなかった？」

玉緒の部屋を汚したくないと思った吉沢末男。神崎玉緒の部屋は、自分たちが暮らした部屋を思い出させた。古い本が並んでいたという末男の本箱。先生や古本屋からもらってきたという本だ。彼は玉緒の部屋にそれを見つけた。彼はそれを血で汚したくないと思った——。

「あなたを信じた人たち、あなたを支えた人たち。商店街の店主と学校の先生と、交番の巡査。あなたは、たくさんの人の愛情を受けた」

美智子は、吉沢末男が、彼らを裏切ったとは思っていない。彼はいつも危うさを孕《はら》み、大人たちはその危うさを恐れてかつ哀れんだ。

環境に押しつぶされまいとして彼が爆発する、その瞬間を恐れたのだ。

そして彼の忍耐を尊んだ。

だとすれば、彼の爆発は、彼らの思いを裏切るものではないだろう。

それでも美智子は聞いてみたかった。吉沢末男がそれになんと答えるのかを。

「裏切りましたよ。でも後悔はしていない」

声が、あたりを包む冷やかな空気の中に、重力を間違えて計算しているようにゆっくりと落ちて滲《にじ》んで広がる。

「子供のころ、狭い路地を走って遊んだ。谷の底の家から上に上がるのに、梯子《はしご》みたいな階段を上るんだ。顔を上げると、張り出した屋根と屋根の間に青い空があった。俺はそれを見るたび、階段を上ればそこには明るい空が広がっているんだと思っていた。だれだって階段を上れば空のあるところに出るものだって」

静かな水面に水の滴《しずく》が落ちるようだった。ゆっくりとその波紋が広がるように、言葉が消えていかない。

末男が足を地面の上に置き直した。目の前の男には絶望などなく、憎しみと悲しみと情熱がある。世間に対する憎しみと、自分の現状に対する悲しみと、そして生きることへの情熱。

殺人はパッションだと誰かが言った――唐突にそれを思い出した。

「みんなこの空のどこかに書かれている人権とか正義にかしずいて、どこにあるのかわからないのにあると仮定しているものにかしずいて、生きていけばいい。でも空のどこかにあるのかもしれない正義や人権を、あると思わず生きていくこともできるんですよ。そんなものがない世界が、同じ空の下にはあるんですよ。そしてどこにあるともわからぬものをあると信じてかしずくことを、愛ともいうが欺瞞《ぎまん》ともいうんです」

吉沢末男はアパートへと帰って行った。

美智子はゆっくりと、ポケットからスマホを取り出した。

録音アプリはオンで、いまコオロギの音を拾っている。美智子はそれを暫《しばら》く見つめて、録音を停止した。

——だからもう、終わりなんです。

金融会社にはある日金が振りこまれて、返済済みになるのだろう。金融会社は金の出所なんか詮索《せんさく》しない。借用書は破棄されて、それで終わりだ。

あたしはこの録音を、浜口にも中川くんにも、真鍋にも聞かせない。

秋月薫に聞かせたらおもしろいかもしれない。

この空のどこかに書かれている人権とか正義にかしずいて、どこにあるのかわからないのにあると仮定しているものにかしずいて、生きていけばいい。

秋月はその言葉をどう聞くだろうか。

美智子は録音を消去した。

季節外れの蛾《が》が、外灯の周りを舞っていた。

# 解説

大森　望

できれば知らずに過ごしたいこと。見ないで済ませたいもの。望月諒子は読者の首根っこをつかんで無理やり目の前にそれをつきつける。公園の公衆トイレの裏の地面から大きな石を持ち上げて、その下に棲《す》む虫たちの生態を観察させられるような感じ。しかし、読者はいつの間にかその世界に魅了され、中毒し、もっと見たくてたまらなくなる……。

望月諒子は、作家デビュー以来、本書を含め、そんな長編を軸に小説を書きつづけている。どちらかというとポップで軽い小説がもてはやされがちな昨今の出版界で、望月諒子の反時代的な重量感が一定の読者にこんなにも長く支持されている（彼女の作家としてのキャリアは二十年に及ぶ）というのは、ほとんど奇跡にも見えるが、だれにとっても人生はそんなに楽なものではないという証拠かもしれない。

本書『蟻の棲み家』は、もともと二〇一八年十二月に新潮社から書き下ろしの単行本として刊行された長編。のちに触れるが、望月諒子がデビュー以来ずっと書きつづけている《木部美智子》シリーズ（女性のフリージャーナリスト／ノンフィクションライターを探偵役とする長編ミステリ連作）の五作目にあたる。物語は完全に独立しているし、過去の出来事についての言及もないので、本書を楽しむために前四作を読んでいる必要はまったくないが、本書を読まれた方は、ぜひ過去に遡《さかのぼ》って、『神の手』『殺人者』『呪《のろ》い人形』『腐葉土』を手にとってみてほしい。それを読み終えるころには、望月諒子の全作品を制覇したくなっているだろう。
シリーズの既刊四冊がいずれも集英社文庫から刊行されているのに対し、本書『蟻の棲み家』は、著者にとって初めての版元となる新潮社から、四六判単行本で出版された。しかし、2Bの鉛筆を鷲摑《わしづか》みにして白壁を黒々と塗りつぶしてゆくような、力強く生々しい文章はここでも変わらない。解説から先に目を通している望月諒子初体験の読者は、ためしに、吉沢末男なる人物の生い立ちが語られるわずか十二ページのプロローグを立ち読みしてほしい。著者の語りが持つ恐るべき吸引力が、まざまざと実感できるはずだ。

吉沢末男は、一九九一年、東京都・板橋の一角に生まれた。

〈町はかつて谷の底だったところで、谷の上と下ではビル三階分ほどの高低差がある。

大人の肩幅ほどしかない路地の先は、見上げるような傾斜で伸びる階段に繫《つな》がっていた〉

その町にはバラックが密集するエリアもあり、近くには大きなアーケード街があるというから、モデルになったのは、つい十数年前まで板橋区大谷口上町《おおやぐちかみちょう》に現存していた住宅密集地だろうか。戦後の住宅難で自然発生的に建てられた住居が崖沿《がけぞ》いにひしめきあい、昭和の面影を色濃くとどめていたらしい（すぐ近くには人気の高いアーケード街、ハッピーロード大山商店街がある）。しかし、防災・防犯上の観点から住宅地区改良事業が進められ、これらのバラックは、二〇〇九年ごろまでにすべて解体されている。

この町で暮らすシングルマザーのもとに生まれた末男は、育児放棄に近い境遇にもめげず、七歳離れた妹の面倒を見ながら学校に通う。母親が家に連れ込んだ男たちが置いていく一万円札が家族の唯一《ゆいいつ》の収入源。

〈中学に上がると、母親は末男に「金を稼いでこい」と言った。新聞配達をするという叩《たた》かれた。駅前の駐輪場から自転車を取ってこい、それが嫌なら商店街で万引してこいとわめいた。（中略）勉強をしていたら仲間には小突かれた。相手が自分と同じようにクズでないと気にいらないのがクズな人間の特徴なんだとその時に気がついた〉

末男は母親に内緒で高校を受験して合格。空き巣の手伝いで稼いだ金で卒業し、小さな工場に就職して真面目《まじめ》に働きはじめる。だが、母親が大きな借金を作り、末男はその借金取りから「うちの仕事を手伝わないか」と誘われる。恵まれた能力と勤勉さと善良さを持ちながら、あがいてもあがいても犯罪から抜け出せない無間地獄《むけんじごく》。あたりまえの境遇で育ってさえいれば、きっと人並み以上のしあわせを手に入れられたはずなのに……。

読者にのっけから強烈な印象を与えた末男は、しかしこのあと、小説の表舞台からしばらく姿を消す。

かわって物語の焦点になるのは、中野区東中野で二人の若い女性が相次いで射殺された事件。被害者は二十七歳の風俗嬢と、出会い系掲示板で客をさがす二十二歳。ともに幼い子を持つ母親だが、ろくに子供の面倒はみていない。しかし、テレビの報道番組は、当然のように、残された子供たちにスポットをあてて被害者の身の上を同情的に語り、底辺の現実を美談で覆《おお》い隠そうとする。

小説の主人公は、月刊誌フロンティアを主戦場とするフリーのノンフィクションライター、木部美智子。仕事柄、殺人事件の情報も入ってくるが、いま彼女が追っているのはもっと地味なネタだった。蒲田駅近くにある弁当詰め工場の気弱な工場長が、タチの悪いクレーマーから継続的に恐喝されているというのである。恐喝は次第にエスカレートし、「お前のところのパートの娘を誘拐した。二百万円を用意しろ」と電話が工場にかかってくるが、いったい誰が誘拐されたのかもわからない。困った工場長が「本社に電話してくれ」と言うと、相手は「なに言ってんだ、てめぇ、誘拐だぞ」と怒鳴る。

あまりにも間抜けなこの〝誘拐〟騒動は、さらに間抜けな脅迫事件へと発展し、被害者も警察も記者も困惑する。脅迫の相手である本社の総務部長から「ばかじゃないのか」と嘲《あざけ》られてしまうような脅迫。低レベルすぎて笑うしかないこの騒動は、しかしやがて連続射殺事件と結びつき、様相が一変する……。

小説のテーマは、格差社会と子育て。教育もスキルもない女たちはつながりを求めて体を売り、〈普通は遊ぶと金は減る。でも売春は、遊んでいるつもりなのに金がもらえる〉と気づく。そんな彼女たちにとって、〈子供の出現は罰ゲーム〉でしかない。子供を施設に預けたまま殺された被害者の母親は、死んだ娘のことを疫病神《やくびょうがみ》と言い放つ。小説には、作中でもそれとなく言及される相模原障害者施設殺傷事件が色濃く影を落としている（元職員が施設に侵入し、入所者十九人を刃物で刺殺した事件。犯人は、「意思疎通《いしそつう》のできない重度の障害者は不幸かつ社会に不要な存在なので、安楽死させたほうがいい」と述べ、世間に衝撃を与えた)。

一方、吉沢末男と対置するように描かれる長谷川翼は、医者のドラ息子。慶應大学に通うハンサムな青年で、友だちも多く、妹は医大生。大手広告代理店に就職が決まり、順風満帆。だが、裏カジノにハマって二千万の借金をつくり、闇金《やみきん》のとりたてに追われている。切羽詰まった翼は、女を使って手っとり早く金をつくる方法を思いつく。

末男と翼、何から何まで対照的な二人が出会い、いっしょに一線を越えたことから、事件が起きる。二人のあいだで、いったい何があったのか?

小説の構造やモチーフは、東野圭吾の『白夜行』や宮部みゆきの『火車』を思わせるが、本書の持つ衝撃力は、先行するそれらの傑作にも負けていない。愚かさが引き起こした底辺の犯罪を克明かつスリリングに描くノワールのように見えて、本書は人間心理のさらに奥深くへと分け入り、最後の最後にすさまじいどんでん返しを決めてみせる。読書家のあいだで評価の高い《木部美智子》シリーズの中でも、ミステリとしての出来はおそらく本書がベストだろう。いわゆるイヤミスの枠を超えて、長く記憶に刻まれる作品だと思う。

さて、新潮文庫に著者の作品が収められるのははじめてなので、このへんで著者の経歴を紹介しておこう。望月諒子は、一九五九年、愛媛県生まれ。神戸市西区在住。銀行勤務を経て、学習塾を経営するかたわら小説家を志し、さまざまな新人賞に応募するが軒並み落選。書き溜《た》めた大量の原稿を持って上京し、出版社をまわって持ち込みをした壮絶な体験は、のちのデビュー作に生かされている。このとき知り合った編集者との縁で、二〇〇一年、第一長編『神の手』をe文庫から電子出版（林雅子名義）。小説を書くことの魔力にとりつかれた女性を生々しいリアリティと圧倒的な迫力で描く、すさまじい傑作だった。まだKindleさえ存在しない時代だが、その評判が少しずつ口コミで広がり、当時の電子出版としては異例の売り上げを記録。それが集英社の文芸編集者の目に止まり、二〇〇四年四月、望月諒子と筆名を変更のうえ、集英社文庫から『神の手』が文庫オリジナルで刊行される。つづいて、同じ木部美智子が登場するシリーズ第二作『殺人者』を同年六月に、第三作となるメディカル・サスペンス『呪い人形』を八月に刊行。知名度ゼロからの出発だったにもかかわらず、作品のパワーが話題を集め、『神の手』はたちまち増刷に次ぐ増刷。『殺人者』も版を重ねた。

その後、四年のブランクを経て徳間書店から『ハイパープラジア　脳内寄生者』

（徳間文庫版では『最後の記憶』と改題）を刊行。手術中、脳外科医の主人公の目に患者の脳から何かが飛び込み、以来、奇妙な幻覚に悩まされるようになる――という発端の（著者の作品としては異例の）脳科学ホラーだった。

四年の空白期間には、実はすでに、《木部美智子》シリーズの第四作となる渾身の大作『腐葉土』を書き上げていたものの、出版状況の変化もあって刊行に至らず、原稿が宙に浮いてしまう。そのショックで、一度は作家の道をあきらめかけた望月諒子だが、最後の勝負として、新作『大絵画展』を日本ミステリー文学大賞新人賞に応募し、みごと受賞を果たす。選考委員の綾辻行人からも絶賛され、二〇一一年二月、三年ぶりの長編として光文社から刊行された（現在は光文社文庫）。これは、ゴッホ「医師ガシェの肖像」をはじめ、バブル期に日本人が買い付けた大量の名画をめぐるコンゲーム小説で、あっと驚く結末が強烈な印象を残す。二〇一六年には名画コンゲーム小説第二弾『フェルメールの憂鬱《ゆううつ》　大絵画展』（光文社文庫）、二〇二〇年には第三弾の『哄《わら》う北斎』（光文社）も出ている。

二〇一二年六月に出た『壺《つぼ》の町』（光文社文庫）は、著者の地元・神戸が舞台。高台の高級住宅地で、一家三人が斧《おの》で足を斬《き》られたうえ、生きながら焼き殺されるという凄惨《せいさん》な放火殺人事件が起きる。探偵役は、文章教室の講師をしている売れない作家の周平。被害者の一人と関わりがあったことから事件について調べはじめた彼は、十二年前の阪神淡路大震災で消滅した、〝大地に埋め込まれた壺のような町〟六寺町にたどりつく。

二〇一三年四月には、前述の『腐葉土』がようやく集英社文庫から書き下ろしで刊行される。資産家の老女・弥生《やよい》が高級老人ホームで殺害され、遺体で発見されるところで幕を開けた物語は、弥生の八十五年の生涯を遡《さかのぼ》る。関東大震災で父親を失い、東京大空襲を体験し、女ひとり、ヤミ市でのしあがって、やがて冷徹な金貸しとなってゆく……。

二〇一四年七月の『ソマリアの海賊』（幻冬舎）は、はじめて海外を舞台にした、疾走感あふれる冒険小説大作。海に放り出された平凡な自動車会社のエンジニア・京平が救助された場所はソマリアだった……。

ほかに、大学院の文学研究科を舞台にした（著者にしては）ライトなミステリー『田崎教授の死を巡る桜子准教授《じゅんきょうじゅ》の考察』と『鱈目《たらめ》講師の恋と呪殺《じゅさつ》。桜子准教授の考察』（ともに集英社文庫）が出ている。

この出版不況を寡作《かさく》ながらしぶとく生き延びてきた望月諒子の魅力に気づく読者がひとりでも増えることを祈りたい。

（令和三年八月　翻訳家）

本作品は平成三十年十二月新潮社より刊行された。

宮部みゆき著
火車
山本周五郎賞受賞
休職中の刑事、本間は遠縁の男性に頼まれ、失踪した婚約者の行方を捜すことに。だが女性の意外な正体が次第に明らかとなり……。

宮部みゆき著
理由
直木賞受賞
被害者だったはずの家族は、実は見ず知らずの他人同士だった……。斬新な手法で現代社会の悲劇を浮き彫りにした、新たなる古典！

宮部みゆき著
模倣犯
芸術選奨受賞（一～五）
邪悪な欲望のままに「女性狩り」を繰り返し、マスコミを愚弄して勝ち誇る怪物の正体は？　著者の代表作にして現代ミステリの金字塔！

宮部みゆき著
ソロモンの偽証
―第Ⅰ部　事件―
（上・下）
クリスマス未明に転落死したひとりの中学生。彼の死は、自殺か、殺人か――。作家生活25年の集大成、現代ミステリーの最高峰。

大沢在昌著
冬芽の人
「わたしは外さない」。同僚の重大事故の責を負い警視庁捜査一課を辞した、牧しずり。愛する青年と真実のため、彼女は再び銃を握る。

京極夏彦著
今昔百鬼拾遺　天狗
天狗攫いか――巡る因果か。高尾山中に端を発する、女性たちの失踪と死の連鎖。『稀譚月報』記者・中禅寺敦子らがミステリに挑む。

湊かなえ著　**母性**

中庭で倒れていた娘。母は嘆く。「愛能う限り、大切に育ててきたのに」——これは事故か、自殺か。圧倒的に新しい〝母と娘〟の物語《ミステリー》。

湊かなえ著　**豆の上で眠る**

幼い頃に失踪した姉が「別人」になって帰ってきた——妹だけが追い続ける違和感の正体とは。足元から頽《くずお》れる衝撃の姉妹ミステリー！

湊かなえ著　**絶唱**

誰にも言えない秘密を抱え、四人が辿り着いた南洋の島。ここからまた、物語は動き始める——。喪失と再生を描く号泣ミステリー！

芦沢央著　**許されようとは思いません**

入社三年目、いつも最下位だった営業成績が大きく上がった修哉。だが、何かがおかしい。どんでん返し１００％のミステリー短編集。

芦沢央著　**火のないところに煙は**
静岡書店大賞受賞

神楽坂を舞台に怪談を書きませんか——。作家に届いた突然の依頼が、過去の怪異を呼び覚ます。ミステリと実話怪談の奇跡的融合！

米澤穂信著　**ボトルネック**

自分が「生まれなかった世界」にスリップした僕。そこには死んだはずの「彼女」が生きていた。青春ミステリの新旗手が放つ衝撃作。

長江俊和著
**出版禁止**
女はなぜ〝心中〟から生還したのか。封印された謎の「ルポ」とは。おぞましい展開と、息を呑むどんでん返し。戦慄のミステリー。

知念実希人著
**螺旋の手術室**
手術室での不可解な死。次々と殺される教授選の候補者たち。「完全犯罪」に潜む医師の苦悩を描く、慟哭の医療ミステリー。

本城雅人著
**傍流の記者**
組織の中で権力と闘え!! 大手新聞社社会部を舞台に、鎬を削る黄金世代同期六人の男たちの熱い闘いを描く、痛快無比な企業小説。

矢樹純著
**妻は忘れない**
私はいずれ、夫に殺されるかもしれない。配偶者、息子、姉。家族が抱える秘密が白日のもとにさらされるとき。オリジナル・ミステリ集。

宿野かほる著
**ルビンの壺が割れた**
SNSで偶然再会した男女。ぎこちないやりとりは、徐々に変容を見せ始め……。前代未聞の読書体験を味わえる、衝撃の問題作！

宿野かほる著
**はるか**
もう一度、君に会いたい。その思いが、画期的なAIを生んだ。それは愛か、狂気か。『ルビンの壺が割れた』に続く衝撃の第二作。

# 蟻《あり》の棲《す》み家《か》

新潮文庫　も - 47 - 1

令和三年十一月一日発行
令和四年十一月十日十刷

著者　望《もち》月《づき》諒《りょう》子《こ》

発行者　佐藤隆信

発行所　株式会社 新潮社

郵便番号　一六二—八七一一
東京都新宿区矢来町七一
電話　編集部(〇三)三二六六—五四四〇
　　　読者係(〇三)三二六六—五一一一
https://www.shinchosha.co.jp

価格はカバーに表示してあります。

乱丁・落丁本は、ご面倒ですが小社読者係宛ご送付ください。送料小社負担にてお取替えいたします。

印刷・株式会社光邦　製本・株式会社大進堂

ISBN978-4-10-103341-9 C0193